엄마의
봄   날

엄마의 봄날

TV조선 〈엄마의 봄날〉 팀과
신규철 박사가 함께 만들어낸
기적의 순간들!

신규철
제일정형외과병원 병원장

조선앤북

프롤로그

대한민국 모든 어머니들의
봄날을 위하여

늙으면 아픈 게 당연하다고 하는 건 100퍼센트 틀린 말이다. 내가 정형외과 전문의로 입문하여 처음 환자들을 치료하면서 가장 안타까웠던 건 나이 들어 생기는 퇴행성관절염이나 척추 질환 수술에 대한 제약이 많은 데다 환자의 특성에 따라서 적합한 수술 기법을 찾기가 쉽지 않다는 점이었다.

1990년대 후반까지 우리나라는 고령자의 척추 수술에 관한 한 의료 사각지대나 마찬가지였다. 또한 허리 수술이라 하면 큰 나사못으로 척추를 고정하는 유합술이 대부분이었고 그나마 60대 이상 환자들은 기피하는 게 일반적인 추세였다.

국내 대학 병원에 근무하다 미국의 존스홉킨스 의과 대학에 연수를 떠난 건 의료인으로서나 개인적으로나 나에게 크나큰 행운이었다. 세계적인 척추학의 권위자였던 코스투익 박사님이 나의 스승이었다.

박사님은 의료 기술은 연령에 상관없이 모든 사람에게 공평하게 적용되어야 한다는 확고한 직업 철학을 가지고 있었다. 아울러 '통증은 반드시 없앨 수 있다'는 것이 그의 소신이기도 했다.

환자를 대하는 스승의 편견 없는 소명의식과 열정적인 태도는 그때까지만 해도 초보 정형외과 의사에 불과했던 나에게 깊은 울림을 주었다.

그러던 어느 날 평생 잊지 못할 충격적인 장면을 목격했다. 허리를 다쳐 들것에 실려 온 80대의 척추압박골 환자가 박사님의 시술 직후 허리를 반듯이 세우고 병원을 걸어 나가는 것이었다.

나를 놀라게 했던 코스투익 박사님의 새로운 치료법이 바로 '척추 성형술'이다. 이는 10분 이내의 간단한 시술로 허리 통증을 치료하고 굽은 허리를 펴게 만드는 획기적인 치료법이었다.

나는 박사님을 졸라 척추 성형술을 집중적으로 익히고 돌아와 1999년 귀국 즉시 국내에 처음으로 이 치료법을 소개하였다. 그러자 국내 의료계와 언론에서 커다란 반향이 일었다.

일부에선 나를 무책임한 의사로 몰아가기도 했다. 그런 치료법은 있을 수 없다는 주장이었다. 진실은 결과를 통해 밝혀졌다. 척추

골절과 통증으로 거동조차 할 수 없었던 나의 첫 번째 환자가 시술을 마치고 정상적인 생활이 가능하게 되었다는 소식이 방송을 통해 알려지자 전국 각지에서 환자가 몰려들기 시작했다.

한꺼번에 너무 환자가 찾아오는 바람에 병원 업무가 마비될 정도였다. 심지어 진료를 기다리다 환자가 운명하는 가슴 아픈 일도 생겼다.

그 후 나는 강남에 노인성 척추 질환 전문 병원을 개업하고 오늘에 이르렀다.

현재 우리 병원을 찾는 환자들은 대부분 7,80대의 어르신들이다. 한 달 평균 100여 건에 이르는 노인성 척추 관련 수술 환자 중에는 90세 이상 어르신도 흔하다. 고령의 환자들이 수술 후 밝은 얼굴로 퇴원하는 모습을 보면 그렇게 뿌듯할 수가 없다.

한편으로는 마음이 무겁기도 하다. 2012년 건강보험공단 발표에 따르면 우리나라 60세 이상 노인 중 80퍼센트 이상이 퇴행성관절염을 앓고 있으며 그중 상당수가 치료를 포기한 것으로 집계되었다.

고령화 시대를 살아가는 우리에게 노인성 질환이 사회적 화두가 된 것은 비단 어제오늘 일이 아니다. 그중 대표적인 질환이 척추질환이다. 허리 건강은 노년의 삶의 질을 결정하는 절대적인 변수로 작용한다.

노년기에 흔한 척추관협착증은 허리 통증뿐만 아니라 다리가 저리고 터질 것 같은 고통을 수반한다. 길어진 수명만큼 편안하게 여생을 보낼 수 없다면 그것은 재앙이지 결코 행복한 삶이라고 할 수 없을 것이다.

노년의 통증은 감수해야만 할 고통이 아니라 충분히 치료 가능한 질병에 불과하다. 그럼에도 환자들이 치료를 꺼리는 건 무엇 때문일까.

그동안 환자들을 치료하면서 알게 된 사실은 노인성 척추 질환 치료에 대해 부정적인 생각을 가지고 있는 사람들이 의외로 많다는 것이었다. 60세만 넘어도 환자와 그 가족들에게 제일 많이 듣는 이야기가 '이 나이에 무슨 수술이냐'는 말이었다.

의사라고 해서 무조건 수술을 선호하지는 않는다. 수술 여부는 병의 진행 상태에 따라서 결정된다. 척추관협착증이나 퇴행성관절염은 그 나이 때 가장 흔한 질환이다. 수술 외에는 별다른 방법이 없는데 나이를 이유로 치료를 포기한다면 여생을 누워서 지낼 수밖에 없게 된다.

또 하나 안타까운 사실은 우리나라에 노인성 질환을 전문적으로 치료하는 병원이 흔치 않은 데다 대부분 서울 등 대도시에 집중되어 있어 농어촌 산간벽지에 사는 환자들은 상대적으로 소외되기 쉽다는 점이었다.

나는 이런 환자들에게 조금이나마 도움이 되고자 경기도와 강원도의 농촌 지역 어르신 환자들을 대상으로 봉사활동을 실시했으나 그것만으로는 성이 차지 않았다. 그러던 차에 TV조선 방송국에서 제의가 왔다. 허리와 다리 통증으로 고생하는 농어촌 산간벽지 어머니들을 직접 찾아가 치료해주는 프로그램이었다. 나로선 마다할 이유가 없는 제안이었다.

2015년 6월부터 지금까지 2년 넘게 진행되고 있는 〈엄마의 봄날〉 프로그램은 배우 신현준 님, 작곡가 주영훈 님, 가수 벤 양, 아나운서 정인영 님, 배우 박정수 님 등이 열성적인 게스트로 참여해준 덕분에 더욱 빛이 났다. 이 자리를 빌어 모든 분들께 다시 한 번 깊이 감사드린다.

내가 이 프로그램을 통해 농어촌 어머니들을 치료하면서 가장 곤혹스러웠던 점은 우리 어머니들이 자신의 병에 대해 지나치게 무심하고 심지어 무지하기까지 하다는 사실이었다.

의사가 환자의 집으로 직접 찾아가 일상생활을 함께하면서 초진을 하는 건 중요한 의미를 지닌다. 이 과정에서 보다 구체적인 병의 원인을 찾아낼 수도 있고 환자가 치료를 꺼리는 진짜 이유도 알게 된다. 이를테면 진료실에서 지나치기 쉬운 숨어 있는 1인치를 찾아내는 셈이다.

고된 노동으로 몸이 무너진 어머니들에게 척추나 관절 질환은 감기처럼 흔한 질병이 되어 있었다. 평생 자식들만 바라보고 살면서 자신을 돌보지 않는 습관이 몸에 밴 탓에 아파도 일을 계속해온 어머니들이 대부분이었다.

초기에 치료를 받았으면 간단하게 고칠 수 있었던 병을 참으면 되겠거니 하고 살다 치료 시기를 놓쳐버린 경우도 다반사였다. 결국 몇 천 원이면 치료할 수 있는 병을 방치하다 몇 천만 원을 들여도 고치지 못할 지경까지 이른 것이다.

그러면서 하나같이 하는 말이 아파도 자식들에겐 부담을 주고 싶지 않다는 것이었다. 자식을 위해서라면 모든 걸 내주어도 아깝지 않아 하면서 정작 도움이 필요할 땐 받지 못하는, 자신에게 닥친 현실을 부정하고 싶은 게 엄마의 마음이었다.

봄날 어머니들의 마음속 1인치에는 대한민국 어머니들의 무한한 희생정신과 헌신의 언어가 숨어 있었다. 그건 바로 '괜찮다'는 말이다.

척추 질환은 참는다고 괜찮아지는 병이 아니다. 오히려 시간이 지날수록 삶의 질을 떨어뜨리고 수명을 단축시키는 치명적인 질환이다. 자신의 건강 문제에 대해서만큼은 약자가 될 수밖에 없는 현실이 편안하게 여생을 누려야 할 노년의 삶을 처량하게 만들고 있다.

지금도 많은 어머니들이 통증을 숨긴 채 하루하루 고통을 감내하고 살아가고 있을 생각을 하면 마음이 급하다. 나는 대한민국 모든 어머니들이 잃어버린 봄날을 찾게 될 그날까지 스스로 할 수 있는 모든 노력을 멈추지 않을 것이다. 그것이 의료인으로서, 사회 구성원의 한 사람으로서 나에게 주어진 마땅한 소임이라 생각하기 때문이다.

신규철

척추편

척추편

지리산 날다람쥐 엄마의
화려한 외출

미안해요, 고마워요, 그리고 사랑해요

오래전 지리산 두메산골에 특별한 가족이 살았다. 가난했지만 남들 못지않게 화목하게 살아가는 이 집엔 엄마가 둘이었다.

큰엄마는 아들 둘에 딸 하나를 목숨처럼 애지중지하며 지극정성으로 키웠다. 아침마다 눈뜨기 무섭게 산에 올라가 약초를 캐고 나물을 뜯고 손이 발이 되도록 일해도 자식들 입에 밥 들어가는 것만 보면 절로 웃음이 나오고 배가 부르다는 엄마였다.

아이들은 당연히 큰엄마를 친엄마로 알고 자랐다. 작은엄마가 자신들을 낳아준 엄마라는 사실을 알아차리기 시작한 건 사춘기 때부터였다.

둘째 딸이 중학교를 졸업하던 날, 늘 그랬듯이 큰엄마가 아버지와 함께 식장에 나타났다. 하지만 딸은 다른 날처럼 활짝 웃는 낯으로 달려가지 않았다. 엄마가 자신을 향해 손을 흔들었을 땐 슬그머니 고개를 돌려버렸다.

졸업식이 끝나고 집으로 돌아왔지만 엄마는 아무런 내색도 하지 않았다. 아니, 오히려 평소보다 더 다정하게 대해주었다. 딸은 그런 엄마를 외면했던 게 너무 부끄럽고 죄스러워 차마 용서를 빌지도 못했다.

세월은 흘러 딸은 엄마가 되었다. 인생의 전부를 바쳐서 자식들을 키워낸 큰엄마는 그사이 허리가 절반으로 접혀진 꼬부랑 할머니가 되었다.

피는 물보다 진하다고 했던가.

이제 딸은 그 말을 믿지 않는다. 자식을 키우다 보니 비로소 큰엄마로부터 받아온 사랑의 무게가 얼마나 크고 위대한 것이었는지 알 것 같다. 비록 배 아파서 낳지는 않았어도 큰엄마는 지리산처럼 한없이 깊고 너른 가슴으로 자식들을 키워냈다.

언제나 밝고 따뜻한, 가슴속 보석 같은 존재로 자리 잡은 엄마가 있어 딸은 험한 세상 살아갈 힘을 얻었다. 하지만 미안하다는 말도 고맙다는 말도 항상 엄마가 먼저 했다.

아무에게도 말 못할 상처를 홀로 보듬고 살아온 엄마가 더 잘 키워주지 못해 미안하다고, 잘 자라줘서 고맙다고 할 때마다 딸은 먼저 고맙다고, 미안하다고, 사랑한다고 말해주지 못한 게 더 가슴이 아팠다.

젊을 땐 달리기도 잘했던 엄마였다. 초등학교 봄 운동회 날 손잡고 뛰던 모습이 아직도 생생하건만 구부러진 엄마의 허리는 그날의 기억마저 아득하게 만들곤 했다.

이제라도 엄마가 잃어버린 봄날을 되찾고 당당하게 걷기를 바라는 딸의 간절한 염원이 방송국에 당도한 건 2015년의 어느 늦은 봄날이었다.

엄마의 보물창고

전라북도 남원시 매동마을 양남순(75세) 어머니를 만나려면 천왕봉 아래 산자락을 한 바퀴 돌아보기만 하면 된다.

사시사철 그곳 어딘가에서 라디오를 틀어놓고 트로트 음악을 벗 삼아 산나물을 뜯고 마늘밭과 도라지밭을 가꾸는 게 어머니의 하루 일과다.

나는 처음 산에서 어머니가 고사리를 뜯는 모습을 발견했을 때만 해도 그저 평범한 산골 아낙인 줄 알았다.

"저분이 우리가 찾는 엄마가 맞는 것 같은데요? 양남순 어머니!"

1대 봄날지기로 참여한 배우 신현준 씨가 걸음을 빨리하며 큰소리로 어머니를 불렀다. 허리가 90도로 굽은 어머니가 우릴 쳐다보았다.

평소 농촌 의료 봉사에 특별한 관심을 가지고 있었다는 현준 씨는 어머니들을 대하는 태도부터가 남달랐다. 어딘가 불편해 보이는 어머니를 발견하면 일단 일손부터 거들려고 했다. 꽤 오래전부터 의사 친구들과 함께 의료 봉사를 계획해왔다는 그답게 마음 쓰는 것 하나하나에 진정성이 느껴졌다.

"양남순 엄마 맞으시죠?"

"맞긴 맞는디."

현준 씨가 곰살궂게 다가가 인사말을 건네자 어머니는 수줍은 듯 자리를 비켜 앉으며 한사코 고개를 외로 꼬았다. 우리가 외간남자라고 내외를 하는 것이다. 현준 씨는 그럴수록 친근한 말투로 농담을 건넸다.

"아들뻘인데 뭘 그렇게 부끄러워하세요?"

"남자는 하늘이고 여자는 땅인데 어찌 그래요."

"그럼 영감님이랑은 어떻게 살아요?"

"영감님은 매일 보니까 괜찮지."

우리는 따님이 신청한 편지를 받고 찾아왔다는 사실을 알리고 서야 만난 지 20분 만에 어머니와 정식으로 맞대면을 할 수 있었다.

"그럼 의사 선생님이 내 허리 좀 고쳐주소!"

나는 대번 표정이 밝아진 어머니에게 어디가 얼마나 아픈지 물었다.

"엉치가 터져 나가는 것처럼 아파."

"병원엔 가보셨어요?"

"한참 전에. 읍내 병원 갔더니 못 고친다 하대요. 먹고살기 바빠서 쭉 이래 살았지."

육안으로 보면 허리뼈가 불거져 나온 정도만으로도 당장 긴급 수술을 요할 만큼 심각한 상태였다.

그런데 말투와 일하는 모습이 전혀 딴판이었다. 칠순이 넘은 연세에도 천생 여자의 품성이 묻어날 만큼 부끄럼을 타던 어머니가 바짝 굽은 허리로 종종걸음 치며 땅바닥을 훑고 다녔다. 이때만큼은 날다람쥐가 따로 없었다.

어린 고사리순과 숨바꼭질하던 우린 겨우 한 줌 뜯고 다리가 후들거리는데 어머니는 자루를 한가득 채우고 난 뒤에야 일손을 멈췄다. 그러고는 펴지지도 않는 허리를 그대로 구부린 채 도로로 통하는 언덕을 기어오르려고 했다.

그나마 우리 둘이 거들지 않았다면 평소대로 자루를 등에 짊어지고 언덕을 기어올랐을 터였다. 놀라운 건 여기서 끝이 아니었다.

어머니는 고사리 자루를 마당에 들여놓기 무섭게 다시 우산대를 들고 나왔다.

"이게 가벼워서 지팡이로 딱 좋아."

"어딜 또 가시게요?"

묻는 말에 대꾸할 겨를도 없이 순식간에 눈앞에서 사라진 어머니를 따라잡느라 정신이 하나도 없었다. 대체 저 힘은 어디서 나오는 걸까 싶게 날쌘 동작에 탄성이 절로 나왔다.

어머니가 거친 수풀을 헤치고 들어간 깊은 숲속에 마늘밭과 도라지밭이 보란 듯이 펼쳐져 있었다.

"생마늘이 몸에 좋다니 영감님 먹이고. 도라지는 약도 되고 밥반찬으로도 좋고 하니 몇 뿌리 캐다가 점심 차려드리려고."

알고 보니 일대가 전부 어머니의 보물창고인 동시에 고된 생활의 현장이었다.

엄마의 허리가 굽을 수밖에 없는 이유

집에 와서도 어머니는 한시도 몸을 놀리지 않았다. 나무를 해오고 장작을 패서 아궁이에 불을 피우는 일은 아버지(박용균, 80세)가 맡아서 해주어도 고사리를 삶고 건져서 널어 말리는 건 대부분 어머니의 몫이었다.

작업 과정을 지켜보니 자잘한 일 같아도 처음부터 끝까지 주로 쪼그려 앉거나 허리를 굽혀서 하지 않으면 안 될 일들이다. 한 사람이 겨우 들어갈 수 있게 만든 비좁은 아궁이 앞에 쪼그려 앉아 삶은 고사리를 널어 말리는 데만 꼬박 하루가 걸린다. 게다가 삶은 고사리는 어찌나 무거운지 그걸 마당으로 들어 나르는 것만도 보통 일이 아니다.

어머니의 일상생활 자체가 일을 하면 할수록 허리가 굽을 수밖에 없는 상황이다.

"고사리는 이렇게 많이 뜯어서 뭐에 쓰시려고요?"

"뭐에 쓰긴. 자식들 나눠주고, 농협에 내다 팔아서 손주들 용돈도 주고 그러지. 장에 가면 영감님 좋아하는 막걸리도 사드리고."

평생 자신이 살아가는 이유였던 자식들이 출가한 후에는 가끔 손주들 보는 낙에 힘든 줄도 모른다는 어머니에게 고사리를 뜯고 말리는 것보다 몇 배 더 고역스러운 일은 따로 있었다.

"밤마다 다리에 쥐가 나서 잠을 못 자."

이야기를 들어보니 전형적인 척추관협착증 증세였다. 이 병은 허리뿐 아니라 골반과 무릎, 발목에 이르기까지 다리 전체에 통증과 저린 증상이 나타난다.

척추관이 좁아지면서 다리 쪽 신경으로 가는 혈관이 막히면 혈관이 붓게 되고 신경 혈관의 혈액순환 장애를 일으키게 된다. 상태가 장기간 지속될 경우 신경 통로가 막히는 등 악순환을 초래하여 결국 신경이 마비되는 심각한 후유증을 남길 수 있다.

더 이상 상황이 악화되는 걸 막으려면 한시 빨리 어머니를 서울로 모셔가는 수밖에 없었다.

사랑과 눈물로 맺어진 엄마의 가족

"그런데 이분은 누구세요?"

집 구경을 하러 잠시 안에 들어갔을 때였다. 자식들 사진만 보고도 얼굴빛이 환하게 밝아지는 어머니에게 현준 씨가 한 여성을 가리켰다. 아들 졸업식 사진인 듯했다. 삼남매를 뒤에 세워두고 어머니 아버지 곁에 나란히 앉은 여성이 학사모를 쓰고 있었다.

"작은 처…."

말수가 별로 없던 아버지가 어색하게 말을 꺼냈다. 잠시 곤혹스러운 침묵이 흘렀다.

"애기 엄마…. 얼마나 고마워. 내가 자식을 못 낳는데, 다행이지."

더 무슨 설명이 필요할까마는 어머니는 조곤조곤 기구한 사연을 풀어놓기 시작했다.

"큰집 형님이 육 남매를 두고 막내 동서도 육 남매야…. 남들 배부른 모습이 그렇게 부럽더라고…. 그래 형님 속고쟁이도 빌려 입어보고, 자식 낳으려고 안 해본 일이 없어. 하다 하다 안 되니까 둘째를 내가 들여서 13년을 같이 살았어."

"그래도 어떻게…."

아버지는 슬며시 자리를 피하고 애써 담담한 척하던 어머니가 안경 너머로 눈시울을 붉혔다.

"둘이 한 방에 들여보내고 달밤에 혼자 울기도 많이 울었어. 누가 알아줄까, 그 세월을…. 아무도 몰라, 아무도…."

아직도 남자는 하늘이고 여자는 땅이라고 믿는 어머니였다. 자식을 낳지 못하면 여자구실을 못하는 걸로 치는 시대에 태어나 죄인 아닌 죄인으로 살면서 남몰래 삭인 설움은 얼마나 많았을까. 우리는 그런 어머니의 눈물을 안타깝게 지켜보는 수밖에 없었다.

한참을 서럽게 울던 어머니가 거짓말처럼 해맑은 미소를 지어 보였다.

"그래도 아이들 키울 때가 제일 행복했어. 큰애 초등학교 입학시켜놓고 어찌나 좋은지 학교를 졸졸 따라다녔어. 열백 번을 생각해도 내가 키우기를 잘했다는 생각이 들어. 그 애들이 없었으면 나 같은 늙은이 보러 누가 이렇게 찾아와줄까…."

순간 내 안에선 하루라도 빨리 이 천사 같은 어머니의 통증만이라도 멈추게 해드려야 한다는 뜨거운 의지가 솟구쳤다.

엄마의 특별한 소풍

며칠 후.

어머니는 전에 없이 활달한 모습으로 병원에 나타났다. 비밀은 농사일이 바빠 병원까지 동행할 수 없게 된 아버지가 전날 장터에 데려가 사준 국밥 한 그릇에 있었다.

"땡전 한 푼 허투루 쓰는 법이 없는 양반이 병원 가면 잘 먹지도 못한다고 식전 댓바람부터 어찌나 성가시게 굴던지…."

말은 그렇게 해도 자랑에 겨운 몸짓이 보는 사람까지 유쾌하게 만들었다. 먼 길 떠나보내면서 밥 한 끼나마 든든하게 먹여 보내려는 따스한 남편의 마음이 어머니를 그토록 들뜨게 만든 것이었다.

하지만 검사 결과는 최악이었다.

척추관이 좁아지면서 눌린 신경이 오랫동안 방치된 결과, 허리 관절이 전부 다 망가져 있었다. 의료진과 협의하여 바로 수술 일정을 잡았다.

어머니의 척추관협착증을 치료하기 위해선 비교적 복잡한 과정을 거쳐야만 했다. 우선 신경이 막혀 있는 걸 풀어주기 위해 척추에 나사를 고정하는 것부터가 쉽지 않았다. 고정 부위에 작은 구멍을 내고 피부를 통해 직접 나사를 넣어야 하는데 어머니의 약한 허리뼈 때문에 의료진도 긴장할 수밖에 없는 상황.

더구나 근육이 약하면 나사를 지탱하기가 힘들다. 근육의 손상을 최소화하고 척추관협착증을 완벽하게 치료하는 게 이번 수술의 최대 관건이었다. 여러모로 부담이 큰 수술이라 어머니가 잘 버텨주기만을 바랐다.

시간은 더디게 흘러갔지만 다행히 수술은 무사히 끝났다. 처음엔 그렇게 수줍어하던 어머니가 병문안 차 찾아온 현준 씨를 반갑게 끌어안고 병실을 빙빙 돌자 삼 남매가 환호성을 질렀다.

모처럼 한자리에 모인 삼 남매가 가슴으로 부르는 '어머님 은혜'는 병동을 울음바다로 만들었다. 어머니도 울고 자식의 자식들도 따라 울었다.

아버지는 굽은 허리로 땅만 보고 다니던 어머니를 위해 한강 유람선 데이트를 준비했다. 무뚝뚝한 성격에 살가운 구석이라곤 없던 아버지가 오랫동안 꽁꽁 숨겨둔 말을 꺼냈다.

"고마워, 여보. 사랑해!"

스물한 살에 시집와 처음으로 듣는 고백이었다. 사랑한다는 말이 그렇게도 부끄러웠을까. 어머니는 고맙다고, 감사하다고만 수도 없이 읊조리다 일생의 시름과 설움을 다 털어버릴 것처럼 유람선이 떠나가도록 야호를 외쳤다.

나는 어머니가 자신의 지난날을 풀어놓으며 서럽게 울던 광경을 떠올리며 공연히 눈시울이 붉어졌다. 그런 한편으로는 한없이 곧고 고운 성정으로 꿋꿋하게 가정을 지켜온 어머니의 남은 인생도 오늘처럼 하루하루가 즐거운 소풍날이길 기도했다.

치료를 마친 환자와 가족의 웃는 얼굴만큼 의사로서 보람차고 감동적인 장면은 없을 것이다. 이 순간 나는 수술실에서의 피로가 봄눈 녹듯 사라지는 것을 느끼며 또 다른 도전을 꿈꾼다. 아무래도 이것은 중독성이 매우 강한 피로감이 분명하다. 나의 작은 노력으로 그렇듯 행복해하는 사람들을 볼 때마다 의사로서의 소명감 내지는 자부심 같은 게 몇 배로 불쑥불쑥 되살아나니 말이다.

척추관협착증이 의심되는
증세에는 어떤 게 있을까?

1. 허리를 앞으로 구부리면 편한데 펴면 아프다.
2. 많이 걸으면 다리가 저려서 걷다 쉬기를 반복한다.
3. 엉치가 빠질 듯이 아프다.
4. 계단을 내려갈 때 다리가 당기고 허리에 힘이 들어간다.
5. 다리에 감각이 무뎌진다.
6. 날씨가 흐리면 허리가 더욱 뻣뻣해지고 다리가 아프며 심하게 발이 시리다.
7. 똑바로 눕거나 엎드려 자는 게 불편하다.
8. 딱딱한 바닥보다는 푹신한 침대나 이불이 편하다.
9. 소변을 봐도 시원치가 않다.
10. 걷다 보면 나도 모르게 자꾸 넘어지려고 한다.
11. 앉아 있거나 누워 있을 땐 편한데 일어나거나 걷기 시작하면 허리나 다리가 터질 듯 아프다.
12. 발바닥이 늘 뜨겁거나 시리다.
13. 등과 허리가 점점 굽는 것 같다.

겨울 한복판에서
봄을 만나다

슬픔도 부끄러워 숨어 지내야만 했던 엄마

어리굴젓으로 유명한 충청남도 서산 간월도, 한겨울 혹독한 추위에도 아랑곳없이 마을 아낙들은 굴 캐기로 분주한 이곳에서 영양 굴밥 식당을 운영하는 이문자(여) 씨가 제작진 앞으로 사연을 보내왔다고 한다.

부부가 50여 년을 험한 뱃일 갯일 가리지 않고 열심히 살았으나 혼자가 된 후로 몸과 마음의 병이 깊어진 김남순(71세) 어머니에 대한 이야기였다.

자신을 〈엄마의 봄날〉 애청자라고 밝힌 문자 씨는 그전에도 남순 어머니의 사연을 제보한 적이 있다고 한다. 그런데 처음에는 아쉽게도 기회를 얻지 못했고 두 번째 시도에서 사연이 채택된 것이었다.

가족도 아닌 이웃 주민이 두 번씩이나 봄날 프로그램에 도움을 청할 만큼 다급한 사정은 무엇이었을까.

문자 씨와 남순 어머니는 2년 전 갑작스럽게 남편을 여의었다. 문자 씨 남편이 먼저 병으로 세상을 떠났고 남순 어머니는 그로부터 한 달쯤 지나 같은 처지가 되었다.

평생의 반려자를 속절없이 떠나보낸 고통은 고스란히 남은 사람의 몫이었다. 문자 씨는 남들 앞에 나서는 게 부끄러워 한동안 집 밖에도 안 나갔다고 한다. 불행은 누구의 잘못도 아니건만 사랑하는 사람을 지키지 못했다는 자책감이 스스로를 죄인으로 만든 것이었다.

그렇게 힘든 시간을 보내던 어느 날, 자신과 똑같은 사람이 또 있다는 사실을 알게 되었다. 상대는 어릴 때부터 한동네 살았던 오라버니의 부인이었다. 문자 씨는 나이 차이가 많은 두 분을 큰오빠 큰언니처럼 가깝게 여겼다.

평소 아내라면 끔찍이 여겼던 오라버니였다. 어쩌다 술이라도 한잔 걸치면 '메주야~메주야~' 자신이 손수 지어준 애칭으로 아내를 불러대며 살갑게도 애정 표현을 하곤 하더니 병원에 입원한 지 석 달 만에 돌연 폐 질환으로 세상을 등졌다.

그 후로 문자 씨는 오랫동안 그 언니가 외출하는 모습을 볼 수 없었다. 굴 캐기가 생활의 유일한 방편이라 허리를 바닥까지 구부리고 갯벌로 나갈 때 말고는 일체 집 밖에 얼굴을 보이지 않았다. 알고 보니 남들 보기 부끄럽다고 결혼식이든 잔칫집이든 발길을 모두 끊었다는 것이었다.

갯벌에 일이 없는 날 걱정이 돼서 집으로 찾아가 보면 혼자 우두커니 앉아 있는 모습이 마치 자신을 보는 듯했다.

저 언니도 나처럼 힘든 세월을 보내겠구나.

혼자 살면서 아프지는 말아야 할 텐데.

문자 씨는 허리까지 구부러져 더 힘들게 사는 언니를 차마 그대로 두고 볼 수 없어 한 번 시도했다 실패한 사연을 다시 꼼꼼하게 적어 보냈다고 한다. 동병상련의 아픔으로 이웃을 생각하는 살가운 마음이 훈훈하게 다가오는 겨울이었다.

간월도의 겨울

나는 못 살겠구나
나는 못 살겠네
손 시리고 발 시리어
얼씨구야 나는 나는

더 이상은 못 살겠네

　차디찬 갯벌에 엎드려 굴 캐는 아낙들의 고된 삶의 애환이 서린 노랫가락이 간월도의 겨울을 뜨겁게 달구는 중이었다.

　이곳 아낙들에겐 바닷물이 빠져나간 하루 4~6시간만이 돈벌이의 골든타임이다. 이 시간이면 칼바람 속에서도 불꽃 튀는 굴 캐기 경쟁이 벌어지는데, 김남순 어머니는 갯벌까지 가는 동안 몇 번을 주저앉아 쉬었다 가기를 반복하느라 곤욕을 치러야 한다.

　아픈 허리가 바쁜 발걸음을 붙잡고 놓아주질 않는 까닭이다. 예전 같으면 한달음에 닿을 수 있는 갯벌이 이승과 저승만큼이나 천리만리 까마득하다.

　"이렇게 아프면 죽어야 되나, 어째야 되나…"

　먼저 와서 일하는 아낙들이 부럽다 못해 탄식이 절로 나온다. 마음대로 따라주지 않는 몸을 원망하는 것도 부질없어 힘겨운 걸음을 옮겨보지만 갈 길은 좀처럼 좁혀지질 않는다. 병원비라도 마련할 생각에 일분일초가 아까운 마당에 숨은 또 왜 이리 가빠오는지 눈앞에 굴밭을 두고도 한참을 더 쉬었다 가야 한다.

　언제나 겨울이면 동료들 중에서도 가장 활기차게 일했건만 어쩌다 이 지경이 됐는지도, 몇 년을 이러고 살았는지도 따져볼 겨를이 없이 그저 하루하루 먹고살기 위해 달려온 세월이었다.

갯벌에 들어서면 더욱더 혹독한 시간이 어머니를 기다리고 있다. 굽은 허리를 더 굽혀야 캘 수 있는 굴은 빨리 까서 바구니에 담아야 돈이 된다.

물때에 맞춰 하는 일이라 시간이 곧 돈이었다. 한번 갯벌에 들어오면 끼니도 거른 채 바다가 다시 열릴 때까지 대여섯 시간을 꼬박 엎드려 일해야 혹독한 삶의 추위를 면할 수 있기에 허리가 아파도 참아야 하는 게 갯벌 아낙들의 일상이었다.

이번에 봄날지기로 동행할 게스트는 배우 박정수 님이었다. 나는 제작진으로부터 미리 이야기를 듣고 약속 장소로 향했다. 방송으로만 접해온 그녀는 깐깐하고 카리스마 넘치는 이미지였다. 하지만 막상 실제로 만나본 인상은 방송 이미지와는 또 다른 모습이었다.

운동화에 점퍼 차림의 그녀는 첫 미팅에서 이렇게 말했다.

"저는 평소에 여행이라곤 해볼 기회가 없었어요. 그래서 이건 일이라기보다는 어머님들 집에 놀러 가서 살아가는 얘기도 나누고, 맛난 거 같이 만들어 먹으면서 즐겁게 하자, 그런 마음으로 여기 왔어요."

봄날 프로그램의 목적과도 일맥상통하는 이야기였다. 환자와의 공감을 통해 신뢰를 쌓는 것이 진료의 첫 단계였다. 어머니들과 일상을 함께하면서 나누는 이야기는 단순한 문진만으로 알아내기 어려운 정보를 전해주기도 했다. 때로는 이런 정보가 치료 과정에서 의외로 많은 도움이 되는 것도 사실이다.

박정수 님은 나와 초면이지만 절친한 대학 선배의 누님이라는 인연이 있었다. 첫 인사를 나누면서 그 이야기를 했더니 자연스럽게 호칭이 정리되었다.

"아, 정말? 그럼 내가 누나네. 잘 해봐요, 신 박사."

덕분에 분위기가 한결 편안해졌다. 우리가 간월도 갯벌에 도착했을 때도 어머니는 엎드려 굴을 캐고 있었다.

"남들은 일찍 나와서 한참 동안 엎드려서 캐는데 나는 맨 꼴찌로 와서 허리가 아파서 엎드렸다 앉았다 해가면서 일하느라고 굴도 많이 못 캤어."

바구니에 생굴이 제법 채워져 있건만 어머니는 못내 아쉬운 눈치였다.

"제가 도와줄게요, 어머니. 이거 어떻게 하는지 가르쳐주세요."

정수 누님은 어머니처럼 구부정한 자세를 취했다. 나는 잠깐 흉내만 냈을 뿐인데 자세를 유지하는 것 자체가 고역이었다. 허리 아프고 다리 저린 건 둘째치고 머리가 어질어질했다.

딱딱한 굴 껍데기 속에서 알맹이를 빼내는 것도 보통 난이도가 높은 노동이 아니었다. 나는 어설프게 달려들었다 괜히 아까운 굴만 몇 개 망쳐놓고 두 손 들고 말았다.

"진짜 쉬운 일이 아니네요. 어머니처럼 하고 싶어도 잘 안 돼."

정수 누님은 연신 허리를 두들겨가면서도 일손을 멈추지 않았다. 힘들게 일하는 어머니를 조금이라도 돕고 싶은 마음이 국민 배우 허리까지 망가뜨릴까 걱정되지 않을 수 없었다. 마침 아낙들이 갯벌을 나서고 있었다. 물때가 지나갈 시간인 것이다.

우리는 어머니를 따라서 마을 어촌계로 향했다. 갯벌에서 캐낸 굴은 그날그날 이곳에서 수매가 이루어진다고 한다. 생굴 1킬로그램당 수매가는 만 원이었다. 하루 평균 5,6만 원 수입을 올리는 아낙들 틈에서 어머니가 받은 금액은 3만 원, 성적으로 치면 꼴찌였다.

"아프지만 않으면 벌어서 애들도 좀 주고 좋은데…. 내 몸이 이래서 그러려니 하면서도 속이 상하네. 옛날엔 하루에 10킬로까지 했어. 암만 못해도 7,8킬로는 했는데…."

쓸쓸하게 미소 짓는 얼굴에 설움 같은 게 묻어났다. 소득이 적어서라기보다는 그만큼 몸 상태가 안 좋아진 증거라 생각되어 어머니를 한없이 심란하게 만드는 것이었다.

엄마의 말 못할 두려움

어머니 혼자 지내는 집에는 방이 여섯 개나 되었다. 민박집을 꾸려 노후를 대비하려던 계획이 남편이 세상 떠나면서 물거품이 돼버렸다고 한다.

"없는 형편에 삼 남매를 키워내느라 고생 고생 하다 늙어서라도 편하게 지내보자고 빚까지 얻었는데 청소하기만 힘들고, 이젠 애물단지가 돼버렸어."

어머니의 눈길이 벽에 걸린 사진을 향했다. 혼자 남은 집에 낯선 사람을 들일 수도 없고 아픈 몸으로 손님들 뒤치다꺼리를 할 수도 없어 민박은 시작도 못했다는 설명이다.

"한 3년만 더 살지, 뭐가 급하다고 그렇게 가버렸을까."

노년의 안락한 삶에 대한 꿈은 사라지고 고적함만 남아 있는 집에서 어머니는 매일 혼자 끙끙 앓으며 혼자 눈물을 삼켰다고 한다. 이야기를 하면서도 눈물이 그렁그렁 맺혀 있는 어머니를 정수 누님이 안타깝게 바라보았다.

"어디가 그렇게 아프셨어요."

"10년 전에 허리 수술하고 의사 선생님이 쉬어야 된다고 했는데 그럴 수가 있어야지. 퇴원하고 얼마 안 돼서 배 타고 그물 만지고, 일을 많이 했더니 허리가 틀어졌어. 너무 아파서 오래 서 있질 못해. 툭 하면 고꾸라지고."

설명만으로는 정확한 증세를 알 수가 없었다. 나는 일단 어머니의 몸 상태를 살펴보기로 했다. 수술한 부위를 보려고 했더니 엎드리는 것조차 힘겨워하는 모습이었다. 다리는 당연히 안 펴지고 누워서 똑바로 몸을 가누지도 못했다.

허리에 척추유합술을 받은 흔적이 선명하게 남아 있었다. 수술 부위는 단단하게 고정되어 있는데 그 위쪽 근육이 약해지면서 협착이 생겼을 가능성이 높아 보였다. 누웠다 일어나려면 허리가 빠개지는 듯하고 기침을 하거나 재채기를 할 땐 골반이 당기고 소스라칠 정도로 아프다고 했다.

"이렇게 되도록 어떻게 참으셨어요, 그래."

"그러게. 키나 크고 허리가 길어서 아프면 그러려니 하지."

정수 누님이 곤혹스럽게 건넨 말을 어머니는 자조 섞인 농담으로 받았다. 척추유합술은 정형외과적 수술 기법이 많이 발달하지 않았을 때 흔히 시행되었던 치료법이다. 지금도 간혹 통증을 일으키는 관절을 움직이지 않게 하려고 관절을 서로 붙여버리는 이 치료법을 사용하기도 하지만 대개는 인공관절치환술로 바뀌고 있는 추세이다.

무엇보다 안타까운 건 현재 어머니의 상태였다. 관절을 고정하는 수술을 하게 되면 일을 많이 줄이는 게 무엇보다 중요하다. 무거운 물건을 들어서도 안 되고 쭈그려 앉거나 구부려 일하는 자세도 피해야 한다. 그런데 어머니는 수술 후에도 전과 똑같은 생활을 했기 때문에 문제가 더 심각해진 것이었다.

곰곰이 이야기를 듣고 있던 정수 누님이 의문을 제기했다.

"근데 살림하고 살면서 어떻게 구부리지 않고 살아요?"

방법이 아주 없는 건 아니다. 한 시간 허리 굽혀 일하면 십 분 이상 허리를 펴고 쉬어 척추가 다시 제자리를 잡을 수 있도록 해주는 방법이다.

하지만 우리 어머니들은 한 시간 일하고 쉴 때도 쪼그리고 앉아서 쉬는 게 습관이 되어 있다. 이렇게 쉬는 건 쉬는 게 아니다. 다리도 구부리고 허리도 구부러져 있는 자세로 쉬는 건 작업을 멈췄다 뿐이지 허리는 계속 일을 하는 것과 다름없다. 그렇기 때문에 허리가 점점 구부러지는 것이다.

김남순 어머니의 가장 큰 문제도 일하는 습관에 있었다. 허리가 구부러지기 시작하면 허리만 굽는 게 아니다. 나중엔 골반까지 굽고 그에 따라 무릎도 같이 구부러지게 된다. 보통 허리 운동을 한다고 하면 골반 운동도 같이 해줘야만 되는 게 그런 이유에서다.

어머니의 몸 상태로는 정밀검사가 시급한 상황이었다. 어디가 어떻게 망가졌는지 자세히 알아야만 치료법을 찾아볼 수가 있었다. 하지만 우리가 떠날 시간이 임박해오는데도 어머니는 가타부타 말이 없었다. 대신 아주 특별한 음식을 대접해주었다. 화덕에 마른 콩대를 땔감으로 써서 익힌 굴구이였다.

"간월도까지 와서 이걸 안 먹고 가면 서운해서 안 돼."

어머니가 힘든 몸으로 손수 캐낸 황금 같은 굴이 화덕 위에 아낌

없이 올려졌다. 우리에게 사연을 제보한 이문자 씨는 무거운 돌솥에 영양굴밥까지 한상 차려 내왔다. 고맙게도 우리는 물 빠진 겨울 갯벌 입구에서 따뜻한 만찬을 누렸다.

문자 씨는 식사를 마친 뒤 어머니 손을 꼭 잡고 말했다.

"박사님이라면 언니 허릿병을 낫게 해주실 거야. 서울 가서 꼭 치료받아요, 응?"

"제가 어느 날 문득 여기 놀러 왔을 때 어머니가 씩씩하게 걸어다니는 걸 봤으면 좋겠네요."

정수 누님도 진심 어린 마음을 전했다.

"그래야지…."

어머니는 조용히 고개를 끄덕였으나 왠지 모를 망설임을 내비쳤다. 이때까지도 나는 그렇듯 무거운 시름의 실체가 무언지 짐작조차 할 수 없었다.

늘 뒤로 처져 걷다가 당당하게 앞장서는 엄마

며칠 후 자녀들과 함께 병원을 찾았을 때도 어머니는 표정이 편치 않았다. 나는 몸이 많이 불편하셔서 그런 줄 알고 정밀검사를 서둘렀다.

이미 한 차례 허리 수술 경험이 있기에 검사 결과를 더 꼼꼼하게 살펴볼 필요가 있었다. 예상했던 대로 척추유합술 후 건강관리에 소홀했던 게 주원인이었다. 이 수술을 하게 되면 근육이 닳아 붙고 어긋나면서 허리가 굽고 아픈 증상이 나타날 수 있다.

현재 어머니 상태로는 인공관절치환술도 불가능한 상황이었다. 전에 척추유합술을 받지 않았더라면 수술이 가능할 수도 있었다. 또 만약 수술을 했더라도 몸 관리에 신경을 썼더라면 다른 방법을 시도해볼 수도 있겠지만 어머니는 다시 수술을 할 만한 상태가 아니었다.

협진회의 결과 비수술적 치료가 적합한 것으로 의견이 모아졌다. 근력을 단단하게 하는 인대 증식 강화 주사로 허리 근육을 잡아주고 허리뼈가 약간 돌출되어 있는 부분은 신경성형술을 시도하기로 했다.

그런데 시술 준비를 모두 마쳤을 때 다시 문제가 생겼다. 어머니의 혈압이 정상 범위보다 훨씬 높은 수치로 나타난 것이다. 평상시엔 혈압이 높지 않았던 분이 몇 번을 재봐도 마찬가지였다. 이런 경우는 봄날 프로그램을 진행하면서 처음 있는 일이었다.

혈압이 떨어지지 않는 원인을 찾아야 했다. 간단한 시술이라고 해도 혈압이 올라가면 환자가 위험할 수가 있다. 계속해서 혈압이 나빠지면 시술 자체가 불가능했다. 혈압이 올라가서 심장의 혈관

벽이 터질 위험이 있기 때문이다.

막내따님 이야기를 들어보니 이유가 있었다.

"아빠가 아플 때 병간호하면서 엄마가 안 좋은 모습을 많이 보셨어요. 병원에서 좋은 기억이 없기 때문에 겁이 많이 나신 것 같아요."

어머니는 병원에 오기 전부터 극도의 불안으로 그토록 긴장했던 거였다. 우리는 일단 혈압부터 조절하고 안전한 상태에서 시술을 진행하기로 했다. 담당의는 어머니를 찾아가 치료 과정을 설명해주고 마음을 안정시킬 수 있도록 세심하게 신경을 기울였다.

다행히 다음 날은 혈압이 정상으로 돌아왔다.

시술은 통증을 잡는 신경치료와 약한 근육을 탄탄하게 하는 약물치료를 병행했다. 더 중요한 건 그다음이었다. 혹독한 재활 치료 과정이 어머니를 기다리고 있었다.

우여곡절 끝에 시술을 마친 어머니에게 재활 치료만 무사히 마치면 한결 몸이 편해질 거라고 설명했으나 아직은 완전히 긴장이 풀리지 않는 표정이었다.

그리고 며칠이 지났다. 나로서도 고민이 많았던 치료였기에 어머니 상태를 한시라도 빨리 확인하고 싶었다. 병실에선 뜻밖의 장면이 나를 기다리고 있었다. 어머니가 언제 그랬냐는 듯 근심걱정이 사라진 얼굴로 나를 맞아주었다.

"진짜 원장님 말대로 통증도 없고 한결 걱정이 없어 좋아. 이젠 똑바로 잘 누워. 여기가 잘 안 닿았는데 잘 닿고⋯."

말수가 이렇게 많은 분이었던가 싶을 만큼 어머니는 몹시 들떠 있었다. 나는 무릎이 똑바로 펴지는지 확인부터 했다.

"잘 펴져. 통증이 없어서 너무 좋아. 앉았다 일어날 때도 안 아프고."

일어나보시라고 했더니 보란 듯이 벌떡 일어나 가뿐하게 걸어 보였다. 척추 질환 치료에서 사후 관리보다 중요한 건 없다. 수술 후 퇴원하는 건 일상생활로 복귀하기 위한 예비 단계에 불과하다.

퇴원 후 정상인처럼 일상생활을 해도 지장이 없을 때가 치료가 완전히 끝나는 지점이다. 나는 어머니가 중심을 잡고 여유 있게 걸음을 옮기는 걸 확인하고 일단 마음이 놓였지만 운동의 중요성을 거듭 강조했다.

"치료는 한 번으로 끝나는 게 아닙니다, 어머니. 쉽지 않겠지만 계속 근육이 강해지는 운동을 하셔야 돼요."

"재활운동인가 하면서 만날 듣는 소리가 그 소린데, 뭘. 걱정 마요, 원장님. 나 아프지도 않은 게 너무 좋아. 이제부턴 다 내 세상 같아!"

어머니는 당장 병원을 한 바퀴 뛰고 들어올 기세였다. 혹시라도 잘못될까 두려워 검사조차 꺼리던 모습은 간데없고 얼굴엔 자신감이 가득했다.

퇴원할 때 자녀들의 부축도 마다하고 맨 앞에서 걸어 나갔다. 사람들 보기 부끄럽다고 늘 뒷전에서만 움직이던 어머니가 앞장서 걷는 모습이 그렇게 편안하고 당당해 보일 수가 없었다.

나는 벌써부터 다음에 만날 어머니가 기다려졌다.

허리 근육 강화를 위한
간편 동작

~~~~~~

코브라 자세

1. 바닥에 엎드린 상태에서 손바닥으로 바닥을 밀어 상체를 세운다.
2. 1회당 5초씩 유지하며 8회씩 3세트 실시한다.

슈퍼맨 자세

1. 바닥에 엎드린 상태에서 팔과 다리를 천천히 띄우며 숨을 내쉰다.
2. 1회당 5초씩 유지하며 8회씩 3세트 실시한다.

골반 교정 운동

1. 고양이 자세에서 시선은 바닥을 향한 채 한쪽 다리를 뒤로 뻗어주
   며 반대쪽도 반복한다.
2. 1회당 5초씩 유지하며 8회씩 3세트 실시한다.

꼬부랑 할머니의
기적

'괜찮다'는 엄마의 하얀 거짓말

오래전 어버이날, 초등학생 딸은 부모님께 편지를 쓰다 말고 문득 서러움에 목이 메었다.

처음엔 돈이 없어 선물을 드리지 못한 게 마음 아파서 울었다. 그러다 엄마의 남루한 옷차림을 떠올렸다. 언제 한 번 남들처럼 예쁜 옷 입고 나들이 가는 모습을 본 적이 없는 엄마는 그 화창한 날에도 고사리를 끊으러 낡은 몸뻬를 걸쳐 입고 험한 산을 올랐다. 산에 가야만 식구들이 먹고살 길이 열린다고 했다.

왜 우리 엄마만 이렇게 고생을 할까.

생각하면 생각할수록 이상하고 불쌍한 게 엄마의 인생이었다.

고향 뒷산에는 어릴 때 살았던 초가집이 아직도 남아 있다. 전기도 들어오지 않는 그 집에서 가난한 부모의 사랑을 먹고 자란 오 남매는 성년이 되어 각자의 삶을 찾아갔다.

강산이 두 번 세 번 바뀌어도 엄마의 시간은 그대로 멈춰 있었다. 어쩌다 친정에 가면 무심결에 터져 나오는 엄마의 신음소리가 그것을 증명해주었다.

병원에 가보자고 하면 엄마는 이러다 말 거라고 대번 손사래를 쳤다. 볼 때마다 허리가 점점 굽어져도 그저 괜찮다고만 했다.

이젠 부모님에게도 번듯한 기와집이 생겼다. 딸이 집을 새로 짓지 않으면 시집을 안 가겠다고 울고불고 떼를 써서 겨우 지은 집이었다. 하지만 늘그막에나마 편하게 살 줄 알았던 두 분은 창고를 개조한 방을 따로 만들어 그곳에서 지냈다.

알고 보니 엄마의 허릿병 때문이었다. 아픈 엄마 등이라도 뜨겁게 지지라고 아버지는 좁은 방에 사시사철 군불을 피워댔다. 자식들은 부모님 고생하는 게 안타까워 창고 방에 딸린 부엌에 가스레인지도 놓아주고 틈날 때마다 장작을 준비해두고 가기도 하지만 엄마의 허리는 날이 갈수록 휘어지고 무너져 내리고 있었다.

그래도 엄마는 늙으면 다 허리가 구부러지는 거라며 자식들을 위로했다. 늘 괜찮다고만 했던 말이 노모의 하얀 거짓말이라는 걸 뒤늦게 알아차린 딸은 눈앞이 먹먹했다.

아버지는 힘들어하는 엄마를 지켜보면서 또 얼마나 속이 시커 멓게 타들어갔을까.

딸은 이제라도 엄마의 봄날을 찾아주고 싶은 애절한 마음을 담아 봄날 프로그램에 도움을 청했다.

더 늦기 전에 엄마를 도와주세요.

간절한 사연을 담은 편지에 다급함이 묻어났다.

지킬 수 없었던 60년의 약속

섬진강이 내려다보이는 산골 마을에 이수연(80세) 어머니를 만나러 갔을 땐 온 산이 초록으로 물든 유월의 어느 날이었다.

"우리 이수연 엄마 맞으시죠?"

먼발치에서 지팡이를 짚고 산등성이를 오르는 어머니를 알아본 현준 씨가 반갑게 달려가 인사를 건넸다.

"테레비서 많이 본 양반이네?"

어머니는 나보다 생전 처음 만난 연예인에게 더 큰 관심을 나타냈다. 봄볕에 검게 탄 얼굴에 자그마한 체구로 신기한 듯 눈망울을 굴리는 모습이 어린아이처럼 천진난만하기 그지없었다. 현준 씨가 나를 소개하며 너스레를 떨었다.

"엄마, 근데 이 아저씬 누군지 모르죠? 서울 유명한 병원 원장님인데, 그냥 이웃집 아저씨처럼 편하게 대하면 돼요."

"아이고, 어떻게 그래. 의사 선생님이신데."

"그럼 차라리 아들 하시든가!"

초면에 한바탕 웃음이 터졌다. 프로그램을 함께하면서 나와 본관이 같다는 사실을 알게 된 현준 씨가 항렬을 따져보고 정한 호칭이 '아저씨'였다. 덕분에 한결 유쾌한 분위기 속에서 대화가 시작되었다.

"지금 어딜 가시는 중이었어요?"

"저기 고추밭에."

어머니가 가리킨 곳은 산 중턱이었다. 한 발만 헛디디면 굴러떨어질 것 같은 가파른 산길이 앞에 놓여 있었다. 육안으로 보기에도 허리가 70~80도로 굽은 어머니는 지팡이를 짚어도 허리가 온전히 펴지질 않았다.

우리는 어머니를 따라 산을 올랐다. 뒷모습만 봐도 힘든 태가 역력하건만 어머니는 가쁜 숨을 몰아쉬면서도 한참을 쉬지 않고 앞서 걸었다. 오히려 우리가 좀 천천히 가자고 투정 아닌 투정을 부렸다.

"그렇게 무리해서 걸으면 안 돼요, 어머니."

"남들은 왜 꼬부리고 다니냐고 하는디, 난 이게 편해."

"어머닌 지금 허리가 아프니까 땅만 보고 걷는 게 편할지 몰라도 이건 정말 안 좋은 습관이에요. 이러다 보면 허리가 자꾸 더 구부러져요."

직업은 못 속인다고 이런저런 잔소리를 늘어놓다 보니 이윽고 고추밭에 도착했다. 어머니만큼이나 체구가 작은 아버지(조광래, 81세)가 구불구불 끝도 없이 펼쳐진 밭에서 손을 흔들고 있었다. 노인 두 분이 농사를 짓기엔 아무래도 벅차 보였다.

"젊어선 날만 어둑해도 산에 오기 무섭두만 지금은 밤이고 낮이고 겁날 것이 없어. 이렇게라도 따라댕겨야지. 영감 혼자선 고생스러워 안 돼."

어머니가 아등바등 가파른 산길을 올라온 이유가 이것이었다. 그런 아내를 묵묵히 바라보던 아버지가 한숨처럼 마음속 아픔을 토해냈다.

"열심히 일해서 언젠간 허리 쪽 펴고 살자고 했는디…. 60년을 살면서 그거 하나를 못 지켰네, 내가."

깡마른 얼굴에 깊게 파인 주름이 두 분의 모진 세월을 말해주고 있었다. 나는 뭐라 위로할 말을 찾지 못해 애꿎은 잡초만 뽑아내고 있었다.

"우리 원장님 보기보단 엄청 훌륭한 의사 선생님이거든요. 이젠 그 약속 지키게 해드릴게요, 아버지. 근데 우리 엄만 왜 이렇게 손이 고우셔? 손만 보면 새색신 줄 알겠어요."

다행히 현준 씨 특유의 거침없는 입담이 모두를 웃게 만들었다.

엄마의 서글픈 소원

따님이 편지에 써 보낸 것처럼 초여름에도 아궁이에 장작이 잔뜩 쌓여 있었다. 시커멓게 타버린 장판이 노부부의 생활을 그대로 보여주는 듯했다.

허리 아플 때 등을 뜨겁게 지지면 당장은 시원한 것 같아도 느낌일 뿐이다. 병이 치료되기는커녕 화상이나 욕창이 생길 위험이 있어 오히려 해로운 습관이라 할 수 있다.

방 안을 둘러보다 앉은뱅이책상에 눈이 갔다. 초등학생용 배낭과 필기도구도 보였다. 5년 전부터 한글 공부를 시작한 어머니를 위한 물건들이었다.

그 나이 때 여성들이 대개 그러하듯 어머니도 문맹인 채로 시집을 왔다고 한다. 글을 몰라도 살아가는 덴 별 지장이 없었다. 혼례식을 치른 지 두 달 만에 입대한 남편으로부터 편지가 왔을 때 비로소 그 설움을 알았다.

"신랑이 뭘 잔뜩 써 보내도 까막눈이라 읽지를 못하니 얼매나 깝깝했는지 몰라."

어머니는 이제야 그 한을 다 풀게 생겼다며 손수 쓴 편지를 보여주었다. 군대 간 지 얼마 안 된 손자한테 보낼 편지였다.

"대학도 보내줄게, 공부 열심히 혀."

아버지는 어머니가 삐뚤삐뚤 써내려간 글씨를 곁눈질하며 흐뭇한 미소를 떠올렸다.

"어머니 글자 배우고 한 다 풀었으니 그럼 이젠 소원이 뭐예요?"

현준 씨의 물음이다.

"요양원 안 가는 거."

어머니가 뜬금없이 요양원 이야기를 꺼낸 이유가 기가 막혔다.

"몹쓸 병 걸려 걸어댕기지도 못하면 요양원 가야잖아. 자식들이랑 영감에게 행복을 줘야지 힘들게 하면 안 되니까."

아버지는 말없이 아내의 손등을 토닥였다.

"제가 의사잖아요. 그럴 일 없을 테니 아무 걱정 마세요."

의사가 환자를 두고 장담할 순 없지만 나는 두 분 앞에서 큰소리를 치고 말았다. 침묵하고 있기엔 노모의 소원이 너무나 서글프게 다가왔다. 최소한 걷지 못해 요양원에 가실 일은 없게 할 자신도 있었다.

일단 어머니의 건강 상태를 살펴보았다. 짐작했던 대로 허리뼈가 붕어지느러미처럼 튀어나왔다. 이 정도면 만성 척추 질환에 해당된다. 그간 버텨온 것만도 기적이라 하지 않을 수 없었다.

어머니의 허릿병을 악화시킨 원인은 생활 곳곳에 있었다. 팔순 노인이 험한 산길을 오르내리는 것부터가 허리 건강에 치명적이다.

더구나 걸을 땐 물론이고 일할 때도 어머니는 허리를 구부리는 게 습관이 되어 있었다. 젊은 사람도 오랜 시간 구부린 자세로 일하면 탈이 나기 마련이다. 그렇게 장기간에 걸쳐 누적된 나쁜 습관이 허리를 지탱하는 근육을 늘어뜨려 뼈를 구부러지게 만든 결과였다.

집안일을 하면서도 마찬가지였다. 식사 대접을 하겠다기에 극구 사양하는데도 어머니는 기어코 맷돌을 닦고 두부콩을 삶기 시작했다.

"울 영감이 두부를 좋아해."

어머니가 허리를 기역자로 구부린 채 좁은 마당을 종종거리는 장면을 통해 평소 생활 모습이 그려졌다. 나와 현준 씨도 팔을 걷어붙였지만 별 도움이 못 되었다. 어머니는 잠시도 일손을 쉴 틈이 없었다.

허리 한번 펼 새가 없이 바지런을 떨어가며 영감님 좋아하는 음식을 만들고 살림에 농사일까지 하느라 정작 자신은 뼈마디가 삭는 줄도 모르고 살아온 시간들이 눈에 선했다.

두부가 익어가는 동안 현준 씨가 두 분의 신혼 시절 이야기를 졸랐다.

"중매로 만나서 열아홉에 신랑 얼굴도 못 보고 결혼했어. 혼례식

날 수건으로 눈을 가리고 초례청에 섰는디, 동네 사람들이 신랑이 잘생겼다고 수군대더라고. 그래 나도 궁금해서 고개를 이렇게 빼꼼 들어봤지."

"그랬더니 어땠어요?"

"보니까 신랑이 참말로 이쁘더라고."

소녀처럼 깔깔대는 어머니 얼굴이 새색시처럼 고왔다. 막걸리 한 사발에 흥이 오른 아버지는 그런 어머니를 사랑스럽게 쳐다보며 넌지시 노래를 청했다.

"난 우리 각시 노래가 없으면 술이 안 넘어가."

"그럼 어머니 노래하셔야죠."

좌중의 성화에 못 이기는 척 어머니가 숟가락을 손에 쥐고 구성진 노랫가락을 풀어내기 시작했다.

보슬비가 소리도 없이
이별 슬픈 부산 정거장

간혹 허리가 아파서 아버지 혼자 일할 때면 밭고랑에 앉아서 불러주곤 하는 노래라고 했다.

"내가 죽을 때까지 속이 쓰린 건 할망구 허리 아픈 거, 그거 하나여. 저 허리를 누가 저렇게 만들었을까. 고생을 너무 시켜서 그래.

낮에는 남의 집 농사를 짓고 저녁에 별이 뜨면 내 농사를 지었어. 저녁에도 별 보고 일하고, 아침에도 별 보고 일하고….”

어머니가 자리를 비운 사이 아버지가 속마음을 열어 보이며 소리 없이 눈물을 흘렸다.

평생 노동을 숙명처럼 지고 살다 나뭇가지처럼 구부러져가는 아내의 허리를 고쳐줄 방법이 없어 아버지는 밤마다 잠을 못 이루었다. 밤이 깊을수록 고약하게 심술을 부리는 아내의 허리 통증과 함께 아버지의 시름도 깊어갔다. 허리라도 주물러주면 잠을 좀 편안히 잘까 싶었지만 뼈마디에 손만 닿아도 터져 나오는 비명소리에 매번 가슴 한 자락이 내려앉곤 했다.

“내가 죄인이여. 이제 낫기는 어려울 것 같고, 고생이나 안 하다가 죽었으면….”

열심히 살아온 죄밖에 없는 아버지의 눈물에 설움보다 진한 회한이 묻어났다. 나는 어떤 어려움이 있더라도 어머니를 통증에서 해방시켜드리기로 결심하고 서울로 돌아왔다.

팔순 노부부의 영원한 사랑 노래를 위하여

며칠 후, 어머니의 치료 방법을 찾기 위한 의료진 회의가 열렸다. 나는 동료들과 영상 자료를 공유하고 그들의 의견을 귀담아들었다. 기대와 걱정이 교차하는 순간이었다. 만에 하나 고령의 어머니에게 예상치 못한 증세가 나타날 경우 치료가 어렵게 될 수도 있었다.

다행히 정밀검사 결과는 매우 양호한 편이었다. 협진회의를 통해 만장일치로 신경성형술이 결정되었다. 신경성형술은 1밀리미터의 가는 특수 카데터를 이용해 디스크, 협착증, 만성 요통 등의 척추 질환을 간편하게 치료하는 시술이다. 피부 절개가 필요 없고 시술 시간이 짧은 데다 한두 시간 안정을 취하면 바로 일상으로 복귀할 수 있는 장점을 지녔다.

전신마취에 대한 불안감을 갖고 있는 고령의 환자나 만성질환 자에게 적합한 신경성형술은 수술에 대한 두려움이 컸던 어머니를 위해서도 최적의 치료법이었다.

고령에 이 또한 쉽진 않은 상황이었으나 다행스럽게도 어머니는 빠른 회복세를 보였다. 주어진 상황을 긍정적으로 받아들이는 낙천적인 성격 덕분이었다. 재활 치료에도 남다른 열성을 나타냈다. 바닥에 닿을 듯 굽었던 허리를 곧게 펴고 병실을 거니는 어머니를 향해 현준 씨가 감탄사를 연발했다.

"엄마! 우리 엄마 언제 이렇게 건강해진 거예요? 허리가 다 펴졌네!"

"급히 오느라 지팡이를 못 챙겼는데 안 가져오길 잘했어."

어머니는 복도를 한 바퀴 돌아 보이며 현준 씨의 축하 인사에 화답했다. 그간 잠시도 어머니 곁을 떠나지 않고 병실을 지켜왔던 아버지 얼굴에도 싱글벙글 웃음꽃이 만발했다.

"사실 나는 이 사람 검사만 받아볼 수 있게 해도 소원이 없을 것 같았는데, 꼬부랑 허리를 이렇게 활짝 펴주기까지 해서 바랄 게 없어요."

"나도 오늘처럼 좋은 날이 없어. 더는 원도 없네!"

고된 세월의 강을 건너 다시 찾은 봄날을 만끽하며 활짝 웃는 두 분의 행복한 모습이 오래도록 기억에 남을 것 같다. 평생 서로에게 버팀목이 되어준 노부부의 아름다운 사랑이 영원토록 함께하길 빌어본다.

허리를 건강하게 만드는
올바른 생활습관

1. 앉을 땐 허리를 곧게 펴고 반듯한 자세로 앉는다.

2. 오랜 시간 쪼그려 앉은 자세로 일하지 말아야 한다.

3. 한 번에 몸을 일으키기 힘들면 의자를 짚고 일어난다. 벽이나 바닥을 짚고 일어나는 습관은 허리 근육을 약화시키고 어깨에도 무리를 준다.

4. 불편해도 허리를 구부리고 걷지 않는다.

5. 딱딱한 잠자리를 피하고 침구는 되도록 푹신한 것을 사용한다.

6. 좌식 생활에서 침대, 식탁, 소파, 의자 등을 이용한 입식 생활로 바꾼다.

남해 멸치 어매의
바다 같은 인생

멸치잡이 48년, 무너진 엄마의 허리

평범한 가정의 늦둥이 막내딸로 태어난 엄마는 고생이란 걸 모르고 자랐다. 하지만 팔남매의 장남에게 시집오면서 인생이 완전히 바뀌었다.

없는 집에선 먹는 입이 제일 무서웠다. 식구가 많으니 보리쌀 한 가마니가 일주일이면 바닥나기 일쑤였다. 하는 수 없이 신혼 초부터 부부가 함께 돈을 벌러 다녔다.

연평도 조기잡이 투망도 해보고 모래 운반선을 따라다니기도 했다. 앞날을 생각하면 궂은 일 험한 일 가릴 형편이 아니었다.

경기가 안 좋을 땐 남의 집 보리타작이나 방앗간 허드렛일을 거들었다. 그러고도 저녁이면 장어를 잡으러 다녔다. 뭐든 닥치는 대로 일하지 않으면 온 식구가 굶어야 할 판국이었다.

남들처럼 떵떵거리며 살지는 못할망정 당장 입에 풀칠할 걱정만은 면하려고 부부가 이를 악물었다. 그 바람에 젊은 아내는 빨리 늙어갔다.

남편의 소원은 멸치잡이 배 한 척 장만하는 것이었다. 고생 끝에 낙이 온다고 했다. 그 하나의 믿음으로 48년을 앞만 보고 달려왔다. 하지만 한 치 앞을 모르는 게 인생이었다.

어렵사리 배를 장만하고 좀 살 만하다 싶더니 생각지도 못한 풍파가 닥쳐왔다. 그토록 씩씩하던 아내가 무너지기 시작했다. 가족의 동아줄 같은 멸치잡이가 허리를 망가뜨린 것이었다.

"집사람이 수술하고 퇴원한 지 사흘 만에 또 일을 시작했어, 15년 전에. 그때부터 여태 이러고 살았으니 내가 무슨 할 말이 있나. 마음을 어디 둘 데가 없어…."

김재섭(75세) 아버지는 스스로를 원망하며 채 말을 잇지 못했다. 아내가 다시 멸치 배를 타겠다고 했을 때 말리지 못한 게 두고두고 한이 되는 까닭이다.

"바깥양반 혼자 바다에 나가면 끌탕을 할 게 뻔한데 나만 몸조리한다고 편히 누워 있을 수가 있어야지."

김순덕(69세) 어머니는 담담하게 지난날을 회상했다. 둘이 해도 힘든 일을 도저히 나 몰라라 할 수가 없었다는 것이다.

세월이 흘러도 빠듯한 현실은 어머니를 배에서 놓아주질 않았다. 허리 통증을 참아가며 한 해 두 해 버티다 재차 병원을 찾았을 땐 이미 회복이 불가능한 상태라는 청천벽력 같은 이야기를 들었다.

"가끔 멸치 구부러진 걸 손바닥에 놓고 보면 이놈 신세나 내 신세나 다를 게 없어. 그래도 어쩔 것이여. 내가 정신을 바짝 차려야 저 양반도 기운이 날 것 아녀. 그래야 새끼들 고생도 안 시키고."

항상 가족만을 위해 살아온 어머니는 그저 남편 걱정 자식들 생각뿐이다.

'신은 너무 바빠서 인간을 일일이 돌볼 수 없기에 어머니라는 존재를 세상에 내보냈다.'

나는 제작진이 사전 인터뷰를 통해 촬영한 동영상을 보고 새삼 이 말을 떠올렸다. 그렇다면 눈물겹도록 치열한 삶과의 전투 끝에 복병처럼 찾아온 통증으로부터 세상 모든 어머니들을 해방시키는 건 우리 의사들에게 마땅히 주어진 소임이 아닐까.

쪼그려 앉지 못하는 엄마

전라남도 고흥군 도덕면 오마리.

우리가 평화로운 어촌마을에 도착한 시각은 가을 햇살이 아름다운 한낮이었다.

"그냥 봐도 그림이네요. 역시 바다는 언제 와도 좋아요!"

현준 씨 말처럼 그림 같은 풍경이 낭만적인 감상을 자아내기에 충분했다. 드넓은 바다를 등진 채 바닥에 뭔가를 흩뿌리고 있는 부부가 눈에 들어왔다. 우리는 어머니를 금세 알아보았다. 구부러진 뒷모습이 화면으로 보았던 그대로였다.

순박한 인상의 아버지가 먼저 우릴 발견하고 일손을 멈추었다. 마침 두 분이 멸치를 널고 있었다. 얼핏 보자면 그마저도 한 폭의 그림이었다.

"어머니 패션이 어쩜 이렇게 멋져요? 완전 멋쟁이!"

현준 씨가 보랏빛 반짝이 셔츠와 같은 계통의 작업모를 쓴 어머니를 향해 특유의 다정다감한 미소로 다가갔다.

"그런가? 빈말이라도 듣기 싫진 않네."

어머니가 쾌활한 웃음으로 화답하며 고개를 들었다. 나는 어쩔 수 없이 굽은 허리에 눈길이 갔다. 상체가 적어도 70도 이상은 굽은 듯했다.

"쌤! 일 안 하고 뭐 해요?"

현준 씨는 어느 틈엔가 아버지 채반을 넘겨받아 일손 거들 준비를 하고 있었다. 채반에 담긴 멸치를 바닥에 깔아놓은 비닐 장판에

골고루 뿌리는 일이었다.

그동안 전국의 어머니들을 찾아다니며 논일 밭일 갯일 안 해본 일이 없는 터라 이 정도는 일도 아니다 싶었다. 하지만 우리는 멋모르고 덤벼들었다가 생각지도 못한 곤욕을 치렀다.

멸치를 한 움큼 집어든 순간 날카로운 가시가 손에 박혔다. 두 분 다 장갑을 안 끼고 있었는데 손이 온통 굳은살과 상처투성이였다.

"가시가 이렇게 많은데 왜 장갑을 끼지 않고 일하세요?"

"갑갑해서 맨손으로 하는 게 더 편해. 바쁘니까 잊어버리기도 하고."

어머니는 가시에 찔리는 것쯤 대수롭지 않은 듯 익숙한 동작으로 채반을 흔들었다. 새우나 꼴뚜기 등 잡티를 걸러내는 작업이다.

"어머니 표정이 너무 밝아서 아픈 줄도 몰랐어요."

현준 씨는 당혹스러운 눈길로 어머니가 일하는 모습을 지켜보았다. 꼬부린 자세로 일하는 시간이 길어지면 자신도 모르게 인상을 쓰기 마련이다. 그만큼 허리 근육에 부담이 가는 노동이기 때문이다.

어머니는 꽤 오랜 시간을 등을 구부린 채 계속 서서 일했다. 채반을 위아래로 여러 번 까불러 잡티를 날려 보낸 멸치를 바닥에 널고, 다시 또 처음부터 같은 동작을 수없이 되풀이했다. 잠깐 거들었을 뿐인데도 이렇게 허리가 뻐근한데 어머니는 얼마나 힘들고, 또 통증은 오죽할까 싶었다.

어머니는 아픈 허리보다 바닥에 수북이 쌓인 잡티가 더 신경 쓰이는 듯했다.

"이게 다 멸치라면 얼마나 좋을까."

"욕심부리지 말라고. 당신은 쉬는 게 남는 거여."

아버지는 멸치보다 잡티가 많다고 속을 끓이는 어머니를 뒤로한 채 바다로 나갈 채비를 서둘렀다.

조업은 하루 두 번 썰물과 밀물이 갈리는 30분 남짓의 물때에만 가능하다고 한다. 지금이 두 번째 물때였다. 우리는 아버지를 따라 멸치잡이 배에 올랐다.

배에 오른 지 채 10분도 안 돼서 멀미가 시작됐다. 나는 눈앞이 노래져서 정신이 하나도 없었다. 현준 씨는 비교적 멀쩡한 편이었다. 배가 흔들릴 때마다 무섭다고 아우성을 치긴 해도 거의 실신 상태로 바닥에 자빠진 나에 비하면 양반이었다.

하지만 막상 조업이 시작되자 그도 얼굴에 장난기가 싹 가셨다. 그물이 어찌나 무거운지 사투를 벌이다시피 해서 끌어올렸다. 웬만한 장정 둘이서도 하기 힘든 일을 노부부가 줄곧 해왔다는 말이 믿기지 않을 정도였다.

"이걸 어머니가 들었단 말이에요?"

간신히 그물을 끌어올린 현준 씨가 입을 떡 벌렸다. 그러고도 숨한 번 돌릴 시간이 없었다. 멸치는 성질이 급해서 잡히면 금방 죽어 버린다고 한다. 아버지는 그물에서 쏟은 멸치를 재빨리 플라스틱 상자에 퍼 담았다.

여기까지는 상품을 만들어내기 위한 첫 단계에 불과했다. 배가 포구에 닿자마자 미리 기다리고 있던 어머니가 바구니를 가져왔다. 1차로 잡티를 걸러내기 위해서다.

어머니는 다리를 차가운 물속에 담근 채 양옆으로 허리를 돌려가며 바닷물에 바구니를 흔들었다. 그래야 잡티가 잘 빠져나간다는 설명이다. 이때도 멸치가 죽어버리기 전에 최대한 빨리 작업을 끝내는 게 관건이다.

그런 다음엔 또 최대한 빨리 멸치 바구니를 집으로 옮기고, 끓는 물에 삶고, 체로 건져서 말리고 잡티를 더 걸러내고 포장하는 일까지 모든 게 수작업으로 이루어졌다. 허리가 안 망가지는 게 오히려 이상할 정도였다.

심지어 일하면서 한순간도 앉지를 못했다. 잠깐 쉴 때도 담벼락에 몸을 기대고 서 있는 게 고작이었다. 쪼그려 앉는 자세가 아예 불가능한 것이다.

겉으로 보기에도 어머니의 허리 상태는 이제껏 내가 본 환자들 중 최악이었다. 아무래도 불길한 예감이 들었다.

최악의 상황, 그래서 더욱 간절한 소망

집 안으로 들어가 어머니의 상태를 면밀히 살펴보았다. 허리뼈를 따라 깊고 뚜렷하게 남아 있는 수술 자국을 확인한 순간 심경이 착잡했다.

의사들이 제일 꺼리는 게 재수술이다. 치료 도중 어떤 예상치 못한 문제가 튀어나올지도 모르거니와 만족할 만한 결과를 얻지 못할 가능성이 아주 높기 때문이다.

"동갑내기 친구들이 멀쩡하게 걸어 다니는 걸 보면 어째 나만 세월을 거꾸로 살았는가 싶어 창피스러워. 큰돈 들여 수술까지 받고 또 이 모양이 돼버리니 죽을 마음도 들더라고…."

하루를 살아도 남들처럼 살았으면 소원이 없겠다고 말하는 어머니 얼굴엔 짙은 회한이 서렸다. 의사로서 속 시원한 대답을 해주고 싶어도 현재로선 치료가 된다는 보장도 없었다.

"우리 원장님이 겉보기엔 허당이라도 실력은 세계 최고예요. 그러니까 엄마 허리 금방 낫게 해드릴 거예요. 그렇죠, 원장님?"

곤혹스러운 침묵의 순간 현준 씨가 너스레를 떨었다. 프로그램을 같이하면서 어머니들 속마음을 누구보다 잘 이해할 수 있게 된 그의 주특기 중 하나가 희망사항을 기정사실로 만드는 것이었다.

처음엔 마치 내가 신이라도 되는 것처럼 추켜세우는 통에 그저 민망할 따름이었다. 하지만 이젠 그가 어머니들에 빙의되어 하는 말인 걸 알기에 웃고 넘길 여유가 생겼다.

나는 끝까지 최선을 다해보기로 하고 한 가지 조건을 달았다.

"어머니, 만약 수술받게 되면 지금처럼 힘든 일 안 한다고 약속하셔야 돼요. 검사를 해봐야 알겠지만 재수술은 가능할지 몰라도 세 번째는 정말 힘들거든요."

"원장님이 일하지 말라고 하면 안 해야지."

어머니는 내 말에 힘없이 고개를 끄덕였다. 그런데 침울한 표정으로 초진 과정을 지켜보던 아버지가 갑자기 방을 뛰쳐나갔다.

무슨 일인가 싶어 따라 나갔더니 대문간에 쪼그려 앉아 있었다. 어둠이 짙게 깔린 바다 저편에서 거센 파도가 밀려오고 있었다. 바닷바람이 노인의 작은 몸뚱이를 사정없이 흔들어댔다.

무엇이 아버지를 이렇게 슬프게 만든 걸까. 현준 씨가 그 옆으로 다가앉았다.

"기분이 이상하네…."

"기분이 왜 이상하신데요."

아버지는 무겁게 입을 열었다.

"수술이 잘되면 좋은데, 혹시라도 더 안 좋아지면 어쩌나. 집사람을 이렇게 만든 게 남부끄럽기도 하고…."

"아버지가 곁에 있어주시는 것만도 어머니한텐 큰 힘이 될 거예요. 전 두 분이 마냥 부럽기만 한데요?"

현준 씨는 홀로 계신 자신의 어머니를 떠올리며 닭똥 같은 눈물을 쏟았다. 조용히 그와 어깨를 맞대고 아버지도 한참을 소리 없이 울었다. 그러다 이제껏 아무에게도 말하지 않았던 당신의 아픈 속내를 털어놓았다.

간혹 혼자 일하러 나가서 멸치가 많이 잡혔다 싶으면 도로 바다에 쏟아버리고 온다는 것이었다. 그렇게라도 아내를 쉬게 해주고 싶었다는 말이 뭉클하게 다가왔다.

"원장님. 난 말이오. 집사람 허리가 낫기만 하면 소원이 없겠어요…."

캄캄한 허공을 향해 주문처럼 되뇌는 눈빛에 아내를 향한 지극한 사랑이 담겨 있었다.

엄마가 가장 하고 싶었던 일

어머니의 재수술 여부에 대한 의료진 협진 결과는 대체로 부정적이었다.

정밀검사 결과 나타난 수술 자국은 척추유합술 흔적이었다. 제일 큰 문제는 척수 신경이 세 군데 이상 눌려 있는 것이었다.

일단 비수술로 경과를 지켜보자는 쪽과, 신경 유착이 너무 심하기 때문에 수술이 불가피하다는 쪽으로 의견이 나뉘었다.

장시간의 토론 끝에 수술이 결정되었다. 어머니는 척추관이 심각하게 좁아져 있는 상태였다. 이 문제를 해결하기 위해선 미세현미경감압술이 최적의 치료법이었다. 현미경을 들여다보면서 신경을 누르는 뼈를 약간 긁어내는 방법이다.

미세현미경감압술은 실제 결과가 예상과 다르게 나타날 수도 있어 정교한 수술 기법이 요구되므로 경험이 풍부한 전문의가 아니면 하기 어려운 치료법이다.

어머니를 치료하면서 제일 힘든 건 근육 인대가 전부 들러붙어 일일이 풀고 제거해야만 한다는 점이었다. 생각보다 복잡하고 시간도 많이 걸리는 과정이라 수술은 예정 시간을 훨씬 넘겨서 끝났다.

어쩌면 생애 마지막 전투가 될지도 모를 기나긴 싸움을 어머니는 굳건하게 이겨냈다. 수술 후 보조기구 없이 활동이 가능하며 주변 근육이나 인대의 손상을 최소화할 수 있는 게 미세현미경감압술의 장점이다.

어머니는 곧 예전의 씩씩한 모습으로 돌아갔다. 현준 씨가 병실을 찾았을 땐 반듯하게 일어선 모습으로 그를 맞았다.

"우리 엄마 진짜 다 나은 거예요?"

"다 나았지!"

"정말이네?"

현준 씨는 어머니 팔짱을 끼고 병실 복도를 한 바퀴 돌고 나서야 안도의 미소를 머금었다. 봄날 어머니들의 퇴원을 앞두고 병실을 찾을 땐 친아들처럼 들떠 있던 그였지만, 이번만큼은 마음을 많이 졸였던 모양이다.

"엄마, 이젠 하고 싶은 거 다 하고 사셔야죠. 집에 가면 제일 하고 싶은 게 뭐예요?"

현준 씨가 물었다. 어머니는 마치 기다리기나 했던 것처럼 주저 없이 말했다.

"영감이랑 쭉쭉 걸어 댕기면서 친구들한테 자랑해야지!"

"음, 그러자고!"

아버지의 즉각적인 화답이었다. 만난 뒤 처음으로 파안대소하는 모습이 보는 사람마저 즐겁게 만들었다. 지금쯤 온 동네를 '쭉쭉 걸어 댕기면서' 노년의 활기찬 삶을 누리고 있을 두 분의 다정한 모습을 그려본다.

허리 건강을 위한
바른 자세

장시간 서 있을 때의 자세

한쪽 다리를 상자나 발판 위에 올려놓고 가끔씩 다리를 바꾼다. 어깨가 앞으로 기울지 않게 주의한다.

식탁이나 책상에 앉는 자세

식탁이나 책상의 높이는 명치와 배꼽의 중간 정도가 적당하고, 의자에 앉았을 때 발바닥이 바닥에 닿을 정도의 높이가 좋다. 의자에 앉을 때는 허리 아래 골반부에서 등 부위까지 등받이를 붙인다. 책상에서 작업할 경우에는 의자를 앞으로 당겨 배가 책상에 붙도록 한다.

장시간 앉아 있을 때의 자세

계속 앉아만 있지 말고 가벼운 스트레칭과 심호흡으로 몸의 긴장을 풀어주어야 한다. 가끔씩 한쪽 다리를 다른 쪽 다리에 올려 꼬거나, 잠깐이라도 일어나 걸어 다니며 골반이 앞으로 굽어지게 유도한다. 의자에서 일어날 때는 무리하게 몸을 일으키지 말고 일단 의자 끝으로 나와 앉았다가 일어나야 허리에 부담이 없다.

장시간 운전할 때의 자세

시야가 확보되도록 주의하면서 의자를 앞으로 끌어당겨서 무릎이 굽게 하고 허리를 등받이에 충분히 밀착시킨다. 반드시 머리받침대를 알맞게 조절하여 목을 보호하도록 한다.

허리 부상을 예방하려면 엉덩이와 무릎을 굽히고 의자를 운전대 쪽으로 바짝 당겨야 한다. 장시간 운전하더라도 가급적 1시간 간격으로 차에서 내려 허리를 펴주는 것이 좋다.

물건을 들어 올리거나 내릴 때의 자세

팔로 물건을 잡고 들어 올리거나 내릴 때는 엉덩이와 무릎을 동시에 구부려야 한다. 이때 허리를 약간 펴고 엉덩이를 뒤로 빼는 자세를 취한다.

물건을 들어 올린 후에는 정상적인 자세에서 허리를 약간 펴고 얼굴을 들어 시선은 물건을 향한다. 물건을 당기는 것보다 미는 것이 허리에 부담을 덜 준다.

어깨보다 높은 곳에 물건을 놓을 경우에는 발판을 깔고 그 위에 올라가서 물건을 놓는다. 부피가 큰 물건의 경우에는 적당한 기구를 사용한다.

웃음 부자 엄마의
험한 세상 건너기

밝은 웃음 뒤에 숨은 통증

우리 어머니들에겐 끊임없이 에너지를 솟구치게 만드는 무슨 특별한 DNA 같은 게 있는지도 모른다. 안맹순(80세) 어머니를 만난 순간 뜬금없이 떠오른 생각이다.

제작진이 건네준 메모에는 '밤에 가만히 있어도 등줄기 뼈마디가 너무 아파서 죽을 것 같다'는 표현과 더불어 주로 밭맬 때 허리와 무릎 통증을 심하게 느낀다는 설명이 적혀 있었다.

그런데 이렇게 심한 통증을 호소하는 어머니와 잠깐 이야기를 나눴을 뿐인데 마치 웃음 바이러스에 전염되기라도 한 것처럼 마냥 유쾌한 기분이 드는 건 왜일까.

우리가 찾아간 곳은 경상북도 영주의 어느 산자락이었다. 안맹순 어머니의 일터로 알고 간 콩밭에 사람은 보이지 않고 흥겨운 음악 소리만 들려왔다.

현준 씨가 사방을 두리번거리며 소리쳤다.

"어머니 어디 계세요?"

"일루 와요!"

덤불더미 속에서 체구가 아주 작은 어머니가 나타나 손을 흔들었다. 아무리 봐도 길이 없는데 어디로 오라는지 난감했다. 우리는 급한 마음에 무작정 덤불숲을 헤치고 들어갔다.

"젊은 양반들이 왜 그렇게 헤매!"

"엄마! 여긴 길이 없잖아요."

남자 둘이 덤불에 찔려 넘어지며 정신없이 헤매는 모습을 보고 어머니는 박장대소를 했다. 하도 재미있어하시기에 덩달아서 우리도 한참 웃었다.

어머니는 목에 소형 라디오를 걸고 있었다. 라디오에서 흘러나오는 노래를 흥얼거리며 콩을 베던 중이었다.

"그런데 엄만 허리가 굽었는데 줄곧 쪼그리고 앉은 자세로 일하시네요."

일손을 거들다 말고 현준 씨가 어머니를 유심히 쳐다보았다. 전에 만난 김순덕 어머니는 허리가 굽은 데다 쪼그려 앉지 못했던 기억을 떠올린 것이다.

"지금 우리 엄마 저 자세는 좋은 거예요?"

사실 좋은 자세는 아니었다. 보통 허리를 구부리는 것보다는 쪼그려 앉아 일하는 게 허리에는 나은 자세라고 할 수 있다. 구부린 자세로 일을 하면 허리 뒤쪽에 힘이 들어가기 때문에 척추를 손상시킬 위험이 따른다. 그러나 결과적으로 쪼그려 앉아서 일하는 게 당장 허리에는 무리가 가지 않지만, 반대로 무릎에는 치명적인 영향을 미치고 건강을 해치는 원인이 된다.

"아이쿠! 무릎이 엄청 저리네. 이거야말로 벌 받는 자세잖아요. 원장님."

어머니의 일하는 자세를 따라한 지 십 분도 안 돼서 현준 씨가 앓는 소릴 했다. 실제로 해보니 콩 베기는 결코 쪼그려 앉아서 할 수 있는 작업이 아니었다. 최대한 등을 구부리고 선 채로 계속 자릴 옮겨가며 낫질을 해야 한다. 어머니는 다리도 아프고 허리도 아프기 때문에 서 있지를 못하고 오리걸음으로 어기적거리면서 일을 했다.

이런 식으로 장시간 일을 반복하면 무릎뼈 사이에 있는 연골이 찢어져 관절염이 생기고 나중엔 허리까지 망가지는 법이다.

"엄마! 지금 중요한 얘기하는데 뭐하세요?"

"난 바빠서 그런 거 몰라."

어머니는 우리가 당신 이야기를 하는데도 시치미 떼고 낫질만

하다 무슨 생각을 했는지 또다시 웃음보가 터졌다. 그 쾌활한 웃음소리에 전염돼 나도 현준 씨도 자꾸만 따라 웃었다.

일을 마친 뒤 한쪽 다리를 절룩거리면서 외발 리어카를 밀고 내려갈 때도, 그러다 몇 발자국 못 가고 주저앉을 때도, 리어카를 대신 끌겠다고 나선 우리 둘이 서툴게 몸을 쓰다 번갈아 넘어질 때도, 어머니의 웃음 바이러스는 세상 무엇보다 강한 전염성을 발휘했다.

마을 입구엔 노란 해바라기가 길게 목을 내밀고 피어 있었다. 어머니는 문득 가던 길을 멈추고 부러운 듯 해바라기를 올려다보았다.

"난 이렇게 허리가 굽었는데 넌 참 예쁘게도 생겼다!"

그러고는 해바라기가 바람에 쓰러지지 말라고 줄로 묶어주었다. 성치 않은 몸으로 키가 배나 큰 꽃의 허리를 묶어주는 광경이 짠한 느낌으로 다가왔다. 어머니의 밝은 웃음 뒤에 가려진 아픔이 희미하게 모습을 드러내는 순간이기도 했다.

엄마가 아플 때

"열아홉에 시집을 왔는데 남편이 노름에 빠져선 땅도 많이 팔아먹었어. 농사지을 땅이 없으니 남의 집 일이라도 해야지. 그 흔한 관광 한 번 못 가보고 혼자 일해서 육 남매를 키웠어. 이제까지 논농사, 밭농사, 과수원 일, 안 해본 일이 없네. 일거리가 없으면 산에 가서 도토리라도 주워다 팔고…. 근데 이제 그 힘이 다 어디로 갔을까?"

아픈 허리를 양손으로 짚고 느릿느릿 걸음을 옮기던 어머니가 갑자기 큰 소리로 웃었다. 고생스러웠던 젊은 날 이야기를 꺼낸 바람에 무거워진 분위기를 애써 수습하려는 것이다. 이번엔 현준 씨가 정곡을 찔렀다.

"가만 보면 엄만 힘든 얘길 아무렇지도 않게 웃으면서 하는 재주가 있으셔. 그러니까 저희도 웃으면 안 되는데 자꾸 웃게 되잖아요."

"웃으면 좋은 날이 온다니까 자꾸 웃어야지!"

어머니는 예의 호탕한 웃음으로 받아쳤다. 우리는 비로소 그 웃음이 지금껏 힘든 삶을 살아오면서 스스로 만들어낸 어머니 나름의 만병통치약이라는 걸 알았다. 즐거울 땐 즐거워서 웃고 슬플 땐 슬픔을 잊으려 하하 호호 한바탕 웃음으로 풀어내고 이를테면 세월의 풍파를 견디게 해준 자가 치유법이 바로 웃음이었다.

"허리는 언제부터 아프셨어요?"

"작년까진 쌩쌩했어. 영감 죽고 나니 허리도 아프고 다리도 아프고 이 모양이네."

원래 건강한 체질을 타고난 어머니는 그렇게 고된 일을 하고 살

앓어도 환갑이 되도록 병원과는 담을 쌓고 지냈다고 한다. 먼저 앓아누운 건 남편이었다.

"영감이 말년에 중풍으로 거동을 못 했어. 환자가 병원을 마다하니 도리가 있나. 집에서 8년 동안 병수발을 들었지. 영감 덩치가 커서 힘들긴 했어. 그래도 설마 내 몸뚱이 어디가 고장 났을 거란 생각은 못 했어. 장례 끝나고 나서야 아픈 걸 알았다니까?"

어느새 낮은 언덕조차 오르내리기 벅찰 만큼 쇠약해진 자신을 낯설어하는 모습에 어머니의 지난한 삶이 오롯이 담겨 있었다. 항상 자신보단 가족을 먼저 생각하고 살면서 무심코 넘겨버린 통증이 큰일 치르고 본격적으로 되살아났을 터였다.

집으로 가는 길은 멀고도 험했다. 남들은 한걸음에 닿을 수 있는 길을 어머니는 몇 차례나 가다 쉬기를 반복한 끝에 겨우 대문을 넘어섰다.

어머니가 집에 돌아와 맨 먼저 하는 일은 아궁이에 불을 지피는 거였다.

"온몸이 쑤시고 아플 때 아궁이 불만한 효자가 없어!"

아궁이 불을 지피자마자 아들의 전화가 걸려왔다.

— 응, 오늘? 일 안 해. 집에서 쉬고 있지.

— 아픈 데? 없어. 그래. 일 안 하고, 편하게 잘 지낸다. 걱정 말래도.

— 아이고, 나는 괜찮다. 너도 잘 지내라이?

태연하게 통화를 마친 어머니가 대수롭지 않은 투로 덧붙여 말했다.

"자식들한테 이런 거짓말은 해도 돼."

"왜요?"

"신경 쓸까 봐. 자식들 걱정하면 내가 속이 아프니까."

역시나 어머니다운 대답이었다. 부엌에는 고춧가루와 들기름이 자식들 숫자대로 놓여 있었다. 새벽부터 생강밭에서 일하고 받은 품삯으로 방앗간에서 빻고 짜온 것들이었다.

부모는 평생 자식에게 베풀어야 한다는 무한 책임감이 밤마다 다리에 쥐가 나고 허리를 곱절로 굽게 만들었건만 이렇게라도 일할 수 있는 것 또한 어머니의 낙이었다.

"힘들어도 내 돈 벌어 쓰는 게 좋아 어디 가서 아픈 내색도 안 해."

남들이 알면 일거리도 안 줄까 봐 더 씩씩하게 웃고 산다는 것이다. 어머니의 걱정은 마음대로 몸이 따라주지 않아 손주들 용돈벌이도 못 하면 어쩌나 하는 것뿐이었다.

애석하게도 그러기엔 현재 상황이 너무나 좋지 않았다. 그럼에도 나는 자식들에게 뭔가를 내어줄 수 있을 때만 힘이 난다는 어머니에게 당장 일을 그만둬야 한다는 말을 꺼낼 수가 없었다.

너무나 평범해서 슬픈 엄마의 희망 사항

방 안에 들어서자 커다란 한글판이 눈에 띄었다.

"어릴 때 배우지 못한 게 한이라 나도 공부 좀 하려고. 배운 지 얼마 안 됐어. 어째 밭매는 거보다 이게 더 힘드네?"

어머니가 노트를 꺼내 보이며 겸연쩍은지 하하 웃었다. 기역니은부터 열심히 연습한 노트를 한참 넘기니 낯익은 단어가 등장했다.

— 콩, 비추(배추), 무우(무).

누가 농사꾼 아니랄까 봐 서툴게 써내려간 곡식 이름에 절로 웃음이 나왔다. 어머니는 글자를 한 자씩 알아가는 재미에 잠자는 시간을 아껴가며 생각나는 대로 몇 자씩 써본다고 했다.

다음 장은 '남'자에서 멈춰 있었다. 육 남매의 이름을 쓸 자리였다.

"이름은 왜 안 쓰셨어요?"

"다 배우면 쓰려고."

"그럼 저랑 같이 써요, 엄마."

어머니는 현준 씨가 적어준 여섯 개의 이름을 노트에 정성껏 그려 넣기 시작했다. 글자를 배우면 맨 처음 뭘 할 건지 묻자 아들 며느리한테 편지를 쓰겠다고 했다.

"뭐라고 쓰실 건데요?"

"오늘은 뭐했느냐고….”

이 말을 듣는데 이상하게 마음이 아팠다. 어머니는 매사가 이런 식이었다. 무심코 따라 웃다 보면 내가 지금 환자와 대화를 나누고 있다는 사실을 잊을 때가 많았다.

"원장님이랑 아저씨가 와서 그런가, 오늘따라 해가 더 짧은 것 같네?”

어머니는 현준 씨를 꼬박꼬박 아저씨로 호칭하며 친근감을 드러냈다. 현준 씨도 어머니가 자신을 편하게 대해주는 걸 즐겁게 받아들였다. 이제 우리가 찾아온 용건을 말하고 허락을 구할 일이 남아 있었다.

제작진으로부터 들은 이야기로는 어머니는 평생 병원이라고는 모르고 살아왔다고 했다. 그런 만큼 수술에 대한 두려움이 큰 분이었다. 늘 그렇듯이 현준 씨가 먼저 말문을 열었다.

"저는 엄마 웃는 모습이 참 좋아요. 앞으로는 수술받고 건강하게 웃고 사는 엄마 모습 보고 싶기도 하구요. 그러려면 엄마가 꼭 병원엘 가셔야 되는데…. 서울 가실 거죠?”

"무서워서 그러지.”

"병원이 엄마 생각하시는 것처럼 그렇게 무서운 데가 아니에요. 수술받는 것도 생각보다 안 아파요. 그렇죠, 원장님?”

"그럼요, 안 아프게 해드릴게요.”

어머니는 내 대답까지 마저 듣고 잠시 망설인 끝에 흔쾌히 수술에 응했다. 현준 씨가 반색을 하며 어머니에게 물었다.

"엄만 수술하면 제일 먼저 하고 싶은 게 뭔데요?"

"놀러 가서 라디오 틀어놓고 춤추는 거!"

망설이는 기색도 없이 대답이 바로 나왔다. 남들한텐 평범하고 흔한 일상이 어쩌다 어머니에겐 살면서 한 번은 꼭 이루고 싶은 꿈이 되고 말았다. 의사로서 내 어깨가 무거워지는 순간이었다.

엄마의 진짜 웃음

어머니는 힘들어도 항상 웃고 괜찮다고만 하는 성격이라 겉모습만 보고는 증상을 제대로 파악하기가 어려웠다. 특히 등뼈가 튀어나왔다거나 하는 외부로 드러나는 증상이 거의 없기 때문에 자칫하면 중요한 점을 간과할 수가 있었다.

나는 의료진과 정보를 공유하며 각별한 주의를 당부했다.

정밀검사 결과 골반이 틀어져 있는 상태로 나타났다. 특히 3, 4번 허리뼈에 협착이 심한 것으로 나타났다. 우리는 이 부분만 해결하면 증세가 상당히 호전될 것으로 보고 '최소침습 경피적 척추유합술'을 실시하기로 했다. 허리에 약 1센티미터 정도의 구멍을 내고 의료진이 엑스레이 화면을 보면서 직접 나사를 넣어주는 수술법이다.

어머니는 막상 수술을 앞두고는 얼굴에 웃음기를 찾아볼 수 없었다. 고령에 건강 상태가 좋지 않은 환자를 치료하는 건 의료진에게도 부담이 클 수밖에 없다.

우려했던 문제가 현실로 나타난 건 내가 수술실에 들어갔을 때였다. 어머니의 허리 상태는 MRI 상으로 관찰했을 때보다 훨씬 심각했다. 과도한 신경 협착이 심한 통증을 부른 원인이었다.

수술은 예정보다 훨씬 시간이 많이 걸렸다. 밖에서는 자녀들이 어머니가 무사히 수술실을 나오기만을 애타게 기다리고 있었다. 이럴 땐 의사로서 평정심을 잃지 않는 게 중요하다. 속이 타들어가는 상황이었으나 나는 짐짓 어머니의 웃음 많은 얼굴을 떠올렸다.

힘겨운 상황에서도 쉴 새 없이 웃음보를 터뜨리는 어머니의 긍정적인 이미지가 어려운 수술에 대한 긴장감을 풀어주었다. 나는 스태프들과 몇 시간 동안 사투를 벌인 끝에야 안도의 한숨을 내쉴 수 있었다. 수술은 군더더기 하나 없이 성공적이었다.

그러고 며칠이 지났다. 재활 치료가 이어지는 동안 어머니는 병원 최고의 인기 스타가 되었다. 어딜 가나 어머니표 웃음소리가 사람들을 유쾌하게 사로잡았다. 그러던 어느 날 말 그대로 '웃지 못할' 사건이 생겼다. 하도 웃고 다니다 그만 어머니 목이 쉬어버린 것이다.

현준 씨는 그 내막을 전해 듣고 울컥 눈물을 머금었다.

"전엔 엄마가 웃고 있어도 왠지 모르게 마음이 무거웠는데 이젠 진짜로 행복해 보여서 좋아요."

어머니는 그 손을 꼭 쥐고 흔들며 고마움을 표시했다. 크게 소리 내어 웃지 않아도 마음껏 기뻐하는 진짜 웃음이 나에겐 뭉클한 감동을 안겨주었다.

"앞으론 옛날처럼 일하면 안 돼요."

"안 해. 놀아야지!"

대답과 동시에 어머니는 엉덩이를 좌우로 흔들면서 양손으로 하늘을 마구 찔러댔다. 혼자 밭에서 일하면서 연습한 관광버스 춤을 선보이는 것이었다. 마치 아주 힘든 숙제를 끝낸 기분이랄까. 비로소 내 마음도 홀가분해졌다.

병원 과목마다 장단점이 있겠으나 나는 특히 정형외과를 선택하길 잘했다는 생각을 하게 될 때가 종종 있다. 정형외과는 사망사고가 거의 있을 수 없다. 아파서 울며 들어온 환자가 환하게 웃고 나가는 병원이 정형외과다. 환자가 수술 후 만족스러워하는 광경처럼 의사에게 보기 좋은 장면은 없을 것이다. 오늘이 바로 그런 경우였다.

요통을 예방하는 배와 등근육 강화 운동

1. 등을 바닥에 대고 누워 무릎을 구부려 발바닥을 바닥에 대고 팔을 양옆에 놓는다. 누웠을 때 조금 들린 허리가 바닥에 닿도록 허리에 힘을 준다.
2. 등을 대고 누운 후 두 손을 이용해 무릎이 가슴에 닿도록 끌어당긴 후 멈춘다.
3. 등을 대고 누운 자세에서 윗몸을 30도 정도 일으켜서 멈춘다.
4. 엎드린 상태로 무릎을 편 채 한쪽 다리를 위로 들어올린다. 이때 골반이 바닥에 떨어지지 않도록 주의한다.
5. 무릎과 손을 바닥에 대고 기마 자세를 취한다. 턱을 가슴 쪽으로 당기면서 엉덩이를 발뒤꿈치에 닿도록 내린다. 이때 자연스럽게 등은 구부러지고 어깨는 바닥 쪽으로 내려온다.

위의 다섯 가지 동작을 약 5~10초간 해보자. 멈춘 후 힘 빼기를 5~10회 반복하면서 하루에 2~3번 실시한다. 단 운동 도중 통증이 생기면 즉시 중단하고 의사와 상의해야 한다.

울산 최고령
해녀 엄마의 봄

걷지도 서지도 못하는 할머니

고등학교 2학년인 정우는 두 살 때부터 할머니 손에 자랐다. 정우가 기억하는 할머니는 언제나 다리를 절뚝거렸다. 어릴 땐 모든 할머니들이 다 그런 줄 알았다. 그런데 초등학교에 들어간 이후 또래 친구들의 할머니를 보고는 이상한 생각이 들었다.

다른 할머니들은 걸음걸이부터가 달랐다. 절뚝거리지도 않고 다리가 아프다는 말도 없었다. 할머니보다 나이가 많은 분들도 잘만 걸어 다니는 걸 보면 속이 상했다.

왜 우리 할머니만 매일 아프고 걷지도 못할까.

친구들이 할머니 손잡고 놀러가거나 맛있는 거 먹으러 간다고 자

랑할 때면 그렇게 부러울 수가 없었다. 철들면서 그것이 병 때문이
란 걸 알았다. 그때부터 병원에 가자고 매일같이 할머니를 졸랐다.

"쓸데없는 소리 마라."

그때마다 할머니는 역정을 냈다. 정우도 지지 않고 떼를 썼다. 어
린 손자가 하도 성화를 부리니 한번은 못 이기는 척 집을 나서기도
했다. 그래 봤자 시골 의원에서 진통제나 받아오는 게 고작이었다.

정우는 할머니가 병원을 안 가려는 이유가 무엇 때문인지도 알
게 되었다. 할머니는 괜찮은 게 아니라 돈이 없는 거였다. 자신의 힘
으로 할머니를 낫게 해주고 싶었지만 그러기엔 너무 어렸다.

할머니를 큰 병원에 모셔가 진찰을 받아보게 하는 게 정우의 소
원이었다. 하지만 할머니는 병원 이야기는 두 번 다시 꺼내지도 못
하게 했다. 그러는 동안 걷는 건 점점 힘들어지고 약봉지만 한 보따
리씩 늘어갔다.

할머니는 울산의 최고령 해녀였다. 이제는 정우가 해인海人이 되
어 할머니 대신 물질을 한다. 제일 깊은 바다 안쪽까지 들어가 물질
을 해야 실력 있는 해인이라고 한다. 정우가 바로 그런 해인이었다.

정우는 학교에서 돌아오면 마을 해녀들과 함께 거친 바닷속을
헤집고 다니며 건져 올린 해산물로 학비와 생활비를 충당하곤 한
다. 하지만 할머니 수술비를 마련하기엔 턱없이 모자란 수입이었다.

시간이 갈수록 정우는 속이 바짝바짝 타들어갔다. 할머니는 이

제 방 안을 기어 다니면서 살림을 해야 될 정도로 건강이 악화되었다. 연세도 어느덧 팔순이 넘었다.

정우는 불안하고 안타까운 마음에 〈엄마의 봄날〉 제작진에게 도움을 청하는 편지를 보냈다.

할머니의 이유 있는 고집

손영희(82세) 어머니를 만나러 울산으로 향할 땐 걱정이 앞섰다. 정우가 알려온 정보만으로도 상황이 매우 심각하다는 걸 예감할 수 있었다.

우리가 찾아간 곳은 어느 집이나 대문을 나서면 곧장 바다가 나오는 그림 같은 어촌 마을이었다. 마당에 놓인 평상에 앉아 손자를 기다리고 있던 어머니가 우릴 맞아주었다.

"들어와요. 내가 커피 타줄게."

어머니는 자리에서 일어나며 잠시 중심을 잃고 휘청거렸다. 45도 굽은 다리로 불안하게 걷는 걸음걸이부터가 심상치 않았다. 다음 장면은 더욱더 충격적이었다.

"어머니, 많이 불편하신가 봐요."

현준 씨 표정이 어두워졌다. 어머니는 낮은 문지방을 두 팔로 짚고 엉금엉금 기어 올라가고 있었다. 방 안에선 또 한 번 놀라운 광경이 펼쳐졌다.

냄비며 프라이팬, 양념 그릇에 휴대용 가스레인지까지 주방용품이란 주방용품은 죄다 싱크대 밑으로 내려와 있었다. 현준 씨가 그걸 보고 눈이 휘둥그레졌다.

"그릇을 왜 다 바닥에 내려놓았어요, 어머니?"

"다리 아파 서 있질 못하니까 밥도 바닥에 앉아서 해 먹어야 돼."

어머니는 대수롭지 않은 투로 말했다. 그러고는 커피를 타주겠다며 손으로 바닥을 짚고 무릎으로 기어서 싱크대 앞을 향했다. 주전자에 물을 받을 땐 싱크대 문짝을 붙잡고 아슬아슬하게 몸을 일으켰다. 무릎이 안 좋은 환자들의 전형적인 모습이었다.

커피를 마시고 우선 어머니의 무릎을 살펴보았다. 무릎이 구부러지지도 않고 펴지지도 않는 뻗정다리 모습을 하고 있었다. 왼쪽 무릎은 움직이지도 않았다. 양쪽 다 굽고 휘어진 상태도 심각했다.

몸 전체가 대체로 부어 있었다. 진통제를 과도하게 복용한 증거였다. 짐작했던 대로 방 한 켠에 약봉지가 쌓여 있었다. 어머니는 당뇨도 앓고 있는 중이라고 했다. 이미 관절염이 상당히 진행된 상태였고 그에 따른 합병증도 의심되는 상황이었다.

초기에 관절염을 치료했다면 이 상황까진 오지 않았을 터였다. 당뇨는 걸음을 걸을 수 없게 되면서 생겼을 것이고, 혈당 조절이 안 되면서 신경이 망가지고 그로 인해 염증이 생기는 등 상태가 계속 악화된 것이다.

"어머니 발도 많이 부었네. 이제라도 간단한 운동이라도 할 수 있으면 도움이 될까요?"

현준 씨가 걱정스럽게 물었다. 안타깝지만 이미 때가 늦었다고 말해주는 수밖에 없었다. 어머니는 그 말에 씁쓸한 미소를 지어 보였다.

"자식 넷 키우며 물질 뱃일 시장일 안 해본 일이 없으니 다리가 성하겠나."

이 상태로 생활하려면 보통 고역이 아닐 텐데도 흔한 신세한탄 한마디가 없었다. 그 대신 벽에 걸린 핑크색 재킷을 바라보는 얼굴에 함박웃음이 피어났다. 정우가 물질해서 번 돈으로 사줬다는 옷이다. 한창 손자 자랑에 침이 마른 어머니에게 현준 씨가 물었다.

"고 2면 한창 말썽부릴 나인데, 정우는 속 안 썩여요?"

"우리 정우는 속 안 썩인다."

어머니는 손사래까지 쳐가며 단호하게 말했다. 마침 그때 정우가 학교에서 돌아왔다. 고등학생이라는 게 믿기지 않을 만큼 덩치가 크고 생각이 깊은 아이였다. 말하는 것도 무척 서글서글했다. 나는 할머니 초진 결과를 묻는 정우에게 사실대로 말해주었다.

"울 할매 아프신 지 한 20년 됐을걸요. 그런데 자꾸 병원을 안 가시려고 해서 제 마음이 답답합니다."

"어머니들은 다 그래. 아파서 병원 가자고 하면 자식들 돈 쓰는 거 아까워서 괜찮다고 하고…. 그렇죠, 어머니?"

현준 씨가 속상해하는 정우를 위로하며 어머니에게 말을 걸었다.

"그래. 자식들 돈도 못 버는데 병원비 많이 들까 싶어 난 병원 안 간다."

"이러면 어머니 병이 더 커지는 거예요."

"안 간다, 안 가."

현준 씨가 맞장구를 치고 나서도 별 소용이 없자 정우는 고개를 푹 꺾고 한숨을 몰아쉬었다.

"병이 더 커지기 전에 병원 가야 되는데 할매는 죽어도 안 간다고 그래요."

"그러면 정우 마음이 더 힘들어져요, 어머니."

현준 씨의 진지한 설득에 어머니는 애처로운 눈길로 정우를 바라보았다. 그러고는 말없이 고개를 끄덕였다. 그러자 정우는 신바람이 나서 물질 나갈 채비를 했다.

"쪼매만 기다리세요. 할매 좋아하는 미역이랑 좀 따올게요."

잠수복으로 갈아입고 바다로 나가는 정우를 현준 씨가 따라나섰다.

무릎 하나 때문에 모든 게 망가진 몸 상태

나는 어머니와 문진을 좀 더 계속하기 위해 집에 남았다. 먼저 다리가 아파서 못 걷는 건지, 아니면 다리가 떨려서 못 걷는 건지 궁금했다.

"떨려서 못 걷지. 앉아 있으면 괜찮은데 똑바로 서면 온몸이 떨려."

"어디 한번 일어나보세요."

"서 있으면 다리가 떨려서 못 견뎌."

어머니는 똑바로 서 있기가 고통스러운 듯 다리가 후들거렸다. 앉아 있을 때나 서 있을 때나 다리는 45도로 굽은 그대로였다. 무릎은 언제부터 굽고 휘어졌는지 여쭤보았다.

"무릎 굽은 지는 얼마 안 됐어. 전에는 괜찮더니 요즘 자꾸 굽어져."

어머니는 이야기 도중에도 무의식중에 손을 허리 뒤로 갖다 댔다. 관절염 말기 증세가 분명했다. 일상생활을 통해 나타난 가장 큰 문제는 손으로 땅을 짚고 몸을 일으키는 자세가 습관화된 것이었다.

이런 자세가 반복되면 허리와 어깨에도 치명적인 영향을 미친다. 무릎 하나 때문에 허리 어깨가 순서대로 망가지는 악순환을 막을 수 없게 되는 것이다.

게다가 어머니는 상체가 크고 하체는 약한 비만 체형이었다. 비만은 무릎 관절의 적이다. 체중이 1킬로그램만 늘어도 몸에 3~5킬로그램짜리 돌멩이를 더 얹은 것과 같은 영향을 미친다. 그러므로 초기 무릎 통증 환자는 약보다 체중을 1킬로그램이라도 줄이는 게 더 중요하다고 할 수 있다.

무릎이 아프면 허리도 아프고 나중엔 어깨도 망가진다. 거동이 불편하기 때문에 연쇄적으로 문제가 생기는 것이다. 나중엔 당뇨뿐만 아니라 혈압까지 달고 살아야 된다.

보행 자세를 확인하기 위해 힘들어도 한번 걸어보시도록 했다. 어머니는 지팡이를 짚고 일어나 걸음을 떼기 시작했다. 그런데 몇 발자국 걷다 다리에 힘이 풀리는가 싶더니 순식간에 몸이 앞으로 쏠렸다. 엎어지기 일보 직전에 아슬아슬하게 어머니를 붙잡아 겨우 사고를 면했지만 위험천만한 상황이었다.

"저번 날은 병원에 가려고 요 앞에 나갔다 거꾸러지는 통에 식겁했지."

어머니가 가리키는 길은 대문 앞 내리막길이었다. 이 상태로 외출하는 건 위험을 자초하는 일이었다.

바다로 나갔던 현준 씨와 정우가 미역을 다발로 채취하여 돌아왔다. 현준 씨는 별 소득 없이 구경만 하고 온 모양이었다. 대신 그는 미역국을 끓이겠다고 했다.

마당에서 미역국이 끓는 동안 어머니는 정우 갈아입을 옷을 챙겨주기 위해 무릎으로 온 집안을 기어 다녔다. 그러다 어느 순간 쿵 하고 소리가 났다. 방 안에서도 다리에 힘이 풀려 넘어진 것이었다.

무엇보다 치료가 시급한 상황이었다. 무릎 하나만 치료한다고 해결될 문제도 아니었다. 현준 씨가 매니저의 도움을 받아 제법 맛깔나게 끓인 국에 미역 초무침을 곁들여 식사를 하면서도 내내 마음이 급했다.

손자와 할머니의 색다른 봄날

며칠 후 정우가 할머니를 모시고 병원을 찾았다. 그 즉시 무릎 상태와 통증의 원인을 알아보기 위한 정밀검사가 이루어졌다. 상황은 내가 예상했던 것보다 훨씬 심각했다. 검사 결과 무릎의 퇴행성 관절염과 어깨 회전근개파열, 허리의 척추관협착증이 동시에 나타났다. 앉고 일어서기가 힘들어 팔을 자주 사용하다 보니 무릎 허리와 함께 어깨까지 병이 생긴 결과였다.

협진회의를 거쳐 세 명의 전문의가 어머니의 치료를 전담하기로 했다. 퇴행성관절염을 맡은 주치의는 무릎을 움직일 수 있는 범위가 45도로 제한되어 있기 때문에 관절의 공간을 맞추는 데 애로

사항이 있을 것으로 진단했다. 어머니의 경우는 퇴행성관절염으로 무릎의 연골이 심하게 닳아 인공관절수술만이 유일한 치료법이었다.

척추관협착증은 허리 신경성형술로 치료하기로 했다. 문제는 무릎과 어깨 치료였다. 어깨 주변을 감싸는 회전근개 근육은 앞부분 인대가 부분 파열되어 퇴화가 진행된 상태였다.

치료는 3단계로 진행되었다. 우선 가장 시급한 무릎 인공관절수술부터 시행하기로 했다. 고령의 환자가 견디기엔 쉽지 않은 수술이었다. 다행히 어머니는 경과가 매우 좋았다. 수술을 마치고 나왔을 땐 '한숨 자고 났더니 다 끝났더라'는 말로 애를 태웠을 정우를 안심시키기도 했다.

척추관협착증을 치료하기 위한 신경성형술도 어렵지 않게 끝나고, 다리 때문에 손상된 어깨 근육 치료에는 초음파 유도 견봉하 주사 치료를 시행했다. 초음파를 이용하여 병변 부위를 정확히 파악한 후 약물을 주사하여 염증을 제거하고 인대 및 힘줄을 재생시키는 치료법이다.

어깨 주사 시술을 끝으로 모든 치료가 마무리되었다. 어머니는 두 번의 수술과 힘든 치료 과정을 모두 꿋꿋하게 이겨냈다. 4주 동안 아침저녁 하루도 빠짐없이 이어지는 재활 치료에도 얼마나 열심인지 의료진이 감동할 정도였다.

그로부터 한 달 후.

손자를 위해 수술보다 더 큰 재활 치료의 고통을 참아낸 노력이 거추장스러운 지팡이를 뿌리치게 만들었다. 어머니는 곧게 펴진 다리로 활기차게 병원을 걸어나갔다. 학교 때문에 먼저 울산으로 떠난 정우는 집에서 목이 빠져라 할머니를 기다리고 있었다.

"울 할매 다시 태어났네. 다리가 새로 났어!"

대문을 들어선 할머니를 정우가 와락 부둥켜안았다. 그날 정우는 태어나 처음으로 할머니 손을 꼭 잡고 산책을 나갔다. 18년 만에 이루어진 할머니와 손자의 첫 데이트였다.

"할매, 걸으니까 좋나?"

"그럼. 날아갈 것 같다."

"운동 열심히 해서 다마내기(달리기) 한번 할까?"

"그래. 하자! 내가 너 이길 거다!"

할머니와 손자의 유쾌한 산책길에 봄기운이 물씬 묻어났다.

무릎 관절에
좋은 음식

~~~~~~~~~~~~~~~~~~~~~~~~~~~~~~~~~~~~~~~

1. 마늘
마늘의 이황화 디알릴 성분은 연골을 파괴하는 효소의 양을 줄여주고 근력을 향상시키는 역할을 하기 때문에 무릎 관절에 좋다. 평소 마늘을 즐겨 먹으면 관절염 증상이 적게 나타난다는 보고가 있다.

2. 멸치, 뱅어포
나이가 들면 몸에 있는 칼슘 성분이 빠져나가서 골밀도가 약해지고 그로 인해 무릎 관절에 이상이 오기 쉽다. 이때 칼슘이 많은 음식을 먹으면 무릎 관절에 도움이 된다. 특히 멸치나 뱅어포처럼 뼈째 먹는 생선을 많이 먹으면 그만큼 부족한 칼슘을 보충할 수 있기 때문에 무릎 관절을 튼튼하게 해준다.

3. 숙주나물
무릎 통풍을 일으키는 원인 중 하나가 바로 퓨린이라는 물질이다. 숙주나물에는 퓨린 성분이 아주 적고 비타민A가 풍부해서 무릎 관절에 좋다.

4. 복숭아, 해바라기씨, 브로콜리
모두 항산화 작용을 하는 비타민E가 풍부한 음식들로 관절염 증상을 감소시키는 데 도움을 준다.

5. 생강

생강은 염증을 완화하는 소염 작용이 뛰어나고 통증의 완화에도 도움을 준다. 또한 신진대사를 활발하게 하고 몸 안의 독소나 노폐물을 제거해주므로 무릎 관절에 좋은 음식으로 꼽는다.

6. 녹황색 채소

골밀도를 높여주는 비타민을 비롯해 여러 영양가가 풍부한 녹황색의 채소를 자주 섭취하면 관절 건강에 좋다.

7. 홍삼

홍삼은 항염 효과가 뛰어나기 때문에 관절염 예방에 좋다. 또한 뼈의 강도를 높여 관절염 증상을 완화시키는 데도 효과적이다.

8. 그 밖의 관절에 좋은 음식

현미, 오트밀, 보리와 같은 통곡물은 체내의 염증을 완화하고 적정 체중을 유지하는 데 효과적이다. 또한 정어리, 고등어, 꽁치, 삼치 등의 등푸른생선은 염증을 높이는 사이토카인을 억제하고 불포화지방산이 풍부해 비만을 예방할 뿐만 아니라 무릎 관절을 강화시키는 역할을 한다.

시어머니의 몸과 마음을
다시 일으켜주세요

홀로 남았으나 홀로가 아닌 며느리

해마다 명절 무렵이면 스트레스 때문에 지레 몸살을 한다는 며느리 이야기가 각종 포털 사이트의 게시판을 가득 채우는 게 유행처럼 번지는 세상이다.

시댁의 '시'자도 듣기 싫어 시금치도 안 먹는다는 우스갯소리부터 '며느리가 미우면 발뒤꿈치가 달걀 같다고 나무란다'거나 '미운 열 사위 없고 고운 외며느리 없다'는 등 온갖 속담까지 있는 거 보면 시어머니 노릇이나 며느리 노릇이나 쉽지는 않은가 보다.

2016년도 거의 저물어가는 11월의 어느 날, 오 남매를 거느린 한 집안의 큰며느리가 보내온 사연이 제작진의 마음을 울렸다.

며느리는 10년 전 심장마비로 남편을 잃었다. 시부모에겐 둘도 없는 효자였고 친정 식구들에게도 물심양면 더할 나위 없이 든든한 방패막이가 돼주던 남편이었다.

어린 자식과 살아갈 일도 막막했지만 그날 이후 허릿병으로 고생하는 시어머니를 지켜볼 수밖에 없는 슬픔이 며느리 심정을 더욱 암담하게 만들었다.

시어머니는 오 남매 중에서도 유독 맏아들에게 마음을 크게 의지하고 살았다. 남편은 그런 어머니에게 아픈 모습을 보이지 않으려는 듯 쓰러진 당일 눈을 감았다. 병간호 한 번 해줄 틈도 없이 갑작스럽게 아들을 잃은 상실감은 어머니를 백배 천배 더 고통스럽게 만들었다.

따지고 보면 며느리도 자식이 살아 있을 때나 며느리였다. 하루 아침에 허망하게 아들을 떠나보낸 어머니 입장에선 며느리가 밉고 원망스러울 수도 있었다. 하지만 시어머니는 10년이 지나도록 변함없이 따뜻한 가슴으로 며느리를 품어주었다.

그러면서 속으로는 무거운 돌덩이를 매달고 살았다. 부모가 무심하여 자식을 지키지 못했다는 상실감과 죄책감이 끈질기게 어머니를 괴롭히고 있었다. 그 고통을 잊기 위해 날마다 일에 묻혀 살면서 몸을 혹사시켜온 시어머니는 결국 허리가 낙타 등마냥 굽어버렸다.

지은 지 60년 된 시댁은 구석구석 허물어져가고 있다. 곳곳에 남편의 흔적이 깃든 낡은 집으로 들어설 때마다 며느리는 억장이 무너진다고 한다. 오 남매가 나고 자란 집은 그녀가 결혼해서 가족의 이름으로 수없이 드나들며 미운 정 고운 정 쌓아온 또 하나의 울타리였다.

자식들은 어떻게든 집을 고쳐주려고 했다. 하지만 시아버지는 여태 그렇게 살았는데 뭐하러 헛돈을 쓰느냐고 오히려 자식들을 나무랐다. 자존심 강한 노인의 완강한 고집 뒤에 도사리고 있는 팍팍한 현실이 불편한 상황을 감내하도록 만들었다.

시어머니는 해마다 그 추운 부엌에서 오 남매 주려고 김장을 500포기나 담는다고 한다. 그뿐만 아니라 손수 농사지은 콩으로 쑨 메주로 된장 고추장 간장까지 만들어놓고 제일 먼저 큰며느리 몫부터 따로 챙겼다. 음식을 바리바리 싸주는 것만도 고맙고 황송해서 몸 둘 바를 모르는 며느리에게 용돈이라도 쥐어 보내지 못하는 걸 늘 아쉬워하는 시어머니였다.

올 때마다 허리가 한 뼘 두 뼘 더 구부러진 시어머니를 병원에 모셔가려고 했지만 그마저도 용납이 안 되었다. 당신 몸 아픈 데 자식들 돈 쓰는 게 아까워 마음을 닫아버린 거였다.

생각다 못한 며느리가 봄날의 문을 두드렸다.

일개미 아내와 버럭 남편의 알콩달콩 겨울나기

여영자(78세) 어머니와 공영조(81세) 아버지가 사는 곳은 충청북
도 옥천군의 아담한 시골 마을이었다.

굽이굽이 이어진 산자락을 따라 올라가자 두 분의 모습이 나타
났다. 점잖은 인상의 아버지는 톱으로 나뭇가지를 잘라내고 있었고
어머니는 바닥에 쪼그려 앉아 주변의 잔가지들을 줍고 있었다. 겨
울철 땔감을 장만하는 중이라고 했다.

요즘에도 장작을 때서 살림하는 가정이 있다는 사실이 생소하
기만 한 현준 씨와 나에게 어머니는 난방뿐만 아니라 밥도 아궁이
불로 해먹는다고 말해주었다.

"보일러 때면 한 달에 기름을 몇 통씩 잡아먹을 텐디, 그게 얼
마여."

아버지는 우리와 인사를 나누기 무섭게 곧바로 땔감을 찾아다
녔다. 영감님 성화에 억지로 끌려 나왔다는 어머니가 그 뒷모습을
향해 밉지 않게 눈을 흘겼다.

"인정머리 없는 영감탱이가 자식들 신세지기 싫다고 내 신세만
볶는 거여. 아주 미워 죽겠어."

"아버지 어디가 그렇게 미운데요?"

"난 무거운 걸 들지도 못해 여기선 할 일도 없어. 근디 자꾸 끌고

댕기려고만 한단 말여. 그러니 밉지 안 미워?”

어머니는 구시렁구시렁 불평을 늘어놓았지만 그것은 말뿐이었
다. 이야기 도중에도 눈에 보이는 족족 긁어모은 잔가지가 손수레
를 가득 채우고 남았다.

나무를 한 짐 떠안고 내려오다 어머니의 푸념을 듣게 된 아버지
도 볼멘소릴 했다.

“혼자 놔두고 오면 일한다고 설치다 허리가 더 꼬부라지니까 그
러지.”

“그럼 부엌이나 좀 고쳐주든가.”

“싫으면 가든가.”

“온 사람이 가는 거야 당연하지.”

투박한 충청도 사투리로 티격태격 사랑싸움하는 이야기를 종합
해본 결과 아버지는 아내가 일을 적게 하도록 산에 데려오는 것이
고, 어머니는 나무하는 일엔 도움도 안 되는데 자꾸 끌고 다니는 남
편이 못마땅하다는 거였다.

“내 생각이고 뭐고 그냥 자기가 심심하니께 저러는 겨.”

“이그, 사람 속도 모르고…”

아버지는 투덜대는 어머니를 뒤로한 채 갑자기 휘적휘적 산기
슭을 넘어갔다. 우리는 당황하지 않을 수 없었다.

“괜찮아유! 신경 쓸 거 읎어.”

어머니는 이런 상황이 아주 익숙한 듯 주섬주섬 잔가지를 챙겨 들었다. 매번 같이 산에 올라왔다가 다투고 혼자 내려가는 게 다반사라는 것이다.

"저이는 원래 그랴. 아무 때나 버럭대고. 나무나 실컷 하라지."

어머니는 곁에 놓인 작대기를 지팡이 삼아 짚고 일어났다. 그제야 나는 어머니 허리가 ㄱ자로 굽은 걸 알 수 있었다. 다리도 O자형으로 휘어졌다.

"저게 내 자가용이여. 영감탱이보다 훨씬 낫더라고!"

어머니가 가리킨 것은 아이들 유모차를 개조해서 만든 것 같은 보행기였다. 어딘가에 의지하지 않으면 서 있기조차 힘든 어머니의 일상생활에 없어선 안 될 소중한 물건이라고 한다. 하지만 어기적거리는 걸음으로 산을 내려가기엔 보행기도 안전한 도구가 못 되었다.

현준 씨는 손수레를 끌고 나는 어머니를 부축하여 산을 내려왔다. 도중에 무밭이 하나 있었다. 어머니가 쉬엄쉬엄하다 아파서 뽑지 못했다는 무밭을 안타깝게 쳐다보았다.

"해 넘어가기 전에 저걸 다 뽑아야 되는디."

"걱정 마세요. 우리가 다 뽑아드릴게요."

"그래 줄 텨?"

어머니는 사양하는 기색도 없이 대번 호의를 받아들였다. 워낙 마음이 급했던 모양이다. 보행기도 내던진 채 한쪽 다리를 손으로 짚고 걷다 중심을 잃고 비틀거리는 모습에 우리도 일을 서둘렀다.

무 뽑기는 단순 작업이지만 어머니의 건강 상태로는 벅찬 노동이었다. 하나씩 뽑을 때마다 의외로 힘이 많이 들어갔다. 어머니는 우리가 뽑은 무를 깨끗하게 다듬은 뒤 줄기는 따로 떼어냈다.

"이걸로 시래기 만들어서 자식들 나눠주려고."

의자에 앉아서도 허리가 점점 앞으로 구부러지는 어머니를 현준 씨가 걱정스럽게 바라보았다.

"자식들은 사 먹으라고 하면 되지 엄마 몸도 아프신데 너무 힘들잖아요."

"해주면 내가 좋아서 그래. 나 먹자고는 힘들어서 못 하지."

자식바라기 어머니는 그저 해 넘어가기 전에 일을 끝내야 한다는 생각뿐이었다. 현준 씨와 내가 얼어붙은 손을 입으로 불어가며 찬물에 시래기를 씻은 다음 가마솥에 삶아 마당에 널고 나서야 어머니는 마침내 월동 준비가 끝났다고 만세를 불렀다.

어머니의 밝은 미소에도 불구하고 나는 다소 심경이 무거웠다. 사실 처음 어머니를 만날 때부터 그런 기분이었다. 예상했던 것보다 많이 굽어 있는 어머니의 허리가 아무래도 신경을 예민하게 만든 모양이었다.

시간이 멈춰버린 엄마의 집

　허리가 안 좋은 어머니에게 전체적으로 높은 계단으로 둘러싸인 집은 가혹하리만큼 불편한 구조였다. 찬바람이 쌩쌩 도는 재래식 부엌 안쪽에는 장작이 가득 쌓여 있었다. 무뚝뚝한 아버지가 매일 산에 올라가 지게로 져 나른 나무였다.
　"이런 게 다 나 편하게 일하라고 영감탱이가 해준 건디, 내 눈엔 하나도 안 차. 속 터져."
　어머니는 나무판대기를 엮어 만든 의자와 팔꿈치를 기댈 수 있도록 되어 있는 싱크대 겸용 탁자, 만든 지 얼마 안 돼 보이는 도마 등을 일일이 가리켰다. 자식들에게 폐 끼치지 않고 아내를 배려하려는 가장의 노력이 집 안 곳곳에 배어 있었다.
　"그래도 안 쓰는 것보단 낫더라고. 그래서 그냥 쓰는겨."
　어머니 말투에도 남편의 노고를 생색내주려는 마음이 오롯이 전해졌다.
　"영감이 술 좋아하고 놀기 좋아해서 젊을 땐 속도 많이 썩었는디 이젠 내 승질 다 받아주고 꼼짝도 못 혀."
　"아버진 아직도 나무하고 계신 거예요?"
　"아녀. 서울서 나 아픈 거 고쳐주러 왔단 말 듣고 고연히 뻘쭘해서 얼루 도망갔을 겨."

설명을 듣고 보니 한 가지 의문이 풀렸다. 산에서 인사를 나눌 때 어쩐지 무안해하는 듯한 표정이 떠올랐다.

이제부턴 초진을 해야 될 차례였다. 마루에 올라서는 것부터가 고역인 어머니는 한 계단 밟을 때마다 끙끙 앓는 소릴 내뱉었다. 힘 겹게 마루로 올라온 뒤에는 쓰러질 듯 옆으로 누인 몸을 일으키기 어려워 무릎과 팔꿈치로 바닥을 기는 자세를 취했다.

"다리 한번 쭉 펴보세요."

어머니는 앉은 채로 두 다리를 펴려고 시도했으나 왼쪽 다리가 안 펴지고 무릎이 위로 들렸다. 허리뼈는 이미 상당히 돌출되어 있 는 상태였다.

허리가 굽더라도 ㄱ자로 구부러진 모양은 특히 증상이 좋지 않 다. 원래 허리가 구부러지기 시작하면 복부 근육은 짧아지고 등 근 육은 늘어나기 때문에 자꾸 허리가 ㄱ자로 구부러지는 것이다. 이 경우 치료를 해도 경과가 안 좋을 수 있다.

"아이고, 내 정신 좀 봐라. 만두라도 좀 먹여 보낼라고 반죽도 미 리 해놨는디 깜박했네."

어느새 부엌에서 밀가루 반죽을 꺼내온 어머니가 족히 백 년은 되어 보이는 기계를 손으로 돌리기 시작했다. 결혼하고 처음 장만 한 살림 1호라고 한다.

우리는 어머니가 가르쳐준 대로 돌돌돌 소리가 나는 기계를 돌려 반죽을 만들고 밥뚜껑으로 만두피를 찍어냈다. 이윽고 돼지고기와 갖은 야채를 듬뿍 다져넣어 가마솥에 쪄낸 만두는 보기만 해도 군침이 돌았다.

현준 씨는 만두를 한입 베어 물고 자동으로 엄지를 추켜올렸다.

"어머니 손맛이 환상적이에요! 자녀분들도 잘 먹었죠?"

"그럼. 우리 애들이 만두라면 자다가도 벌떡 일어났지. 옛날에 고기가 어디 있어. 푸성귀만 넣고 해줘도 올망졸망 모여서 어찌나 맛있게들 먹던지…."

어머니는 우리가 만두 먹는 모습을 흐뭇하게 바라보다 문득문득 공허한 미소를 떠올렸다. 식사를 마친 뒤 현준 씨가 넌지시 본론을 꺼냈다.

"어머니 허리는 언제부터 아프셨어요?"

"10년? 아니, 한 5년쯤 됐나? 내 허리는 하루아침에 왕창 고장 난 게 아녀. 오늘 다르고 어제 다르고, 해가 갈수록 무겁더니 작년부턴 작대기라도 안 짚으면 걷지를 못하겠더라고."

"그러니까 얼른 검사받고 치료받아서 하루라도 편히 사셔야죠."

"내가 그럴 자격이나 있나…. 자식도 못 지킨 어미가 병원은 무슨 호산가 싶어. 생각할수록 나 자신이 야속하고 사무쳐서 왜 살아야 되는지도 모르겠고…."

"어렵게 자식들 키워낸 것만으로도 어머니는 충분히 자격 있어요."

"그건 엄마니까 당연히 해야 되는 거고."

이번엔 어떤 설득도 잘 먹혀들지 않았다. 세상 모든 어머니는 행복하게 살아갈 자격과 의무가 있다. 나는 괜한 자책감으로 스스로를 학대하는 어머니가 안타까워 허세 아닌 허세를 부렸다.

"저 믿고 한번 해보세요. 어머니들이 잘 모르시는 게 있는데, 엄마가 건강하게 사는 게 진짜 자식들을 위하는 겁니다. 어머니가 옛날에 친정엄마를 어떻게 생각했는지 떠올려보세요."

"맞아요. 제가 아들이라면 어머니가 이렇게 치료도 안 받고 있으면 너무 슬플 것 같아. 그리고 둘째 아들, 셋째 아들, 다른 자식들 생각도 하셔야죠."

현준 씨도 열심히 나를 거들었다. 어머니는 한참이 지나도록 우리들의 애를 태우다 어렵사리 고개를 끄덕였다. 언제 왔는지 아버지가 붉어진 두 눈을 끔벅이고 있었다.

10년 만의 산책

날마다 이어지는 통증에도 불구하고 수년간 방치한 어머니의 허리 상태는 의료진도 당혹스러워할 만큼 좋지 않았다. MRI 검사 결과 나타난 척추관협착증은 증상이 너무 심해서 요추 4번과 5번 신경 통로 안이 꽉 막혀 눌러진 채로 피가 전혀 안 통하는 상태였다.

이 상태로 과연 수술이나 시술을 한다고 허리가 완전히 펴질 수 있을지도 확신이 안 갔다.

의료진 협진회의 결과 장기적으로는 허리 근육 운동이 가장 중요하다는 전제 하에 미세현미경감압술을 실시하기로 결정했다. 신체적 손상을 최소화하고 회복 시간을 앞당기기 위해 미세현미경을 이용해 상처를 세밀하게 치료하는 수술법이다.

무엇보다도 현재 어머니의 허리 근육이 거의 소실된 상태라는 게 문제였다. 의료진에게도 어머니에게도 어려운 시간은 무척이나 더디 흘러갔다.

드물게 힘든 수술을 마치고 나오자 큰며느님이 수술실 복도를 초조하게 서성이는 모습이 보였다.

"원장님. 우리 어머니 수술 잘된 거죠?"

나는 떨리는 목소리로 다가온 그녀에게 앞으로의 일은 어머니에게 달렸다는 말밖에는 해줄 수가 없었다. 어머니가 묵은 통증과 작별하고 새로운 인생을 시작할 수 있기를 바라는 건 의사로서도 당연한 마음이었으나 아직 예후를 장담하기는 어려운 상황이었다.

며느리의 정성이 통했던 걸까.

어머니는 놀라운 정신력과 의지로 힘든 재활 치료 과정을 이겨 냈다. 그로부터 며칠 후 현준 씨가 병원을 찾았을 땐 침대에서 몸을 일으키지 못하는 척 짓궂은 장난을 칠 만큼 한결 여유를 찾았다.

"이젠 허리 쫙 펴고 하늘도 볼 수 있어. 진짜로 괜찮아!"

당황한 현준 씨 앞에 짠 하고 일어나 걷는 모습을 보여주면서 활짝 웃는 얼굴에 나는 비로소 무거운 짐을 내려놓는 기분이었다. 어머니는 퇴원하면 제일 먼저 하고 싶은 일이 자식들 손잡고 공원에 가는 거라고 했다.

"그거 저랑 먼저 해요, 어머니."

이제야 소원을 이뤘다고 펑펑 눈물을 흘리던 큰며느님이 어머니 어깨를 감싸 안고 병원을 나서는 모습이 모녀지간처럼 애틋하고 정답게 느껴졌다.

허리 수술 후 병원을
다시 찾아야 할 증상

~~~~~~

1. 수술한 부위가 붓고 튀어나왔을 때.

2. 수술한 상처 부위가 붓고 열감이 있을 때.

3. 수술한 상처가 터지고 배액이 나올 때.

4. 감기 증세가 없어도 갑자기 고열이 발생하고 숨이 차거나 가빠질 때.

5. 평상시의 저린 느낌 외에 갑자기 다리 통증이나 허리 통증이 심해지는 경우.

6. 퇴원 후에도 통증이 점차 호전되지 않고 오히려 차츰 심해진다고 느낄 때.

장모님을 의자에서
해방시켜주세요

아들 같은 사위, 엄마 같은 장모

젊은 날 엄마는 손수레에 배추를 한가득 싣고 이 동네 저 동네 팔러 다녔다. 막노동꾼 아버지는 잔정은 별로 없어도 속으로는 끔찍이도 엄마를 아꼈다.

몸은 힘들어도 마음만은 더없이 행복했던 신혼 시절, 가난은 누구보다 열심히 살았던 엄마에게 지울 수 없는 악몽을 남겼다.

그날도 엄마는 아침 일찍 장사를 나갔다. 오후가 되도록 채소는 좀처럼 팔리지 않는데 그날따라 다리가 너무 아팠다. 골목길에서 잠깐이라도 지친 몸을 쉬어가려고 손수레를 멈춘 엄마가 맞은편에서 밀고 들어오던 다른 상인의 손수레에 깔린 건 순식간의 일이었다.

그때 엄마는 임신 7개월이었으나 병원에도 갈 형편이 못 되었다. 곧 죽을 것처럼 아픈 배를 감싸 쥐고 집으로 돌아온 엄마는 밤새 피를 쏟았다. 결국 배 속의 아기를 잃고 말았다.

한 번 품어보지도 못하고 가슴에 묻은 아기는 그대로 엄마의 한이 되었다. 사고 당시 충격으로 허리에 이상이 왔지만 이튿날부터 또다시 손수레를 끌고 나갔다.

평생 일만 하고 살아온 엄마는 이제 허리가 절반으로 꺾여 의자 없이는 아무것도 할 수 없는 신세가 되고 말았다. 집 밖을 나오면 열 걸음도 채 못 떼고 주저앉고 마는 엄마는 플라스틱 의자를 채소밭 곳곳에 놓아두고 앉아서만 일을 한다.

살다 보면 흐린 날도 있고 맑은 날도 있다고 하지만 엄마의 삶과는 무관한 이야기였다.

어째서 엄마의 인생은 어느 하루도 평안한 날이 없을까.

딸은 가끔 그런 생각이 들곤 했다.

착한 사람이 복을 받는 게 신의 뜻이라는 말도 말짱 헛말인지도 모른다고. 안 그러면 우리 부모에게만 유독 험난한 가시밭길을 내준 건 아마도 신의 착오였을 거라고.

2년 전 엄마는 지방의 한 병원에서 척추가 무너졌다는 진단을 받았다. 병원에선 수술을 권했지만, 이번에도 가난이 엄마의 발목을 잡았다.

아버지는 막노동판에서 일하다 어깨를 다쳐 돈벌이가 넉넉지 않았다. 엄마는 자식들한테 해준 것도 없이 폐 끼치기 싫다며 끝끝내 수술을 거부했다.

통증이 온몸에 퍼져 발바닥까지 파스를 붙이고 살면서도 변변한 치료조차 받아보지 못했다. 급기야는 밤에 자다가 너무 아파서 까무러친 적이 한두 번이 아니었다. 그러고도 다음 날이면 어김없이 플라스틱 의자를 허리 뒤춤에 붙박이처럼 달고 채소밭으로 향하는 엄마가 한없이 가여워 딸은 남편 몰래 울기도 많이 울었다.

그녀의 남편(김충일, 39세)은 말하지 않아도 처갓집 사정을 훤히 꿰뚫어보고 있었다. 아내의 속마음을 누구보다 잘 알기에 그녀 얼굴에 수심이 가득한 날은 무척이나 마음이 아팠다. 하나뿐인 사위를 친자식처럼 아껴주는 장모님이었다.

사위는 자신의 힘으로 장모님을 치료해드려 아내를 기쁘게 하고 싶었다. 하지만 당장은 형편이 따라주질 않아 안타까움만 더해가는 중이었다. 상황이 허락될 때까지 시간이 얼마나 걸릴지도 알 수 없었다. 하루하루 마음을 졸이는 동안 장모님의 상태는 점점 안 좋아졌고 아내의 눈물은 마를 날이 없었다.

답답한 마음에 봄날의 문을 두드린 사위의 애틋한 정성이 나에겐 또 한 번의 도전을 준비해야 될 이유가 되었다.

엄마에겐 너무 멀리 있는 집

나는 유순애(74세) 어머니에 대한 사연을 제작진이 촬영해온 인터뷰 화면을 통해 먼저 접할 수 있었다.

전라남도 여수시 외곽의 소도시 논밭 한가운데 자리 잡은 컨테이너 주택이 어머니가 사는 곳이었다. 마을에서 한참 동떨어진 데다 농기계가 들어올 수도 없는 위치였다. 밭을 갈아줄 기계도, 품앗이를 해줄 이웃도 없는 곳에서 노부부 단둘이 농사를 짓고 살고 있었다.

제작진이 찾아갔을 땐 봄철 농사 준비가 한창인 이른 아침이었다. 아버지(박호길, 73세)는 밭을 갈고 어머니는 의자를 깔고 앉아 채소밭의 잡초를 솎아내는 중이었다.

"이게 없으면 허리가 아프고 엉덩이가 내려앉을 것만 같아 도저히 일을 할 수가 없어."

어머니는 자리를 옮길 때마다 의자를 분신처럼 모시고 다녔다. 호미를 짚은 채로 엉기적거리며 서너 걸음 옮긴 자리에 다시 의자를 놓고 야무지게 잡초를 긁어내는 몸짓을 보면 상태가 그다지 심각해 보이지 않았다.

아버지는 밭 가는 틈틈이 고개를 돌려 아내가 일하는 모습을 심란하게 지켜보았다. 그때마다 힘들면 쉬었다 하라는 말도 빼먹지 않았다.

"저녁에 또 얼마나 끙끙 앓으려고 그래."

"알았어, 알았다고."

어머니는 남편의 계속되는 잔소리를 건성으로 받아넘기고 하던 일을 마저 끝낸 다음에야 호미 대신 막대기를 짚고 일어났다. 새참을 준비하러 집으로 가는 길이었다.

밭에서 집까지 보통 사람이라면 2,3분 내로 닿을 수 있는 거리였다. 어머니는 그 짧은 길이 천리만리나 되는 듯이 아득한 눈길로 바라보았다.

"여기서 저기까지 쉬지 않고 걸어갈 수만 있다면 얼마나 좋을까."

공허한 독백 끝에 한숨이 배어났다. 어머니는 몇 걸음 걷다 지쳐 의자만 보이면 쉬고, 또 몇 걸음 걷다 지쳐 의자가 없으면 돌덩이에 앉아서라도 잠시 쉬어가기를 반복하다 집 마당에 놓인 화분에 걸터앉아 구슬땀을 훔쳤다. 앉기 편하도록 남편이 뒤집어놓은 빈 화분이 어머니의 마지막 의자였다.

한 끼 식사를 준비하는 일도 한바탕 전쟁을 치르는 거나 매한가지였다. 어머니는 싱크대에 두 팔을 지탱하고 서서 밥을 안치고 찬거리를 다듬었다. 바닥에 가스버너를 놓고 앉아서 음식을 조리한 지도 3년이 지났다고 한다.

허리 통증을 참아가며 정성껏 차린 밥상을 앞에 두고도 어머니는 식사를 거의 하지 못했다. 도라지가 몸에 좋다, 여자는 굴을 많이 먹어야 한다며 밥 한 숟갈이라도 더 먹이려는 남편의 성화에도 불구하고 약만 한 움큼 집어 먹곤 했다. 그런 어머니의 유일한 낙은 읍내 물리치료실에 가는 것이었다. 뜨끈한 침대에 누워 물리치료를 받고 오면 몸이 좀 편한 것 같았다. 하지만 그나마 며칠은 효과가 있는 듯하더니 이젠 그때뿐이고 불사신처럼 달라붙은 통증은 떨어질 기미가 안 보였다.

"이럴 줄 알았으면 일 좀 안 하고 말걸. 뭘 잘났다고 내 몸을 그렇게 혹사시켰을까…."

평생 요령 피울 줄도 모르고 살아온 자신이 원망스러워 삶의 희망조차 잃어버린 아내의 탄식은 남편에게 비수가 되었다.

마당을 가득 메운 화분에는 남편이 애지중지하는 마삭줄 나무가 심어져 있다. 일반주택에 살던 부부가 이곳으로 이사한 것도 화분을 놓을 자리가 마땅치 않아서였다. 그 대가로 아내는 말동무할 이웃을 잃었고 남편은 새로운 걱정거리가 생겼다. 아내가 혼자 있다 쓰러지기라도 할까 봐 잠시도 마음이 놓이질 않는 것이다.

나무를 볼 때마다 후회스럽고 미안한 생각이 들어 남편은 처음으로 아내를 위해 빨래를 널어주다 눈시울을 붉혔다.

"진작 도와줬으면 안 아팠을까…."

아내에겐 두렵고 남편에겐 가슴 아픈 밤

마을에서 외따로 떨어져 사는 노부부에게 밤은 기나긴 고독과 절망의 시간이었다. 아내는 아내대로 남편은 남편대로 바라는 건 오직 한 가지였다.

"오늘은 아침까지 깨지 말고 푹 자."

누가 먼저랄 것도 없이 꺼낸 약속은 그저 간절한 바람일 뿐이다. 앓다가 혼절을 해서 구급차에 실려 간 뒤로는 거의 하루도 평안한 밤을 보낸 적이 없었다.

허리가 아파 옆으로 누운 채로 잠을 청하는 아내의 눈망울은 이미 겁에 질려 있었다. 침대 밑에서 그런 아내를 애처롭게 바라보며 남편이 눈빛에도 불안감이 짙게 배어 나왔다.

"빨리 나아서 마누라 보듬고 자야지."

"난 영감 보듬고 잔 게 언제였는지도 잊어버렸네."

싱거운 농담조차 이제는 희망의 다른 이름이 된 노부부에게 시간은 통증처럼 더디게만 지나간다. 아내는 침대 위에, 남편은 바닥에 자리를 깔고 누운 채로 지긋지긋한 통증이 오늘만은 비켜가기를 바라지만 무심코 터져 나오는 신음소리는 여지없이 그 기대를 배반하곤 한다.

통증과 피로가 겹쳐 어느 틈엔가 눈꺼풀이 닫힌 아내는 자신이 앓는 줄도 모르고 잦아드는 신음소리를 뱉어냈다. 이마엔 식은땀이 줄줄 흐르고 온몸이 축 늘어진 아내 곁으로 달려간 남편은 매번 겪는 일이건만 얼굴이 사색이 되었다.

"제발, 정신 줄 놓치면 안 돼."

남편의 애타는 음성을 듣고 힘겹게 눈을 뜬 아내의 두 볼은 땀과 눈물로 범벅이 되었다. 찬물을 떠다 먹이고 땀을 닦아주어도 그때뿐이다. 아내는 가까스로 눈을 뜨고 있을 뿐 산송장이나 다름없다.

무엇으로도 어찌해볼 도리가 없는 참담한 슬픔이 남편의 가슴을 짓누르기 시작했다.

"병원 가서 영양제라도 맞자."

"괜찮아…."

수많은 밤 동안 수없이 되풀이해온 대화는 늘 처음과 끝이 똑같았다. 그나마 통증으로 한동안 넋이 나가 있던 아내가 정신 줄을 놓지 않은 것만도 천만다행이었다.

아내는 잠을 포기하고 거실로 나왔다. 텔레비전이라도 보면서 고통을 잊으려는 것이다. 남편은 밥이라도 한 숟갈 먹으면 기운이 날 거라고 통사정을 하지만 아내는 고개를 내저을 기운조차 없다.

시간은 새벽 한 시도 안 됐는데 노부부는 텔레비전을 틀어놓고 날이 밝기만을 기다렸다. 아내는 겨우 잠들었다가도 아침이 오기 전에 두세 번은 아파서 깨어나곤 한다. 그때마다 남편은 아내를 부둥켜안고 피눈물을 삼켜야 했다.

2년 전 의사가 수술을 권했을 때 못 해준 게 한이 되어 남았기 때문이다.

건강을 되찾고 입맛까지 돌아온 엄마

둘째 따님과 사위가 어머니를 모시고 병원을 찾은 건 때 이른 봄날이었다. 어머니는 몹시 긴장되고 지친 모습이었다. 일단 건강 상태부터 살펴보아야 했다.

정밀검사 결과 뼈와 뼈 사이에 있는 연골이 한쪽으로만 닳아 결국 붙게 되면서 점점 허리가 휘어버린 것을 알 수 있었다. 이런 경우 신경 통로가 막히고 피가 안 통하게 되면서 엉치뼈도 아프고 다리도 저린 증상이 나타난다.

어머니의 수술 여부를 결정하기 위한 의료진 협진회의 결과는 상당히 부정적이었다. 전형적인 척추관협착증은 분명하지만 꼬리뼈 부분의 관절이 많이 망가진 상태였다. 어머니 연세와 건강 상태를 고려할 때 조심스러울 수밖에 없는 상황이었다.

장시간의 토론 끝에 척추고정술로 통증을 치료하는 것으로 가닥을 잡았다. 약하고 불안정한 뼈를 나사로 고정해서 뼈를 단단히

굳혀주는 수술이다. 다리로 가는 신경이 눌린 부분을 풀어주기 위해선 미세현미경감압술을 실시하기로 했다.

두 가지 치료를 병행하면 다리 통증이 좋아지면서 허리를 펴도 통증 없이 자연스러운 보행이 가능해진다.

"원장님, 저 이제 허리가 반듯이 펴지는 건가요?"

어머니는 목소리가 다소 떨려 나왔다. 나는 검사 결과와 치료 방법에 대해 간략하게 설명해주었다. 치료 잘 받고 관리 잘하면 허리 아프고 다리 당기는 것도 많이 좋아질 거라는 말에 대번 어머니 목소리가 달라졌다.

"아이고, 수술도 못 하고 죽을라나 보다 했는데 정말 감사합니다, 원장님!"

가족들의 응원을 받고 수술실로 향하는 얼굴에도 불안한 빛이 거의 없었다. 나는 어머니의 기대를 실망시키지 않기 위해서라도 수술이 잘되기만을 바랐다.

문제가 많은 케이스인 만큼 나는 동료 전문의와 합동으로 스텝을 이끌었다. 수술은 장장 5시간에 걸쳐 진행되었다. 뼈가 많이 어긋나고 떠 있어 예정보다 훨씬 많은 시간이 지체되었다.

쉽지 않은 수술이었으나 의사로서 느끼는 만족감은 꽤 높은 편이었다.

어머니는 수술이 무사히 끝났음에도 사흘 동안 음식을 거의 삼

키지 못해 의료진을 바짝 긴장시켰다. 보람은 일주일 후에 나타났다. 회진 도중 병실에 들렀더니 마침 어머니가 식사 중이었다.

"이게 몸에 좋은 두릅 첫 순이에요. 밥 많이 먹고 운동 많이 해서 빨리 집에 가자고 우리 남편이 산에 가서 직접 따 온 거."

입맛까지 다셔가며 그릇을 말끔히 비워낸 어머니를 아버지가 흐뭇하게 지켜보고 있었다. 식사를 마친 어머니는 침대를 가뿐하게 내려와 제자리를 한 바퀴 돌아보았다.

"원장님, 나 이제 허리 다 펴졌어요, 안 펴졌어요? 어디 찌그러지진 않았어요?"

"네, 어머니 허리 다 펴졌어요."

"예쁘게 펴졌어요?"

어머니는 그래도 믿기지가 않는 듯 소녀처럼 복도를 사뿐사뿐 걸어 보이기도 했다. 허리가 다 펴지지 않았으면 어쩌나 불안해서 병원에서 만나는 사람마다 붙잡고 똑같은 걸 물었다고 한다.

"네, 어머니. 허리 예쁘게 펴졌어요."

의료진이 입을 모아 대답하자 가족들도 함박웃음을 지었다. 그로부터 일주일 뒤 어머니는 건강한 모습으로 가족들과 함께 병실을 나섰다.

"죽을 것 같은 저를 살려주셨는데 어떻게 보답을 해야 할지 모르겠어요."

"앞으로는 옛날 습관 그대로 일 많이 하지 마시고 몸조심하세요. 저희들한텐 다시 몸 안 망가지는 게 보답입니다."

입원해 있는 동안 줄곧 활달한 모습을 보였던 어머니가 작별인사를 건넬 땐 눈물이 그렁그렁해졌다. 나는 그간 잘 견뎌준 어머니에게 감사하는 마음으로 화제를 돌렸다.

"그나저나 전에는 잠을 잘 못 주무셨다고 들었는데 수술하고 나선 어떠세요?"

"잠은 엄청나게 잘 자요. 이젠 한강에 던져놔도 세상모르고 잠만 잘 거야!"

기나긴 불면의 고통에서 벗어나 환하게 웃는 얼굴이 이미 성큼 다가온 봄날의 기운을 내뿜고 있었다.

허리 통증에 효과적인
찜질 이용법(냉찜질)

1. 부기를 빼고 통증을 가라앉힐 때, 또는 급작스러운 충격으로 인한 허리 통증이 있을 때 냉찜질은 신체의 대사활동을 늦추고 염증 주위의 혈류량을 줄여 염증과 부종을 완화시킨다. 아울러 손상 부위의 혈관을 수축시킴으로써 내부 출혈을 줄여줄 수 있다.

2. 허리 통증 초기에는 얼음 주머니를 대고 마사지하는 방법이 효과적이다.

3. 멍이 드는 것도 일종의 내부 출혈에 해당된다. 냉찜질은 이때 혈액의 누출을 최소화시켜 큰 멍이 들지 않도록 예방한다.

4. 냉찜질 전용 팩을 얼려서 쓸 경우에는 몇 개의 수건으로 겹겹이 싸서 사용하는 것이 좋다.

5. 얼음을 사용할 때는 얼음을 비닐봉지에 넣어 젖은 수건에 싸서 마사지한다. 이때 냉찜질에 가장 적당한 온도는 6~7도 정도이다. 영하의 온도로 내려갈 경우 상처 부위의 피부에 손상을 일으킬 수 있다.

우리 할머니 아픈 허리를
고쳐주세요

양산에서 온 편지

할머니의 아픈 허리를 고쳐주세요.

요즘 저희 할머니는 조금만 일을 하셔도 몸이 많이 아프십니다. 허리도 아프고 무릎도 아프고 어느 땐 허리에 마비가 온다고 하십니다.

5분 정도만 걸어도 허리와 무릎이 아파 못 가겠다고 저희에게 도와달라고 하십니다. 동생은 앞에서 할머니께 어깨를 빌려드리고, 저는 뒤에서 할머니를 밀어드립니다.

한번은 장에 다녀오는데 할머니가 담이 결려서 움직이지 못한 적도 있습니다. 그날은 길에 한참 앉아 있다가 동생과 제가 앞뒤로 할머니를 부축해서 걸어왔습니다. 그리고 매일 아파서 밤새 주무시지도 못하고 끙끙 앓다 잠이 드십니다. 제발 이런 사연 듣고 멀더라도 와주셨으면 합니다.

봄기운이 저물어가는 어느 날 경상남도 양산에 사는 김슬기(14세), 김슬빈(10세) 자매가 방송국에 편지를 보내왔다. 나는 이들 어린 자매가 할머니와 함께 살게 된 사연 또한 제작진의 사전 취재 필름을 통해서 알게 되었다.

부모는 슬기가 일곱 살, 슬빈이가 세 살 때 이혼을 했다. 그 와중에 자매는 영문도 모른 채 생판 낯선 행성으로 내몰린 것이나 다름 없었다.

당시 두 자매의 할머니(황도영, 67세)와 할아버지(김종곤, 70세)는 노인들이 대부분인 외딴 시골 마을에 살고 있었다. 할머니는 눈만 뜨면 엄마를 보채는 슬빈이를 항상 등에 업고 다녔다. 집안 살림을 할 때나 잠잘 때도 슬빈이를 한시도 몸에서 떼어놓지 않았다.

갑자기 달라진 현실을 받아들이기엔 슬기도 어린 나이였다. 집도 학교도 친구들도 낯설고 모든 게 혼란스러웠다. 하지만 어린 동생 돌보는 것만으로도 벅찬 할머니는 슬기한테까지 세세하게 신경을 써주진 못했다.

그러던 어느 날 할머니가 슬기의 학교를 찾았다. 그날도 슬기는 다른 아이들이 신나게 뛰어놀고 있는 운동장 한구석에서 겉돌고 있었다. 할머니는 먼발치서 손녀딸을 물끄러미 바라보다 교무실로 향했다.

담임선생님은 평소 슬기가 학교생활에 적응하지 못하고 몹시 불안해한다는 사실을 전했다. 까닭이야 어떻든 부모의 이혼은 어린 가슴에 깊은 씻을 수 없는 멍울을 남겼다. 슬기는 할머니 할아버지한테마저 버림받을까 봐 두려워하고 있었다.

이때부터 할머니는 두 손녀딸에게 골고루 엄마의 빈자리를 채워주려 무진 애를 썼다. 그전까지는 할아버지 혼자 일해도 두 분이 살아가는 데 큰 문제가 없었다. 하지만 할아버지가 공원 관리소에서 잡일을 거들어주고 받는 돈으로는 네 식구가 먹고살기에 빠듯했다.

할머니는 궁리 끝에 다른 사람이 비워둔 땅을 빌려 농사를 짓기 시작했다. 그렇게 푼푼이 모은 돈으로 슬기를 학원에 보내주고 두 자매 옷을 사 입히기도 했다.

할머니의 사랑은 어린 슬기의 가슴에 얼음처럼 박힌 상처를 따뜻하게 싸매주었다. 덕분에 슬기는 이제 국가대표 유도 선수를 꿈꾸는 중학생이 되었다. 동생 슬빈이는 초등학교 3학년이 되었다.

하지만 손녀딸들이 커갈수록 할머니 허리는 점점 더 굽어만 갔다. 8년 동안 몸으로 마음으로 두 손녀를 업어 키우느라 허리가 상하는 줄도 모르고 살아온 할머니였다.

이제는 걷는 것도 힘들어하는 할머니를 도울 방법이 없어 애태우던 슬기는 동생과 함께 간절한 바람을 편지에 적어 보냈다.

아무래도 서울에서 멀리 떨어진 지방이라는 점이 걸렸던지 '멀더라도 와주셨으면' 한다고 쓴 마지막 구절에 어린 소녀의 깊은 속내가 묻어났다.

두 손녀의 엄마가 된 할머니

슬기네 가족은 양산시 외곽의 농촌 마을 아담한 집에 살고 있었다. 할머니는 새벽녘에 제일 먼저 일어나 슬기 아침밥부터 챙겼다. 허리를 구부린 채 음식을 만드는 굼뜬 동작에서 통증에 시달린 간밤의 흔적이 묻어났다.

마을에는 버스가 자주 다니지 않았다. 슬기는 시내에 있는 중학교까지 통학버스를 타고 다녔다. 버스 시간에 늦지 않으려면 항상 아침 시간이 모자랐다.

슬기는 할머니가 끓여준 찌개 한 가지만 놓고 아침식사를 마친 뒤 등교 준비를 서둘렀다. 교복을 입은 손녀딸 앞에서 할머니가 양말부터 상의까지 일일이 눈으로 살폈다.

"다른 애들은 치마가 이만큼 오는데."

무릎까지 내려오는 치마 길이가 불만인 슬기가 단을 조금만 줄여보고 싶어 꺼낸 말이었다. 할머니는 손녀딸의 작은 소망을 단칼에 잘랐다.

"그럴 거면 빤쭈만 입고 댕기지 치마는 뭐하러 입노?"

"할머닌 만날 그 소리."

한창 멋 부릴 나이에 짜증이 날 법도 하건만 슬기는 털털한 웃음으로 할머니의 불호령을 받아넘겼다. 슬기가 화를 내는 건 할머니가 '돈도 안 되고 사람도 안 된다'는 이유로 유도를 못 하게 할 때뿐이었다.

할머니는 슬기가 일반 고등학교에 진학해서 대학까지 마치기를 바랐다. 넉넉지 못한 형편에도 손녀들 교육보험은 일찌감치 들어놓았다. 하지만 평소엔 그렇게 고분고분한 손녀딸이 유도만큼은 하도 고집을 부려 속을 끓이는 중이었다.

슬기가 학교에 가고 나면 할아버지와 슬빈이를 챙겨야 될 차례였다. 손녀딸들이 하루가 다르게 커가면서 어깨가 더 무거워진 할아버지는 요즘 매일 도시락을 싸 들고 일을 나간다.

"할아버지 눈썹이 머리카락같이 늘어졌다. 이따 저녁에 눈썹 좀 밀어드릴까요?"

밥 먹다 말고 할아버지 눈썹이 삐져나온 것을 발견한 슬빈이가 애교를 담뿍 실어 말을 건넸다. 하지만 무뚝뚝한 할아버지는 대답

대신 헛기침만 한 번 하고 묵묵히 식사를 마쳤다. 할아버지 성격에 익숙해진 슬빈이가 배시시 웃어가며 할머니를 쳐다보았다.

아이들이 많지 않은 시골 동네에서 할아버지 할머니는 가족이자 슬빈이의 제일 친한 친구였다.

동네 초등학생 중에는 슬빈이 또래가 없고 전부 동생뻘이었다. 언니처럼 슬빈이도 혼자서 통학버스를 타고 학교에 갔다.

엄마 얼굴도 익히기 전에 헤어진 슬빈이는 할머니 품에서 티 없이 밝게 자랐다. 남한테 옷을 얻어다 입혀도 싫다는 소리 한 번 안 하는 착한 손녀였다.

"엊그제 슬빈이 친구가 '니는 옷이 그거밖에 없나' 그라고 묻더래. 그래 니는 뭐라 캤냐고 물었더만, '내는 할머니가 빨아주는 옷을 차례대로 입어서 만날 똑같은 옷인 줄 몰랐다'고 했다카대. 어린 게 눈치가 빤해가꼬…."

할머니는 빨랫대 앞에서 일단 크게 한숨을 몰아쉬었다. 허리가 불편한 할머니에겐 마당에 걸린 빨랫줄이 까마득히 높게만 느껴졌다. 할머니는 간신히 줄을 앞으로 끌어당겨 한손에 잡은 채로 빨래를 널어가며 제작진에게 가슴 아픈 이야기를 들려주었다.

"아들 며느리가 밉고 화가 날 때가 왜 없겠나. 쫓아가서 막 두들겨 패주고 싶기도 하고. 그렇지만 애들 보면 안쓰럽고, 자식들도 저 살기 바쁘니 우짜겠노. 나라도 일을 해야지…."

힘들게 빨래를 널고 집안 청소까지 마친 할머니는 앉아서 쉴 틈도 없이 유모차를 밀고 고사리밭으로 향했다. 없는 살림에 조금이라도 보태려고 하루 종일 허리를 굽히고 살다 보니 통증을 참는 것도 일상이 되었다.

그 시각 할아버지는 공원 관리소 바깥 땅바닥에 앉아 할머니가 싸준 도시락으로 혼자서 점심식사를 하고 있었다. 흔한 계란프라이 하나 없이 김치 깍두기와 장아찌가 반찬의 전부였으나 할아버지는 밥알 한 톨 남기지 않고 도시락을 말끔히 비웠다.

자식들 다 키워놓고 가장의 자리에서 물러나 조금은 편안한 노후를 보낼 줄 알았던 연세에 할아버지는 자의 반 타의 반 어린 두 손녀딸의 장래를 책임져야 될 가장으로 돌아왔다. 학비라도 모자라지 않게 해주려면 휴일도 없이 열심히 일해서 돈을 벌어야만 했다.

표현이 서툴러 친절하게 대해주진 못해도 볼 때마다 안쓰럽고 딱한 마음이 더해지는 금쪽같은 손녀들이었다. 남들처럼 인자한 할아버지 노릇은 못할망정 최대한 힘닿는 데까지 뒷바라지를 해주고 싶었다. 하지만 그로 인해 아내까지 힘들게 사는 현실은 그저 답답할 뿐이다.

"나는 괜찮지만 집사람은 일하면 안 돼요. 아무리 하지 말라고 해도 말을 안 들어. 무조건 일이 들어오면 손에서 놓질 못해. 그러다 병을 얻었으니 더 안타깝지. 가진 것 없는 남편 만나서 40년을 말없이 참고 살아준 것도 고마운데…"

삽자루를 끌고 다시 작업장으로 향하는 칠순 노인의 발걸음에 녹록지 않은 삶의 무게가 실려 있었다.

하늘 아래 네 식구

오전 수업을 마치고 학교에서 돌아온 슬빈이는 할머니와 함께 마늘밭으로 향했다. 할머니가 앉은걸음으로 옮겨 다니면서 마늘을 뽑아 놓으면 크기대로 정리하는 건 슬빈이 몫이었다.

초등학생치고 손끝이 여간 야무진 게 아니다. 제작진이 말을 걸었다.

"그런 거 안 하고 친구들이랑 놀고 싶지 않아?"

"시골인데 시골 사람답게 살아야죠. 일을 눈앞에 놔두고 어떻게 놀아요."

"놀다가 와서 하면 안 돼?"

"그러면 해가 다 저물어서 안 돼요."

말투마저 해맑은 어린 소녀가 마늘을 한아름 품에 안고 할머니 뒤를 졸졸 따라다녔다. 고된 밭일을 하는 할머니에겐 너무 일찍 철이 들어 안쓰럽고 고마운 손녀였다.

도중에 휴대폰이 울렸다. 유도 대회 출전을 앞둔 슬기의 전화였다.

"자식 이기는 부모 없다고 저리 고집을 부려싸니 저 하고 싶은 거 하라고 해야지 우짜겠노."

할머니는 급히 유모차를 밀고 비탈길을 내려왔다. 슬기 보호자 자격으로 선수 등록에 필요한 서류를 작성하러 가는 길이었다.

읍사무소에 들어가려면 계단을 스무 개쯤 올라가야만 한다. 슬빈이 어깨를 짚고 정류장에서 읍사무소 마당까지 걸어온 할머니는 다급한 마음에 절뚝거리며 혼자서 계단을 올랐다. 안에선 슬기가 초조하게 할머니를 기다리고 있었다.

"이 학생 어머니는 안 오셨나요?"

읍사무소 담당 여직원은 할머니가 대신 왔다고 해도 엄마만 찾았다. 같은 질문이 반복되자 할머니가 역정을 냈다.

"그런 거는 자꾸 묻지 말아요. 할머니가 왔을 때는 이유가 있을 거 아니오?"

"할머니가 오셔도 소용이 없어서 그래요."

법정대리인인 부모의 동의가 있어야만 선수 등록이 가능하다는 설명이다. 할머니는 그제야 목소리를 낮췄다.

"없는데 어떡하나…."

"돌아가셨어요?"

읍사무소 직원이 남의 집 사정까지 알 리가 없었다. 슬빈이가 아빠는 멀리 있다고 말해주었다. 그러자 아빠한테 연락해보라는 답이 돌아왔다. 할머니는 아빠나 엄마가 아니라는 말까지 듣고 발끈한 슬기가 앞으로 나섰다.

"그래도 가족이잖아요."

"가족이라고 다 되는 건 아니야."

담당 직원의 마지막 한마디가 기어이 아픈 상처를 헤집고 말았다. 슬기가 아빠와 통화를 시도한 끝에 겨우 문제를 해결했지만 할머니도 두 손녀딸도 한동안 말을 잃은 모습이었다.

그날 밤 할머니는 다른 날보다 더 고통스러운 시간을 보냈다. 똑바로 눕는 것조차 힘들어 온몸을 뒤척이며 끙끙 앓는 할머니를 위해 슬빈이는 고사리 손으로 안마를 했다. 이마에 땀방울이 맺히도록 할머니 허리와 어깨, 팔다리를 열심히 주무르는 손녀딸의 얼굴에 안타까움이 배어났다.

할머니는 손녀딸의 정성어린 손길에 억지로 눈을 감고 잠을 청했다. 안 그러면 슬빈이가 밤을 새워가며 안마를 계속할 태세였다.

인터뷰가 진행되는 동안 의젓하고 밝은 모습만 보이던 슬빈이는 할머니가 잠든 뒤 갑자기 엉엉 울기 시작했다. 어린아이가 어찌나 서럽게 우는지 제작진이 당황할 정도였다.

"안마를 해도 할머니가 낫지 않으니까 그냥 슬퍼요. 일을 많이 하셔서 힘드니까 편하게 지내게 하고 싶은데…. 지금은 어려서 마음대로 할 수 없는 게 슬퍼요."

어린 슬빈이의 슬픔이 온 식구를 울렸다. 벽을 향해 돌아누운 할머니도, 방문 앞에 우두커니 서 있던 할아버지와 슬기도 소리 없이 울고 있었다.

할머니의 건강 수첩

늦은 나이에 두 번의 엄마 인생을 살다 몸이 쇠약해진 황도영 어머니가 나의 진료실을 찾았을 땐 조금만 움직여도 힘겨워하는 기색이 역력했다.

정밀검사 결과 허리 상태는 크게 나쁘지 않았으나 뼈와 뼈 사이에 있는 연골이 두세 군데 붙어 있는 것으로 나타났다. 허리 근육이 약한 상태에서 연골이 닳아 없어지면서 생긴 관절염이 어머니를 괴롭혀온 통증의 원인이었다.

이런 경우 수술은 오히려 허리 건강이 더 나빠질 위험이 있었다. 어머니는 허리뿐만 아니라 어깨 통증도 호소했다. 검사 결과 근육이 심각하게 파괴된 상태는 아니었으나 일부 너덜너덜한 부분에 염증이 심한 것으로 나타났다.

협진회의 결과도 비수술적인 치료 쪽으로 기울었다. 어깨와 허리의 통증부터 치료한 후 등 근육을 단련시키는 운동을 하면 생활하는 데 문제가 없을 거라는 게 의료진의 일치된 소견이었다.

2단계로 진행된 시술 가운데 허리 통증을 잡기 위한 허리 신경성형술을 먼저 실시했다. 다행히 경과가 아주 좋았다. 다음 날 바로 브리즈망 치료를 진행하였다. 통증이 있는 어깨에 염증 치료제와 유착 방지제를 주입하여 굳은 어깨의 근육과 관절을 풀어주는 시술법이다.

두 번의 시술을 마친 어머니는 다른 환자들에 비해 유독 회복이 빠른 편이었다. 며칠 후 나는 그 이유를 알 수 있었다. 눈에 넣어도 안 아플 것 같은 귀여운 손녀딸이 할머니의 기운을 북돋는 비타민 역할을 톡톡히 하고 있었다.

"우리 할머니 허리 다 나았어요!"

할머니가 반듯하게 허리를 펴고 일어서자 슬빈이가 자랑스러운 얼굴로 의료진을 돌아보았다. 나는 어머니에게 퇴원 후 주의사항을 다시 한 번 일러주었다.

"이 상태를 계속 유지하려면 운동 꾸준히 하시는 거 잊지 마시고 쪼그려 앉아서 밭일을 하거나 무거운 물건 들거나 하면 안 됩니다."

"그라믄 이제 손녀들이 해주는 밥 얻어먹고 쉬어야지요."

어머니는 활짝 웃는 낯으로 손녀딸을 돌아보았다. 슬빈이는 노트에 뭔가를 꼼꼼히 적고 있었다. 할머니의 운동법이 적힌 노트에는 방금 내가 한 말도 적혀 있었다.

"언니가 병원에서 하는 말 다 적어 오랬어요. 할머니 운동도 저희가 시킬 거예요."

어린 소녀의 당찬 미소에 나는 한결 마음이 놓였다. 이렇게 대견한 손녀딸이 둘씩이나 있으니 앞으로 어머니의 몸 관리는 안심해도 될 것 같다는 생각이 들었다.

비수술적
허리 통증 치료법

약물을 이용한 치료

척추관협착증은 신경으로 가는 혈류가 감소하기 때문에 생기는 증상으로 신경혈류개선제를 사용하면 치료가 잘되는 편이라 증세에 따라서는 증세에 따라서 2주 정도 복용한다.

경막외 스테로이드 주사

스테로이드는 신경의 염증을 가라앉혀 부종을 줄이는 탁월한 효과가 있다. 척추관 안에 직접 주입하면 매우 효과적이지만, 자주 맞으면 몸이 붓거나 혈당이 올라갈 수 있으므로 1년에 2~3회로 제한해야 한다. 허리 통증이나 양쪽 다리 통증에 사용한다.

선택적 신경차단술

우측 혹은 좌측의 한쪽 다리, 엉치에 통증이 있을 때 사용한다. 신경에 직접 스테로이드를 주사하므로 경막외 스테로이드 주사보다 효과적이다. 다만 이 방법과 경막외 스테로이드 주사는 자주 사용할수록 그 효과가 떨어지며 신경의 유착을 일으킬 수도 있으므로 규정에 맞춰 조심스럽게 사용해야 한다.

30년 만의
하늘바라기

땅만 보고 살아야 했던 엄마의 기구한 인생

엄마는 딸만 내리 다섯을 낳다 두 아이를 잃고 마침내 아들 하나를 얻었다. 엄마는 남동생이 태어나자 세상을 다 가진 것 같았다고 한다. 그만큼 아들이 귀한 집안이었다.

딸은 자식으로 치지도 않은 시부모를 모시고 살면서 가난보다 더 뼈아픈 건 아들 못 낳는 설움이었다. 엄마는 농사일을 하는 틈틈이 낮에는 산에 올라 약초나 나물을 뜯고 밤에는 베를 짜서 생계를 꾸려갔다. 하지만 죽도록 고된 노동으로 식구들을 먹여 살리면서도 시어머니 모진 구박을 피하지는 못했다.

동네 모내기가 한창인 어느 해 봄이었다. 엄마는 혼자 열댓 명

분의 새참을 만들었다. 음식은 혼자서도 어떻게든 만들 수가 있지만 머리에 이고 가는 게 문제였다.

누군가 무거운 함지박을 머리에 얹어줄 사람이 필요했다. 방 안에선 어린 막내딸이 울고 있었고 호랑이 시어머니가 마당으로 들어서던 중이었다.

아마도 엄마는 자비를 구하는 심정으로 시어머니 앞에 함지박을 내밀고 머리를 숙였을 것이다. 하지만 시어머니는 그대로 며느리를 지나쳐버렸다. 결국 엄마 혼자 죽을힘을 다해 함지박을 머리에 이고 나와야 했다.

사고가 생긴 건 그다음이었다. 집 앞 계단을 내려가고 한발 내딛자 순간적으로 함지박이 앞으로 쏠렸다. 엄마는 몸의 중심을 잡기 위해 용쓰다 그만 허리가 확 꺾여버렸다. 그 와중에도 음식만은 엎지 않으려는 본능적인 의지로 함지박을 도로 머리로 들어 올렸다.

엄마는 그때 죽는 게 이런 거구나 싶었다고 한다. 끊어질 듯 아픈 허리를 담벼락에 기대고 아파 죽는다고 소리쳤지만 아무도 들어주는 사람이 없었다. 시어머니 무서워 병원에 간다는 말은 꺼내지도 못했다.

그렇게 30년이 지났다. 한 사람의 여자가 감당하기엔 너무나 가혹한 삶을 살아온 엄마는 지금도 매일 산에 올라 밭농사를 짓는다. 밭에서 나는 것들은 엄마의 기쁨이자 희망이었다.

돈 벌어 자식들 공부시킬 생각에 시간 가는 줄도 모르고 일하다 그늘에 앉아 잠깐 쉬면서 나무 냄새 풀 냄새를 맡는 게 엄마의 유일한 휴식이었다.

힘들어도 엄마는 산에 오르면 그렇게 기분이 좋다고 한다. 누구의 방해도 받지 않고 일하는 동안만큼은 시집살이의 모진 설움도 땀방울에 씻겨 날려 보낼 수 있었다.

오매불망 아들 낳기를 소원하며 눈물로 키운 막내딸도 이제는 엄마가 되었다. 사시사철 풍경이 아름답기로 유명한 고향의 산을 바라볼 때마다 딸은 눈앞이 먹먹해졌다. 그 좋은 풍경 속에 땅만 보고 걷는 엄마가 있기 때문이다.

평생 삶의 터전이 되어준 산과 밭은 엄마의 허리를 더 아프게 만든 곳이기도 하다. 딸은 이제라도 엄마가 마음껏 하늘을 바라보게 될 날을 애타게 기다리며 봄날의 문을 두드렸다.

엄마의 허리가 굽을 수밖에 없는 생활습관

오전부터 30도를 웃도는 무더위가 전국을 강타한 작년 여름 어느 날이었다. 나는 새로운 봄날지기로 합류한 방송인 주영훈 씨, 그리고 아나운서 정인영 씨와 함께 전라남도 보성으로 향했다.

영훈 씨와 인영 씨는 도시에서 나고 자란 탓에 시골은 생소하지만 평소 봄날 프로그램 애청자였다고 한다.

"방송 보면서 할머니 생각 많이 했어요. 허리를 잔뜩 구부리고 제 등을 밀어주셨던 기억이 아직도 생생해요. 그땐 할머니가 아프시다는 생각을 못 했죠. 원장님을 미리 알았다면 할머니 허리 좀 고쳐달라고 했을 텐데 아쉽네요."

"전 어릴 때부터 할아버지랑 같이 살았어요. 좋은 기억이 많아서 그런지 어르신들 만나면 그냥 좋아요."

영훈 씨는 돌아가신 꼬부랑 할머니에 대한 그리움을, 인영 씨는 할아버지와 함께 살았던 추억을 떠올리며 프로그램에 대한 각별한 애정을 나타냈다.

우리가 찾아간 곳은 작은 농촌 마을이었다. 푸른 산과 논밭으로 둘러싸인 그림 같은 마을, 그림 같은 집에 강종남(78세) 어머니와 박연주(77세) 아버지가 살고 있었다.

하늘색으로 지붕을 곱게 칠한 집 안으로 들어서자 마당 한 켠에 세워진 보행기가 눈길을 끌었다. 마침 밭에 나갈 준비를 하고 있던 어머니가 우릴 맞아주었다.

"어제 담근 식혜야. 시원하게 한 잔씩 마셔요. 요즘 멧돼지란 놈이 극성이라 난 얼른 가봐야 돼."

어머니는 얼음을 동동 띄운 식혜를 우리에게 대접하고는 심란

한 표정을 지었다. 산에서 농사짓고 살려면 멧돼지와 싸우는 게 일이라는 것이다.

"무섭지 않으세요?"

"무서워도 쫓아야지 어떡해. 안 그러면 그놈들이 다 파먹을 텐데."

우리는 어머니의 결연한 말투에 바짝 긴장하지 않을 수 없었다. 산속에서 멧돼지와 마주치는 상상만 해도 오싹 소름이 돋았다.

이윽고 어머니는 지팡이와 호미를 양손에 들고 집을 나섰다. 우리 세 사람도 얼떨결에 연장을 챙겼다. 어머니는 어느새 마당을 가로질러 대문 밖으로 나갔다. 가만히 있어도 땀이 줄줄 흐르는 날씨였다.

"천천히 좀 가세요, 어머니. 우리 중에서 걸음이 제일 빠르시네. 허리 아프다면서 왜 그렇게 걸음이 빠르세요?"

영훈 씨는 어머니의 뒷모습을 의아한 눈길로 쳐다보았다. 허리가 심하게 굽으면 저절로 몸이 앞으로 쏠려 본인의 의지와는 상관없이 더 빨리 걷게 되는 것이다.

어머니는 평지를 걷기에도 버거운 몸으로 고구마, 수수, 참깨 등을 심어놓은 밭을 멧돼지 떼로부터 지키려고 하루에도 몇 번씩 험한 산길을 걸어 오른다고 한다.

우리가 가는 길 맞은편으로 좀 넓고 평평한 길이 나타났다. 어머니가 편한 길 놔두고 굳이 인적이 뜸한 곳을 고집한 데는 이유가 있었다.

"아는 사람은 어쩔 수 없다 쳐도 누구 모르는 사람이라도 만나면 창피해서 그래. 이런 몸으로 다니는 꼴 보이기 싫어 어느 땐 영감한테 밭까지 오토바이로 데려다달라고 해."

"아픈 것도 서러운데 남들 신경 쓰지 말고 편하게 다니세요."

"그래요, 어머니. 누가 보면 어때요."

영훈 씨와 인영 씨가 어머니 팔짱을 끼고 위로의 말을 건넸다. 둘 다 키가 큰 편이라 안 그래도 허리가 많이 굽은 어머니와 키 차이가 많이 났다. 중간에서 어색해하는 어머니를 보고 문득 떠오르는 게 있었다.

다리나 허리가 불편한 농어촌 어머니들을 진료하면서 제일 많이 듣는 소리가 남부끄럽다는 말이었다.

나이 들수록 자신의 외모에 무관심해진다는 건 아직 늙어보지 못한 사람들의 착각에 불과하다. 늙으면 당연히 허리가 꼬부라진다고 생각하는 것도 마찬가지다. 별 뜻 없는 타인의 시선에도 괜히 움츠러들어 불필요한 스트레스를 안고 살아가는 어머니들이 의외로 많다는 사실을 가족들만큼은 알아줬으면 좋겠다.

상체가 절반으로 접힌 어머니의 허리는 이미 ㄱ자를 넘어 U자 모양을 나타냈다. 가쁜 숨을 몰아쉬는 주름진 얼굴에 통증만큼 깊은 아픔이 실려 있었다.

우리는 끝도 없이 험한 산길을 오르고 올라 마침내 어머니의 고구마밭에 도착했다. 그런데 기막힌 광경이 눈앞에 펼쳐졌다. 멧돼지가 밭을 마구 파헤쳐 쑥대밭을 만들어놓은 것이었다.

"아이고, 아까워라!"

어머니는 폭격을 맞은 것처럼 엉망이 된 고구마밭을 망연자실 바라보았다. 힘들게 농사지은 곡식을 멧돼지 밥으로 빼앗겼으니 맥이 빠질 만도 했다. 하지만 이내 속상한 표정을 거두고 호미를 집어 들었다.

"이놈들이 또 들이닥치기 전에 남은 거라도 캐야지."

우리도 밭으로 내려가 어머니를 도와 고구마를 캐기 시작했다. 나는 일하는 틈틈이 어머니를 살펴보았다. 불편한 몸을 이끌고 밭고랑 사이를 샅샅이 훑고 다니는 발길에 지나칠 정도로 꼼꼼한 성격이 엿보였다. 그 자세로 허리 펼 틈도 없이 한 시간이고 두 시간이고 일을 계속할 태세였다.

"쉬엄쉬엄하세요. 어머니. 엎드려 일하는 게 힘들지 않으세요?"

"앉아서 걷지를 못하니까 평생 엎드리고 일했어. 힘들어도 다른 방법이 없잖어."

어머니의 쓸쓸한 탄식에 영훈 씨도 할 말을 잃었다. 나는 이 상태로 수십 년 동안 밭일을 했다는 사실에 놀라지 않을 수 없었다. 일하는 습관 자체가 어머니의 허리를 굽게 만든 근본 요인이었다. 밭일을 하면 할수록 상태가 더 악화될 수밖에 없었다.

허리 관절보다 근육이 더 문제였다. 약해진 허리 근육이 늘어질수록 전체적으로 근력이 떨어지는 악순환이 불가피해지는 것이다. 이런 경우는 치료가 힘들 수도 있다. 초진을 해보기도 전에 불안한 예감이 밀려왔다.

일주일만 허리 펴고 살아보는 게 소원인 엄마

산을 내려온 어머니는 바로 집으로 들어가지 않고 텃밭부터 살폈다. 토란대가 더 자라기 전에 거둬들여야 한다는 설명이다.

"산에도 밭이 많던데. 어머닌 하루 종일 쉴 틈이 없으시겠다."

"이렇게 많은 걸 다 어떻게 하세요?"

"우리 먹고, 자식들 주고, 장에 내다 팔고 그러지. 봄엔 고사리 따서 광주까지 내다 팔아."

인영 씨와 영훈 씨가 일을 거들면서 걱정스러운 표정을 지었다. 혼자서 감당하기엔 힘든 일들뿐이었다.

"텔레비전에서 보니까 고사리 따다 허리 아픈 어머니들이 많던데 그것도 시간 가는 줄 모르고 하신 거예요?"

"한번 산에 가면 나물 뜯느라 정신이 팔려서 집엘 안 와요. 하도 걱정돼서 찾으러 다니고 그랬지."

마침 외출에서 돌아온 박연주 아버지가 영훈 씨의 물음에 답해 주었다. 서글서글한 인상의 아버지는 보통 사람에 비해 동작이 굼뜬 편이었다. 10년 전에 디스크 수술을 한 데다 최근엔 뇌 수술과 대장암 수술까지 받았다고 한다.

"난 조금만 일을 하면 허리가 말을 안 들어. 그러니 집사람이 고생이지."

아버지는 못내 미안한 얼굴로 아내를 바라보았다. 집으로 들어갔을 땐 안방 벽에 걸린 가족사진이 눈길을 끌었다. 학사모를 쓴 아들의 독사진은 따로 걸려 있었다.

인영 씨는 방 한 켠에 놓인 색연필 꾸러미를 집어 들었다.

"그런데 집에 색연필이 왜 이렇게 많아요?"

"그림 그리라고 딸이 사줬어. 이런 거 하면 치매도 안 걸린대."

어머니가 컬러링 북을 보여주며 흐뭇한 표정을 지었다. 밑그림에 맞춰 색칠한 솜씨가 꽤나 세련된 감각을 엿보이게 했다. 아버지는 그런 아내가 자랑스러운 듯 설명을 덧붙였다.

"집사람이 원래 재주가 많아. 애들 옷도 만들어 입히고 그랬어. 집안 어른들 삼베옷이랑 부모님 수의도 해드리고."

"형편이 힘드니까 뭐라도 아끼려고 별별 거 다 만들었지."

어머니는 곱게 짜서 장롱 깊숙이 보관한 삼베를 보여주었다. 한

올 한 올 가난한 삶의 애환이 깃든 옷감에 누구보다 열심히 살아온 당신의 발자취가 담겨 있었다.

나는 어머니의 허리 상태를 살펴보기로 했다. 뼈가 상당히 튀어나온 상태였다. 똑바로 누워보시도록 했더니 무릎이 떠서 바닥에 닿지 않는다. 잠깐 누워 있는 동안에도 허리가 아파 손으로 받치고 있는 모습이 내 심정을 더욱 무겁게 했다.

오랫동안 안 좋은 허리를 방치한 결과, 등 근육이 늘어나고 골반 근육까지 굳어버려 다리를 똑바로 펴지를 못하는 것이었다. 잠은 어떻게 주무시는지 물었다.

"베개를 받치면 다리 아픈 건 좀 낫긴 한데 허리는 이불을 두 겹으로 깔아도 아파서 똑바로 누워 잘 수가 없어. 한쪽으로만 누워 있으면 또 아프고, 옆으로 돌아눕기도 힘들고. 밤새 뒤척거리다 보면 날이 밝더라고."

어머니와 내가 이야기하는 동안 아버지는 묵묵히 벽만 쳐다보고 있었다. 깊은 한숨 소리가 침묵의 무게를 더해주었다. 나는 상황이 다소 어려울 듯해도 차마 두 분을 그 무거운 침묵에 놓아둘 수가 없었다.

"병원에 오셔서 검사부터 받아보세요. 제가 잘 치료해드릴게요."

"그래도 되겠어요?"

어머니는 얼굴에 화색을 띠었으나 뭔가 주저하는 기색이었다.

"나 병원 가면 영감 혼자 힘들 텐데."

"그게 문젠가. 답답한 소리 말고 치료나 잘 받고 와."

이때까지 잠자코 있던 아버지가 버럭 역정을 냈다. 영훈 씨와 인영 씨도 당장 다음 주에라도 진료를 받아보도록 아버지를 거들고 나섰다.

"사실 나 허리 펴고 살아보는 게 소원이야. 일주일이라도…."

30년을 꽁꽁 숨겨온 어머니의 속마음이 비로소 말이 되어 나왔다.

허리 펴고 다시 찾은 엄마의 키

정밀검사 결과 협진회의에 참여한 동료들도 곤혹스러워할 만큼 어머니의 상태는 심각했다. 척수액이 거의 보이지 않을 정도로 협착이 심한 허리는 곳곳에 신경이 눌려 있었다.

일단 비수술적 치료에는 한계가 있다는 결론을 얻었으나 쉽사리 적합한 치료법을 찾아내지 못했다. 장시간 동료들과 머리를 맞대고 의견을 나눠본 결과 최종적으로 합의한 치료법은 미세현미경감압술이었다. 고배율의 수술용 현미경을 의사가 눈으로 보면서 1시간 안에 신경을 압박하는 조직들을 없애주는 수술법이다.

초고속 수술용 드릴과 같은 특수 장비를 이용하여 신경을 막아버린 인대를 제거하고 신경 통로를 확장시키면 다리가 저리고 아픈 증상을 개선하고 굽은 허리를 펼 수 있게 된다.

정교한 수술 기법이 요구되는 과정인 만큼 한시도 긴장을 늦출 수가 없었다. 우리는 검사 결과를 재차 살펴가며 수술에 만전을 기했다.

다행히 신경을 잘 풀어준 덕분에 다리 통증은 빠르게 호전되는 기미가 보였다. 다만 워낙 허리에 근육이 없고 뼈가 심하게 돌출된 상태라 재활 치료에도 각별히 주의를 기울여야 했다.

일주일 후, 인영 씨가 내 방에 들렀다. 어머니 병실을 찾으려다 혹시 결과가 안 좋게 나왔을까 걱정되는 마음에 날 먼저 만나러 온 거였다.

나는 그동안 바쁜 일정으로 경과를 직접 확인하지 못했기에 긴장된 상태에서 어머니 병실을 열었다. 가볍게 침대를 내려온 어머니가 우릴 반갑게 맞아주었다.

"너무 신기해요, 어머니!"

어머니가 걷는 모습을 보고 인영 씨가 눈을 동그랗게 떴다. 나 또한 비로소 무거운 마음을 떨쳐버릴 수 있었다. 치료 방법을 변경하기까지 하면서 어렵게 선택한 수술이 성공을 거둔 것이었다.

"그전엔 키 차이가 많이 나서 어머니 얼굴 보고 걷지를 못해서 아쉬웠는데 어머니가 똑바로 서서 걸으니까 이게 되네요!"

"그럼! 나도 원래부터 키가 그렇게 작은 게 아녔어. 165센티야, 봐."

"맞아요. 어머니 키가 작은 게 아녔어요. 이제 예쁜 옷 입고 여행 가야죠, 우리 어머니 쇼핑하셔야겠네!"

인영 씨는 어머니를 앞뒤로 살펴보며 친딸처럼 기뻐했다. 영상 통화로 영훈 씨를 불러 어머니와 나란히 걷는 모습을 보여주기도 했다. 휴대폰 화면 속에서 영훈 씨가 큰 박수를 보냈다.

"어머니 수술실 들어갔단 말 듣고 불안했는데 웃고 계신 모습 보니까 너무 좋아요!"

"내가 이 날을 얼마나 기다렸는데…."

굽은 허리를 펴고 화사하게 웃는 얼굴이 십 년은 젊어 보였다. 나는 일주일만 허리 펴고 살고 싶다던 어머니를 떠올리며 내심 뿌듯한 보람을 느끼지 않을 수 없었다.

허리 질환자가 많은
가족의 비밀

~~~~~~

가족 중에 허리와 관련된 병증을 나타내는 환자가 여럿이라며 혹시 유전이 아닌지 문의하는 경우가 종종 있다.

현재 허릿병에 잘 걸리는 유전자가 따로 있다는 연구 결과가 발표된 적은 없다. 다만 내원한 환자들을 대상으로 문진을 실시한 결과, 특이 사항을 발견할 수 있었다. 가족 중에 동일한 허릿병을 앓은 사람이 있거나, 비슷한 증세를 겪는 경우가 많았다는 사실이다.

아마도 이것은 유전적 요인이라기보다는 생활습관에 따른 결과로 미루어 짐작할 수 있다. 가령 온 가족이 소파에 비스듬히 눕다시피 하는 자세로 텔레비전을 보는 등 허리 건강에 안 좋은 부모의 잘못된 자세를 아이들이 그대로 따라하는 경우가 있다.

이 경우 허리 질환은 가족의 질병으로 자리 잡을 가능성이 커진다. 결국 문제는 생활습관이다. 아울러 칼슘 섭취가 적은 식생활, 허리 건강에 도움을 주는 운동에 무관심한 경우도 허리 질환이 많은 가족의 특징이라 할 수 있다.

아픈 사랑의
비닐하우스

가난한 이웃에게 희망을 찾아주세요

경기도 남양주시 오남읍 양지리에서 유귀덕(73세) 어머니는 '물
한 그릇도 혼자 안 먹는 할머니'로 통한다. 워낙 남에게 베풀기를 좋
아한다고 해서 마을 사람들이 지어준 별명이다.

어머니가 양지리에 자리 잡고 살게 된 건 20여 년 전으로 거슬러
올라간다. 그전까지는 서울 청량리에서 남편(오세을, 79세)과 함께 채
소 장사를 했다. 수돗물도 안 나오는 신혼집에 살면서 어렵게 시작
한 장사였다. 하루 종일 무거운 채소 상자를 나르며 발이 부르트도
록 일했으나 수입이 일정치 않아 굶는 날이 많았다.

아들 둘이 태어나고부터는 더욱 악착같이 장사에 매달렸다. 덕

분에 조금 살 만하다 싶었을 때 남편이 용암 온천 사업에 뛰어들었다. 하지만 남의 말만 믿고 시작한 사업이 실패하고 빚보증까지 서는 바람에 모든 게 수포로 돌아가고 말았다.

결국 전 재산을 잃고 남양주로 내려와 비닐하우스 농사를 짓기 시작했다. 집을 따로 구할 형편이 안 돼서 일곱 채의 비닐하우스 중 한 채는 생활공간으로 정했다. 큰아들이 이혼하면서 두고 간 세 살배기 손자도 이곳에서 스무 해를 함께 살았다.

어머니는 농사를 짓는 틈틈이 된장 고추장을 만들어 팔았다. 어머니가 만든 장은 동네 사람들에게 인기가 좋아 단골도 꽤 생겼다. 시장에 내다 팔지 못할 채소는 이웃 사람들에게 마음대로 뽑아가게 했다. 그렇게 한 해 두 해 지나는 사이 어머니의 비닐하우스는 늘 사람들의 발길이 끊이질 않는 동네 방앗간 노릇을 톡톡히 했다. 하지만 생활은 제자리걸음을 면치 못했다.

젊었을 때 채소 장사하면서 망가지기 시작한 허리가 점점 더 말썽을 부려도 병원을 찾을 여유조차 없었다. 칠순을 훌쩍 넘긴 나이에도 놓지 못한 농사일이 어머니의 허리뼈를 갉아먹은 주범이었다.

지난가을 양지리에 사는 한 이웃이 어머니의 딱한 사정을 우리에게 알려왔다. 힘든 몸을 이끌고 열심히 살아가는 어머니에게 봄날을 선사해달라는 내용이었다.

제작진이 제보 내용을 확인하기 위해 찍어온 동영상에는 노부부가 배추 모종하는 모습이 담겨 있었다. 비닐하우스 한 동에 심어야 할 배추 모종만 천 포기였다.

동영상의 내용은 충격적이었다. 어머니는 바닥을 손으로 짚지 않으면 이동이 불가능할 정도로 심각한 몸으로 모종을 옮겨 심는 중이었다. 심지어 손을 바닥에서 떼고 걷다 비틀거리며 넘어지기까지 했다.

"억지로 걸으려고 하면 내 몸을 반듯하게 하고 걸어야 하는데 자꾸 몸이 비틀어지고 앞으로 내밀게 돼. 그러다 넘어지고…. 엉치랑 다리가 터져버릴 것 같아."

힘들게 몸을 일으킨 어머니가 속절없이 울음을 쏟았다. 아픈 다리를 평상 모서리에 대고 퍽퍽 찍는 장면이 더욱더 안타까움을 자아냈다. 오랜 세월 쌓아두고 살았던 몸과 마음의 고통이 절절하게 담겨진 화면에서 나는 한동안 눈을 뗄 수가 없었다.

엄마의 병을 키우는 환경

제작진이 특별히 준비해준 한우 세트를 들고 남양주로 향한 것은 추석을 며칠 앞둔 때였다. 밭에서 고추를 따다 말고 우리를 맞이한 어머니와 인사를 나눈 뒤 영훈 씨는 다소 의아한 표정을 지었다.

그간 허리 통증에 시달리는 봄날 어머니들을 만났을 때와는 다른 점을 발견했기 때문이다.

"우리 어머니는 어디가 제일 불편하세요?"

"한쪽으로 힘을 주고 앉으려고 하면 여기가 소스라치게 아파."

어머니는 영훈 씨의 물음에 엉치 쪽을 가리켰다.

"그런데 우리 어머니는 허리가 반듯하니 괜찮아 보이는데요?"

인영 씨도 어머니를 생경한 눈으로 바라보았다. 허리가 굽지 않았다고 척추에 이상이 없는 건 아니었다. 어머니는 10년 전 허리 수술을 한 적이 있다고 한다. 그런데 언제부턴가 무거운 물건을 들면 자동으로 허리가 굽는다며 병이 재발한 건 아닌지 의심하고 있었다.

척추는 총 33개의 뼈로 이루어져 있다. 수술한 뒤 한참 지나서 다른 뼈에 이상이 생기기도 한다. 하지만 이런 사실을 잘 모르는 사람들은 허릿병이 또 재발했다고 느껴 수술에 대해 강한 거부감을 나타내기도 한다. 문제가 생긴 부분이 전에 수술한 것과 다른 뼈라는 점을 인식하지 못하기 때문이다.

또한 이미 병이 진행되고 있어도 허리에 직접적인 통증을 못 느끼는 경우가 있다. 어머니는 대화를 하면서도 무의식중에 몸을 뒤로 젖히는 모습을 보였다. 다른 데 불편한 점은 없는지 여쭤보았다.

"앉았다 일어날 땐 뭐라도 붙잡아야지 안 그러면 못 일어나. 조금만 걸으면 종아리가 빡빡해. 다리 저려서 오래 걷지도 못하고 픽 주저앉을 때도 많아."

평상시 증세를 종합해본 결과 전형적인 척추관협착증 증세였다. 농사일은 대부분 허리를 굽히고 하는 일이기 때문에 허리와 무릎 건강에 악영향을 미칠 수밖에 없다.

우리는 어머니가 일러주는 대로 고추 수확을 거들었다. 작업 자체가 잠시도 제대로 된 자세를 유지할 수 없게 만드는 일이었다.

어머니는 어중간하게 다리를 구부리고 선 채로 몸을 이리저리 틀어가며 일했다. 작물이 망가지지 않게 작업을 하려면 부득이 불편한 자세를 취할 수밖에 없다. 밭에서 잡초를 솎아내거나 모종할 때도 최대한 조심스럽게 몸을 움직일 수밖에 없다. 이런 습관이 쌓이면서 허리와 무릎 관절에 병을 일으킨 것이다.

걸을 때 가다 쉬기를 반복하는 건 척추관협착증의 대표적인 특징이라 할 수 있다. 어머니는 집으로 우릴 안내하는 동안 몇 차례 가다 쉬기를 되풀이하며 잠깐이라도 몸을 뒤로 젖혔다 다시 걷곤 했다.

"여기가 어머니 집이라고요?"

비닐하우스 입구에서 영훈 씨와 인영 씨가 당혹스러운 기색을 나타냈다. 빈 공간이라고는 침상으로 쓰는 평상 하나뿐인 공간에 온갖 물건들이 꽉 차 있었다. 그나마 비닐하우스 가장자리는 구멍이 숭숭

나 있고 난방 도구라고는 장작을 때서 쓰는 난로가 전부였다.

부엌이 따로 있지도 않았다. 세면대도 싱크대도 없이 옷가지와 그릇, 고추 포대, 농기구 등이 정신없이 널려 있는 집안에 작동이 되는 건지도 의심스러운 냉장고가 세 대나 있었다.

영훈 씨가 선물을 냉장고에 넣으려고 그중 하나를 열어보더니 눈이 휘둥그레졌다.

"어머니, 라면하고 쌀 포대가 왜 여기 들어 있어요?"

"벌어진 틈새로 쥐나 고양이가 들락날락해. 그래서 남들이 버린 냉장고를 찬장 겸 창고로 쓰는 거야. 음식을 파먹으면 안 되니까."

보기만 해도 숨이 막히는 이곳에서 20년을 살았다는 설명에 우리는 할 말을 잃었다. 어머니는 그래도 마음만은 편하다고 잔잔한 미소를 지어 보였다.

"옛날엔 영감이 집에는 신경을 안 쓰고 술 먹고 놀기 바빠서 지지리도 속을 많이 썩였어. 그런데 지금은 나 허리 아프다고 잔신경을 얼마나 많이 써주는지 몰라."

어머니의 미소가 가리키는 건 남편이 톱으로 다리를 적당하게 잘라낸 의자였다. 흙바닥에 수돗물을 틀어놓고 설거지할 때 앉기 편하라고 만들어준 의자였다.

겨우 한 사람 앉을 만한 좁은 공간이 설거지도 하고 몸을 씻기도 하는 공간이었다.

"겨울엔 난로에 불을 피워서 따뜻한 물을 마음껏 쓸 수 있는데 요즘엔 가스레인지에 물을 데워야 하니까 설거지는 찬물로 해. 힘든 건 그거 하나지."

매사를 긍정적으로 받아들이려는 담대한 성격이 말투에 고스란히 묻어났다. 그럼에도 불구하고 어머니의 몸 상태를 점점 나쁘게 만드는 요인은 집 안 곳곳에 존재하고 있었다.

엄마의 아픈 손가락

마침 오세을(79세) 아버지가 돌아왔다.

"겨울엔 추울 텐데 생활하기 불편하시겠어요. 쥐랑 고양이 같은 짐승들도 드나든다고 하던데 벌레도 많은 것 같고. 환기도 전혀 안 되는 것 같아요."

영훈 씨는 아버지를 향해 놀란 마음을 쏟아내기 시작했다.

나는 유난히 더위가 기승을 부렸던 지난여름을 떠올렸다. 습하고 기압이 낮은 장마철은 허리와 무릎 관절에 치명적이다. 척추 질환 환자들이 제일 힘들어하는 계절이 장마철이다. 날씨가 습하면 염증이 심해지고 관절 내 압력이 올라가 통증이 심해지기 때문이다. 병원에 어르신들이 가장 많이 찾아오는 것도 장마철이다.

아버지는 영훈 씨가 걱정스럽게 건넨 말을 묵묵히 듣고 있다가 입을 열었다.

"공사를 하려고 했더니 돈이 너무 많이 들어서 나중에 하려고. 여기가 여름엔 뜨거워도 벽돌로 쌓은 집이 아니라 해만 떨어지면 금방 시원해져."

"맞아. 해만 떨어지면 시원해."

약속이라도 한 것처럼 같은 말을 하는 두 분에게 나는 염려되는 상황을 말하지 않을 수가 없었다. 가장 큰 문제는 사방에 위험이 도사린 집 안 구조였다. 겹겹이 쌓인 먼지로 검게 그을린 천장, 허술한 외벽, 어느 것 하나 어머니의 건강을 위협하지 않는 게 없었다.

더욱 걱정인 것은 곳곳에 가로막힌 돌출된 턱과 어두운 실내였다. 자칫 낙상이라도 하게 되면 큰일이라는 말에 아버지는 무거운 한숨을 내쉬었다.

이때까지 우리는 두 분의 침상 겸 마루로 쓰는 딱딱하고 좁은 평상에 두서없이 있었다. 나는 일단 어머니 상태를 살펴보기에 적당한 곳을 찾았다. 아버지가 우릴 바깥으로 이끌었다. 마당에 좀 더 넓은 평상이 놓여 있었다.

"똑바로 누워보세요."

어머니는 자연스럽게 눕지를 못하고 몸을 옆으로 비틀어가며 누우려고 했다. 그러다 자지러지게 비명을 질렀다. 나는 아픈 부위만 짚어보도록 했다. 손이 엉치뼈를 향했다. 무릎은 굽힐 때마다 소리가 났다.

왼쪽 다리가 오른쪽보다 가늘어진 상태였다. 신경이 마비되면서 다리가 가늘어진 것이다. 등허리 뼈가 길게 튀어나오기 시작한 건 허리가 굽었다는 신호였다.

예상보다 상태가 훨씬 심각했다. 사람마다 증상이 다르게 나타나는 척추관협착증은 천의 얼굴을 가진 노년의 대표적 질환이다.

어머니는 허리가 굽지 않아 외관상으론 멀쩡해 보여도 실상은 제일 안 좋은 상태라 할 수 있었다. 다리가 가늘어진 건 신경이 죽어가고 있다는 걸 의미했다. 통증이 있으면 신경이 살아 있다는 증거다. 하지만 다리가 가늘어지고 힘이 없는 경우는 회복이 불가능할 확률이 아주 높았다.

곤혹스럽지만 나는 현재 상황을 있는 그대로 설명하는 수밖에 없었다. 아버지는 충격을 받은 듯 표정이 우울했다.

"우리 손자 불쌍해서 어쩌나. 저 출세할 때까지 아프지 말고 잘 살라고 했는데…."

무거운 침묵을 깨고 어머니가 얼마 전 기술 배우겠다고 지방으로 떠난 손자 이야기를 꺼냈다.

"초등학교 입학했을 때였어. 하루는 이 녀석이 친구들과 이 앞을 지나가면서 '할머니, 안녕하세요' 하고 한참을 갔다 집으로 오는 거야. 왜 그랬냐고 물었더니 다른 애들은 다 아파트 사는데 저만 비닐하우스 사는 게 창피해서 여기 안 사는 척하려고 그랬대. 내가 새장같은 아파트보다 여기가 더 좋다고, 우린 나무도 있고 공기도 좋은 데서 사니까 좋은 거라고 했더니 그 뒤론 아무 말이 없더라고. 어찌나 맘이 짠하던지⋯."

"엄마 보고 싶단 말은 안 해요?"

"초등학교 4학년 때 처음으로 엄마 어디 갔냐고 묻더라고. 아파트 사서 너 데려가려고 돈 벌러 미국 갔다고 둘러댔지."

"지금은 엄마랑 연락하고요?"

"재가해서 살다가 병으로 일찍 세상 떴어. 우리도 그때 많이 울었어. 불쌍한 내 새끼는 얼마나 엄마가 보고 싶었을까."

인영 씨와 어머니가 이야기를 나누는 동안 아버지는 울컥 눈물을 보였다.

"살아만 있으면 만날 수 있는데⋯ 이 사람 없으면 나도 죽은 목숨이나 매한가지여."

평생 엄마 없이 살아갈 손자를 지켜봐야 하는 부모의 아픔에 아내를 잃을지도 모른다는 두려움까지 덧대진 설움이 결국 아버지를 울게 한 거였다. 어머니는 그런 남편의 손등을 어루만지며 말없이 눈물을 흘렸다.

"원장님만 믿으세요, 어머니."

영훈 씨와 인영 씨도 눈시울이 붉어졌다. 나로선 마음이 가볍지 않은 상황이었으나 그렇다고 치료를 포기할 순 없었다.

한가위 축복처럼 찾아온 엄마의 봄날

며칠 후, 어머니의 영상 자료를 토대로 치료법을 의논하기 위한 협진회의가 열렸다. 화면을 바라보는 동료들의 표정이 점차 어두워지기 시작했다.

엑스레이와 MRI 상으로 나타난 검사 결과는 요추 4번과 5번 추간공이 좁아지거나 완전히 막혀 있는 상태였다. 게다가 유착이 심하고 좁아져 있는 부분이 워낙 광범위한 탓에 비수술적 치료는 불가능하다는 결론이 나왔다.

이 경우 척추골유합술이 가장 적합한 치료법이었다. 나사못으로 척추골을 고정하여 불안정하지 않게 단단히 고정시키는 수술이다.

집도를 맡은 동료는 수술에 대한 부담감을 토로했다. 어머니는 이미 한 번 수술한 경험이 있어 신경이 유착된 부분을 먼저 떼어내는 게 관건이었다. 신경을 손상시키지 않고 박리에 성공하려면 시간이 얼마나 걸릴지 알 수 없는 큰 수술이었다.

수술실 밖에서는 어머니의 가족들이 초조하게 결과를 기다리고 있었다. 나는 최대한 신중을 기할 것을 당부하고 수술 과정을 지켜보았다. 시간은 어느덧 4시간을 훌쩍 넘겼다. 이윽고 집도의가 성공 사인을 보내왔다. 우려했던 신경의 손상 없이 무사히 수술을 마친 것이다. 힘든 싸움을 잘 견디고 수술실을 나온 어머니를 확인한 순간 나 역시 비로소 숨통이 트이는 듯했다. 이제부턴 안정을 취하며 몸을 회복하는 일만 남았다.

일주일 후 병실을 찾았을 때 어머니는 조심스럽게 침대를 내려왔다. 아직은 걸음걸이가 부자연스러웠지만 표정부터 달라진 얼굴이 그간의 변화를 실감 나게 해주었다.

"걷는 건 그때나 지금이나 비슷한데 그렇게 심했던 통증이 없어졌어! 이게 뭔 일이래?"

몇 걸음 걸어보고 자신감을 되찾은 어머니가 병실을 한 바퀴 빙 돌았다. 그때 마침 반가운 손님이 들어왔다. 어머니가 그토록 보고 싶어 한 손자가 예고도 없이 깜짝 방문을 한 것이었다.

"우리 할머니 아프다는 말을 입에 달고 살더니 이젠 멀쩡하네?"

"오냐! 나 걷는 거 한번 봐라."

손자 앞에서 자랑스럽게 허리를 활짝 펴고 걸어 보이며 어머니 자신도 신기한지 웃음이 입에서 떠나질 않았다. 손자의 눈에선 기쁨의 눈물이 흘러내렸다. 어머니가 건강하게 웃는 모습이 그에겐 가장 큰 선물이라고 했다.

이날 어머니는 손자가 난생처음 쓴 편지를 받아보기도 했다.

사랑하는 할머니께.
키워주시고 먹여주시고 예쁜 옷만 입혀주셔서 항상 감사해요.
제가 꼭 성공해서 할머니 할아버지 모시고 같이 살게요.
지금부터 효도 시작입니다. 사랑해요, 할머니!

짧은 편지에 담긴 손자의 깊은 사랑이 어머니에겐 무엇보다 값
진 추석 선물이 되기에 충분해 보였다.

허리디스크와 다른
척추관협착증의 증상

허리 통증과 함께 다리가 저리거나 아픈 증상이 함께 나타나면 허리디스크로 오인하기 쉽지만 이는 엄연히 다른 질환이다.

척추관협착증의 경우 오랜 시간 서 있거나 걸으면 허리부터 다리까지 강한 통증이나 다리가 저리는 증상이 나타난다.

증상이 심한 일부 환자들의 경우는 다리에 힘이 빠져 주저앉는 등 보행 시간이 짧은 특징이 있다. 이를 장기간 방치하면 대소변 장애, 하반신 마비가 나타나며 일상생활에 심각한 지장을 초래한다.

엄마의 애끓는
사부곡

새해 첫 SOS

2017년 1월 전라북도 임실군의 한 마을에서 두 명의 제보자가
보내온 사연이 제작진의 가슴을 울렸다.

제보자 가운데 한 명은 조카, 다른 한 명은 마을주민이었다. 앉
은걸음으로 밭일을 하는 이양이(69세) 어머니가 그 주인공이다.

뇌경색, 목 디스크, 척추관협착증, 무릎의 퇴행성관절염, 위장병,
우울증, 수면 장애 등 그간 앓아왔거나 현재 약물치료 중인 병명만
도 일일이 열거하기 어려울 정도였다.

어머니는 늘 엉덩이 부분만 옷이 해진다고 한다. 허리 통증 때문
에 엉덩이를 끌면서 앉은걸음으로 거친 흙바닥을 옮겨 다니며 일하

기 때문이다. 너무 빨리 못 쓰게 되는 옷값을 아끼려 여름에도 밭에 나갈 땐 헌 옷을 덧입는다.

신발도 바닥이나 뒤축이 먼저 닳는 게 아니고 옆 부분부터 찢어 진다고 한다. 그나마 앉아서도 걷는다기보다는 다리를 바닥에 질질 끌면서 일하는 형편이라 자꾸 발에 중심을 잃고 모로 쓰러지는 바 람에 여름엔 아예 맨발로 일한다는 것이다.

어디 한군데 성한 곳이 없을 정도로 몸 상태가 만신창이가 된 사 연도 기구하다.

어느 날 갑자기 남편이 심장마비로 세상을 떠났다. 한밤중에 아 프다는 소리 한번 못해보고 숨이 멎어버린 것이었다. 말 그대로 청 천벽력이었다.

어머니 나이 마흔네 살 때 일이었다. 막노동꾼으로 살다 간 남 편이 남긴 유산이라곤 어린 사 남매뿐이었다. 하루아침에 남편 잃 은 슬픔을 추스를 겨를도 없이 어머니는 생활 전선에 뛰어들어야 했다.

논농사, 밭농사, 누에농사 가리지 않고 농촌에서 할 수 있는 일 은 다 해가며 아이들을 키우는 동안 건강했던 몸에 병이 들기 시작 했다.

한번 무너지기 시작한 건강에 연달아서 구멍이 생겼다. 목 디스 크로 고생하다 겨우 수술받고 몇 년 지나지 않아 뇌졸중이 생겼다.

몸에 경련이 일어도 일을 놓을 수가 없었다. 간간이 물리치료를 받아가며 버티다 척추관협착증 진단까지 받고는 치료마저 포기했다.

속수무책의 암담한 현실이 어머니를 점점 지치게 만들었다. 자식들은 모두 결혼해서 떠나고 혼자 남은 어머니는 죽은 남편을 향한 그리움이 사무칠 때마다 무덤에 찾아가 벌초를 하고 또 하면서 헛헛한 마음을 달랬다. 그리고 또 살아야겠기에 고된 노동으로 자신을 혹사시켰다.

마지막으로 찾아간 병원에선 충격적인 이야기를 들었다. 아픈 허리를 계속 방치하면 대소변조차 가리지 못할 거라는 진단이었다.

우리는 최악의 상황이 닥치기 전에 어머니를 도울 방법을 찾기 위해 서둘러 남쪽으로 길을 떠났다.

병이 된 그리움

"저기 저분이 맞는 거 같은데요?"

정수 누님이 황량한 겨울 들판 한쪽을 가리켰다. 아직 걷어내지 못한 검은 비닐이 군데군데 남아 있는 밭이 눈에 들어왔다. 이양이 어머니는 밭 가운데 주저앉아 고춧대와 씨름하는 중이었다. 굳은 땅에서 추수 끝나고 미처 처리하지 못한 고춧대를 뽑아내려고 안간

힘을 쓰는 것이었다.

"아이고, 힘쓰지 마세요."

정수 누님이 어머니를 만류하고 팔을 걷어붙였다. 나는 멋도 모르고 기운을 쓰려다 몸이 뒤로 넘어갈 뻔했다. 땅이 굳었어도 힘 조절만 잘하면 되는 일이었다. 요령을 알고 나니 고춧대가 쑥쑥 뽑혀 나왔다. 앉아서만 일을 해야 하는 어머니한텐 이마저도 쉽지 않은 일이었다.

"나 혼자 하려면 며칠 끌탕을 했을 텐데, 고마워."

어머니는 고추밭이 말끔히 정리되자 몹시 흡족한 표정이었다. 초진은 집에 가서 하기로 했다. 정수 누님과 어머니는 나이 차이가 많지 않았다. 뒤늦게 그 사실을 알게 된 누님이 살짝 당황한 기색을 내비쳤다.

"어쩐지 젊어 보인다 했네. 근데 언제부터 이렇게 아팠던 거예요?"

"40대 중반쯤? 한 20년은 넘은 것 같아."

"아니 왜 그렇게 오래도록 참고 살았어요?"

봄날 어머니들을 만나면 흔히 듣는 이야기지만 정수 누님은 도무지 이해가 안 되는 얼굴이었다. 농촌 생활이란 게 병을 키울 수밖에 없는 환경이다. 병원이 옆어지면 코 닿는 데 있는 도시와는 달리 큰 맘 먹지 않으면 찾기 힘든 곳이 병원이다. 교통편도 불편하고 농사일은 쉴 틈을 안 주는 데다 이런저런 사정으로 차일피일하다 보면 치료 시기를 놓치는 경우가 다반사다.

오늘 우리가 만난 이양이 어머니도 사정이 별반 다르진 않았다.

"애들하고 먹고살기 바빴지. 누구 집에서 보리 벤다면 보리 베러 나가고, 모 심는다면 모 심으러 가고. 남편 죽고 한 3년은 그저 어안이 벙벙해서 밤낮으로 일만 했어."

어머니는 갑자기 남편을 떠나보내고 한동안 삶의 의욕마저 잃었다고 한다. 옅은 한숨 끝에 이어지는 말이 듣는 이의 가슴을 아리게 만들었다.

"날마다 보고 싶어 못 살겠더라고. 사는 게 사는 게 아니었어. 이렇게 가까이 있는데…."

어머니가 지팡이를 짚고 비틀걸음으로 다가간 곳은 도로 가에 위치한 도라지밭이었다. 그런데 그냥 평범한 도라지밭이 아니었다. 길게 늘어선 밭 한쪽에 세 개의 봉분이 나란히 자리 잡고 있었다. 하나는 시부모님 합장묘, 나머지 두 개의 무덤은 남편과 시아주버니의 묘라고 한다.

"무덤이 길가에 있으니까 남편 떠나고 한동안은 누가 볼까 봐 울고 싶어도 울지도 못했어."

"남편 돌아가시고 제일 속상했을 때가 언제였어요?"

정수 누님의 안쓰러운 물음이었다. 어머니는 딱히 알맞은 대답을 찾기가 곤혹스러운 표정이었다. 할 말이 너무 많아도 생각이 나지 않을 때가 있다.

잠시 걸음을 멈추고 남편의 무덤을 향해 애잔한 시선을 던지던 어머니가 조용히 읊조리듯 입을 열었다.

"당신 죽고 내가 얼마나 힘들었는지, 가서 그걸 말하고 싶어."

눈물도 많고 웃음도 많은 엄마의 인생

집에 갔더니 신봉애(75세) 어르신이 어머니를 기다리고 있었다. 알고 보니 두 분은 시누이와 올케 사이였다. 전주에 사는 신봉애 어르신은 아픈 올케가 걱정되어 들여다보러 온 길이라고 했다. 서로 안부를 챙기며 다정다감하게 이야기를 주고받는 모습이 무척 인상적이었다.

초진을 시작하면서 어머니에게 지금 제일 아픈 데가 어딘지 물어보았다.

"머리부터 발끝까지 전국이 다 아픈디?"

어머니는 농담처럼 툭 내뱉고 별일 아니라는 듯 하하 웃었지만 상태는 보통 심각한 게 아니었다.

조심스럽게 마루를 걸어 보이는 모습이 마치 슬로비디오 화면

같았다. 지팡이 없이 걷는 게 어머니한텐 모험이나 다름없었다. 한 두 걸음 옮겼을 뿐인데도 다리가 휘청거렸다.

서 있는 자세도 매우 불안정했다. 전체적으로 몸이 한쪽으로 기울어진 형태였다. 골반도 많이 틀어져 누우면 자동으로 반대편 무릎이 따라 올라갔다. 무릎이 똑바로 펴지지도 않았다.

허리에는 가로로만 깊은 주름이 잡혀 있었다. 몸이 옆으로 틀어진 탓에 주름이 한쪽으로 잡힌 것이다.

당장 의심되는 증상은 무릎 퇴행성관절염과 척추측만증 정도였다. 다른 데 불편하진 않은지 물었더니 어머니는 항상 발이 차갑고 저리다고 했다. 심각하게 초진 과정을 지켜보던 정수 누님이 어머니에게 위로의 말을 건넸다.

"나이 들면 다 그래요. 애들한테 족욕기 하나 사달라고 해. 허긴 나도 내가 사서 쓰는데, 뭐. 그러고 보면 치사해, 정말. 부모는 자식한테 무조건 베풀기만 해야 된다니까."

이야기가 갑자기 엉뚱한 방향으로 튀는 바람에 한바탕 웃음이 터졌다. 어머니는 다행히 수술에 대한 거부감을 갖고 있진 않았다. 환자의 적극적인 태도는 의사 입장에서도 고마운 일이 아닐 수 없다.

덕분에 즉석에서 치료 스케줄을 잡고 가벼운 대화가 이어졌다. 소파에 나란히 앉아 손을 꼭 쥐고 있는 두 분을 정수 누님이 신기한

듯 바라보았다.

"원래 시누이랑 올케는 편한 관계가 아닌데 꼭 그런 것만은 아닌가 봐요?"

"옛날부터 사이가 좋았지. 이 사람 보면 미안한 생각뿐이야. 가난한 집에 시집와서 고생만 하고 살았어. 젊었을 때 소 헛간 고친다고 하다 허리를 다쳤는데 병원에도 못 데려갔어. 생각할수록 고맙고 한없이 짠해. 동생 죽었을 땐 나도 내 정신이 아니었는데 혼자서 얼마나 힘들었을까⋯."

신봉애 어르신의 이야기에 어머니가 소리 없이 눈물을 흘렸다. 시누이에겐 남동생이 어머니에겐 남편이었다. 하루아침에 허망하게 가족을 떠나보낸 슬픔이 서로에 대한 연민의 눈물로 이어졌다.

정수 누님은 어머니를 끌어안고 눈물을 닦아주다 자신의 이야기를 꺼냈다.

"우리 아버지도 심장마비로 돌아가셨어요. 차라리 앓다 돌아가셨으면 마음의 준비라도 할 텐데, 그 상실감이라는 건 어떻게 할 수가 없더라구요. 그래도 난 남편이라도 있지⋯."

정수 누님은 안타까움에 채 말을 잇지 못했다. 그렇게 한동안 세 분이 펑펑 울기만 했다.

"원장님이 자네 아픈 거 다 고쳐주면 같이 놀러 다니면서 재미있게 살자고."

제일 연장자인 신봉애 어르신이 먼저 감정을 다잡는 모습을 보였다. 어르신이 차분하게 올케를 위로하는 말에 정수 누님도 가세하여 응원의 말을 건넸다.

"맞아요. 이때까지 고생 많이 했으니까 하고 싶은 거 다 하고 살아야죠. 수술하고 나서 제일 먼저 하고 싶은 게 뭐예요?"

"장구나 신나게 쳐봤으면."

어머니는 한결 밝아진 얼굴로 젊어서 풍물 동아리에서 활동하던 이야기를 꺼냈다. 몸이 망가진 뒤론 그만두었으나 그때가 인생에서 가장 좋았던 시절이라고 한다. 그러자 정수 누님이 짓궂은 농담으로 어머니를 놀렸다.

"난 또 영감님 산소 가서 자랑하고 싶다고 할 줄 알았는데 장구치고 놀겠다고?"

"아이구, 잘 생각했네. 죽은 사람한테 가서 자랑은 뭐하러 해? 산 사람이나 신명나게 살면 되는 것이지! 그럼, 그럼, 생각 잘한 것이여!"

시누이까지 화끈하게 올케를 거들고 나서자 분위기가 다시 화기애애해졌다. 두 분 다 눈물도 많고 웃음도 많았다. 한참 재미나게 이야기를 하다가도 부지불식간에 감정이 복받치면 누가 먼저랄 것도 없이 눈물짓곤 했다.

서울로 돌아오는 내 기분은 전에 없이 무거웠다. 현재로선 모든 게 부정적이라 치료가 가능한지 여부도 확신할 수가 없기 때문이었다.

어렵게 찾아온 만큼 더 소중한 엄마의 봄날

정밀검사 결과는 내가 예상했던 것보다 훨씬 더 안 좋았다. 허리는 신경 통로가 세 군데나 꽉 막혀버린 상태라 수술 자체가 쉽지 않은 상황이었다. 치료해야 될 부위가 한군데가 아니라 한 번에 수술을 못 할 수도 있었다. 어머니가 그 힘든 과정을 견뎌낼 수 있을지도 의문이었다.

아직 60대인 어머니의 걸음걸이는 80대라고 해도 이상하지 않을 정도였다. 다리 저림으로 오래 걷지를 못하는 데다 골반이 틀어져서 절뚝거리게 되는 것이었다. 게다가 팔자걸음이라 걷다 보면 자꾸만 다리가 걸려서 쓰러지는 문제가 있었다.

진단 결과는 전방전위증을 동반한 척추측만증과 디스크탈출증을 동반한 척추관협착증으로 나타났다.

척추가 퇴화되거나 근육이 약해지면 척추뼈가 앞으로 쏠리면서 신경을 자극해 통증을 일으키는 것을 전방전위증이라 한다. 척추뼈와 뼈 사이의 디스크가 탈출되어 주위의 신경을 눌러 통증을 유발하는 것을 디스크탈출증이라 한다. 디스크가 자세 또는 큰 충격으로 인해 튀어나올 경우 염증이 생기고 신경을 눌러 통증을 일으키게 된다.

협진회의에 참여한 동료들은 치료 방법을 두고 이견이 분분했다. 나중엔 대체로 척추유합술과 연성고정술 두 가지 치료법으로 의견이 기울었으나 그러기 위해선 몇 가지 전제 조건이 필요했다.

척추유합술이든 연성고정술이든 가장 고려해야 될 사항은 환자의 체력이었다. 뼈도 튼튼해야 되고 근육도 잘 발달되어 있어야 하는데 어머니의 몸 상태는 현재 최악이었다.

우리가 최종적으로 선택한 치료법은 미세현미경감압수술이었다. 신경 압박을 유발하는 뼈와 인대를 미세현미경을 통해 제거하고 압박을 풀어주는 치료법이다.

건강 상태와 체력 모두가 받쳐주지 않는 상황에서 힘든 수술을 강행하려니 의료진으로서도 손에 땀을 쥘 수밖에 없는 상황이었다.

수술실 밖에선 신봉애 어르신과 가족들이 초조하게 기다리고 있었다. 살얼음판을 딛듯 긴박한 상황이었으나 수술은 별문제 없이 끝났다. 하지만 어머니는 병실로 돌아간 뒤에도 한동안 불편함을 호소했다. 아직은 엉치뼈와 무릎 뒤쪽에 잔 통증이 남아 있는 상태였다.

집도의와 함께 예후를 보러 갔더니 어머니는 침대에 누워 힘겹게 몸을 일으켰다. 어르신이 불안한 얼굴로 물었다.

"이 사람 자꾸 다리가 저리다고 하는디, 괜찮을랑가?"

"재활 치료 잘 받으시면 잘 걸으실 수 있을 거니까 너무 걱정하지 마세요, 어머니."

나는 통증이 사라지려면 시간이 다소 걸린다는 점을 설명하고 두 분을 안심시켰지만 어머니가 완전히 회복한 모습을 보기 전까진 마음을 놓을 수가 없었다.

며칠 후 다시 어머니의 병실을 찾았다. 보조기 없이도 뒤뚱거리지 않고 반듯하게 걷는 어머니를 가족들이 지켜보고 있었다. 걸음걸이를 보니 수술은 대성공이었다. 고통을 무릅쓰고 씩씩하게 재활 치료에 애써준 어머니의 승리였다.

"내가 죽을 때까지 이 고마움을 잊지 않을 거야. 대한민국 만세다!"

어머니가 기뻐하는 모습을 보니 내가 더 고마웠다. 신봉애 어르신도 비로소 마음이 놓인 듯 특유의 화통한 웃음으로 모두를 즐겁게 했다.

"그래, 대한민국 만세다. 이젠 북 치고 꽹과리 치고 놀러나 다니자고. 얼마나 좋아!"

가족들이 행복해하는 모습을 보니 신년 벽두부터 월척을 낚기라도 한 기분이었다. 나에게는 바로 이 순간이 가장 소중한 새해 첫 선물이었다.

허릿병은 노년의
전유물이 아니다

일반적으로 허리 질환은 할머니 할아버지들에게만 해당되는 병인 줄 착각하는 사람이 많은데 전혀 그렇지 않다. 평소 허리 건강에 좋지 않은 습관을 계속하면 연령대와 상관없이 허리 질환에 시달릴 수 있다.

요즘은 성장기 어린이나 청소년들도 운동이 부족하고 책상에 앉아 있는 시간이 많아지면서 척추 질환을 앓는 비율이 점차 늘어나고 있다. 한창 뼈가 건강할 나이의 청소년들이 척추 질환을 앓게 되는 가장 큰 원인은 잘못된 자세 때문이다.

무거운 가방을 한쪽으로만 메고 다니거나 늘 구부정한 자세로 오래 앉아 있는 습관이 지속될 경우 척추측만증이 생기고 신체 발육이 저하되어 키가 잘 자라지 않는다.

척추에 무리한 자극을 가해 추간판탈출증을 앓는 사례도 상당히 많다. 아이의 자세가 눈에 띄게 어색하면 X선 촬영이나 CT 촬영 등의 검사로 척추측만증이나 추간판탈출증이 진행된 상태는 아닌지 확인해볼 필요가 있다.

허리 질환은 무엇보다도 조기 발견과 치료가 중요하다. 척추는 평생을 관리해야 건강한 삶을 유지할 수 있다는 점을 명심해야 된다.

장돌뱅이 모자의
두 번째 봄날

아들을 일으켜 세우려다 무너진 엄마의 허리

농부는 땀을 흘린 만큼 곡식을 거두고 학생은 공부를 한 만큼 성적을 얻는다. 건강도 마찬가지로 뿌린 대로 거둔다. 나이 들어 시달리는 각종 질환의 대부분은 그가 살아온 인생의 흔적이다.

허리 통증이 그 대표적인 사례라 할 수 있다. 허리 질환을 오랫동안 방치하면 발바닥까지 아픈 증상이 번지게 된다. 심하면 발바닥에 고무를 깔고 걷는 것처럼 감각이 무뎌져 아예 걷기가 힘들어진다.

발바닥 증상은 초기에 치료하지 않으면 완전히 개선되기 어렵다. 그런데 의외로 많은 분들이 발바닥이 뜨겁고 시리거나 바늘로 찌르는 것처럼 아픈 증상이 느껴질 때까지 참고 견디는 경우가 많다. 내가 17년간 환자를 진료하면서 가장 안타까운 건 이런 경우였다.

반대로 조금만 더 시기가 늦어도 치료 효과를 기대하기 어려운 상황에서 극적으로 병원을 찾은 환자를 만나면 안도의 한숨부터 쉬어진다.

2016년 3월 초쯤으로 기억된다. 〈엄마의 봄날〉 출연자 가족 중 한 분이 제보를 해왔다. 장터를 네발로 기어 다니는 이주열(77세) 어머니에 대한 가슴 아픈 사연이었다.

어머니는 평생 바다 일로 잔뼈가 굵었다. 열다섯 살 때부터 40대 중반까지는 해녀로 물질을 했다. 물질을 못 하게 된 후로는 조개를 캐서 팔았다고 한다. 현재는 아들(이상호, 45세)이 해녀와 도매상인들에게 떼어온 해산물을 함께 장터에 내다 팔고 있었다.

어머니 혼자 이 일을 한 지는 20년이 넘었지만 두 발로 걷지 못하게 된 건 불과 5개월 전부터라고 한다.

그사이 무슨 일이 있었던 걸까.

사전 인터뷰를 위해 제작진이 방문했을 때는 이른 아침이었다. 어머니는 뭔가를 열심히 찾느라 좁은 마당을 네발로 기어 다니고 있었다. 한 걸음 옮길 때마다 분신처럼 양손에 들고 있는 의자도 따라 움직였다.

야외에서 흔히 볼 수 있는 플라스틱 의자가 어머니에겐 지팡이

보다 요긴하게 쓰였다. 다리에 힘이 없어 지팡이를 짚고 걸으면 금세 넘어지지만 의자를 양손에 짚고 움직이면 넘어질 염려는 없기 때문이다.

"다리만 안 아프면 백 살까지도 살겠구만, 내 마음대로 뭘 할 수가 있어야지."

보통 사람 대여섯 걸음이면 한 바퀴 돌고도 남는 마당이 어머니에겐 첩첩산중이나 마찬가지였다. 거북이처럼 엉금엉금 기어서 마당을 헤매다 지친 어머니는 아들의 이름을 애타게 불렀다.

"상호야! 어디 있나?"

"아이고, 엄마야! 그러다 아들 이름 닳겠다."

집 밖에서 장사할 물건을 정리하던 아들 상호 씨가 툴툴거리며 나타났다. 어머니가 그토록 힘들게 찾아 헤맨 건 말린 생선 지느러미를 잘라낼 가위였다. 어머니는 천막이나 깔판 등 혹시 아들이 빼먹었을지도 모를 장비를 일일이 점검한 다음에야 장터에 나갈 채비를 했다.

3년 전 사업에 실패한 상호 씨는 감당하기 어려운 빚까지 지고 어쩔 수 없이 고향으로 내려왔다. 어느 날 갑자기 짐이 되어 찾아온 아들을 어머니는 두말없이 품어 안았다.

어머니가 바지락을 까서 한 푼 두 푼 모은 돈을 모두 쏟아붓고도 다 갚지 못한 빚을 해결하려면 돈벌이가 되는 일을 찾아야만 했다.

절망에 빠진 아들에게 어머니는 세상에 하나뿐인 후견인이었다.

해산물을 먹을 줄만 알았지 바지락 하나 깔 줄 모르던 아들은 어머니를 따라다니며 장사를 배웠다. 덕분에 어머니는 늘그막에 고생이 배로 늘었다. 하던 일도 줄여야 될 마당에 아들 뒤치다꺼리까지 하려니 몸이 망가질 수밖에 없었다.

집을 나서는 첫걸음부터가 어머니에겐 수난의 시작이었다. 트럭에 짐을 싣느라 바쁜 아들의 신세를 지지 않으려 아픈 다리를 힘겹게 들어 올릴 때마다 비명 같은 신음소리가 터져 나왔다. 고령의 몸뚱이가 혹사를 당하다 못해 아우성을 치는 것이었다.

장돌뱅이 모자의 서로 다른 아픔

울산광역시 울주군 일대의 오일장이 전부 모자의 일터였다. 어머니는 조개류와 해초류, 말린 생선 등을 팔고 아들은 맞은편에서 돌문어를 팔았다.

좌판을 펼치는 데만 두 시간은 족히 걸렸다. 물건을 정리하는 일에 정신이 팔린 아들은 어머니를 트럭에서 내려줄 생각을 안 했다. 그러자 어머니는 혼자 힘으로 차에서 내려오려고 안간힘을 썼다.

일단 의자를 바닥에 내려놓은 어머니는 고꾸라질 듯 위태로운 몸짓으로 차에서 내려 그 의자를 손으로 짚고 아들에게 다가갔다. 그러고는 이것저것 잔소리를 늘어놓았다. 아직은 아들 혼자 일하는 게 불안한 것이다.

"제발 그냥 좀 앉아 있으라니까 노인네도 참."

상호 씨는 몸도 불편한 어머니가 잠시도 가만히 있지를 못하는 게 안타까워 볼멘소릴 했다. 네 발로 좌판을 펼칠 자리까지 기어간 어머니는 화로에 불부터 피웠다. 3월이지만 남쪽은 봄기운이 완연하다 못해 약간 후덥지근한 날씨였다.

아들은 덥다고 웃통을 벗어부치는데 어머니는 화롯불에 손을 쪼였다. 조개껍데기에 찢기고 동상마저 걸린 손은 마디부터 손등까지 벌겋게 부어올랐다. 어머니는 시린 손에 물기가 마를 틈도 없이 홍합이며 굴이며 바지락을 차례차례 까서 쟁반에 담아 놓고 손님 맞을 준비를 했다.

오일장마다 쫓아다니며 그날그날 일해서 먹고사는 게 장돌뱅이의 삶이었다. 20여 년간 하루 열 시간 이상 앉아서 해산물을 팔아온 어머니는 요즘 다리가 아파서 화장실도 참고 안 가는 게 습관이 되어버렸다. 그러다 방광염까지 얻었지만 사는 게 팍팍하다 보니 병원에도 가질 못했다.

상호 씨가 다른 볼일을 보러 자리를 비운 사이에 난리가 났다. 돌문어가 대야 밖으로 기어 나오려는 것이었다. 그걸 보고 어머니가 기함을 했다. 자칫하면 아들의 귀한 장사 밑천을 잃게 생겼다.

어머니는 급히 생선 박스를 열었다. 지지대 없이는 한 걸음도 못 걷는 처지라 아쉬운 대로 스티로폼 뚜껑이라도 짚고 맞은편으로 갈 참이었다. 하지만 어머니 걸음보다 더 동작이 빠른 돌문어는 유유히 바닥으로 내려와 몸을 뒤틀고 있었다.

"상호야! 상호야!"

시장이 떠나가라 다급하게 부르는 소리를 듣고 상호 씨가 달려왔다.

"엄마! 소리 좀 지르지 마소. 내가 창피해서 못 산다."

"아픈 데만 없으면 한 5년은 더 장사하고 살겠고만…"

간단하게 상황을 수습한 아들이 시장 사람들 보기 민망해서 투덜대는 소리에 어머니는 무거운 탄식을 내뱉었다. 빨리 돈을 벌어 아들의 재기를 돕고 싶은 마음은 굴뚝같아도 생각대로 따라주지 않는 몸뚱이가 원망스러워 하는 말이었다.

아들이라고 그 심정을 모를 까닭이 없었다. 늙고 병든 어머니를 편하게 모시지는 못할망정 기대고 살 수밖에 없는 자신에게 화가 나서 괜히 불뚝거리는 것뿐이었다.

엄마를 더 힘들게 하는 밤

상호 씨도 사실 속마음은 바짝 타들어가고 있었다.

"한번은 엄마가 걸음이 안 걸어진다고 잠꼬대를 하는데 억장이 무너지더라고요. 아들이 돼서 이러지도 저러지도 못하니 갑갑해서 미칠 지경입니다."

그는 통증으로 고통받는 노모를 삶의 어둠에서 건져내고 싶은 애타는 심정을 이렇게 털어놓았다.

어머니는 소화불량과 잦은 두통에 시달리며 약을 입에 달고 살았다. 걷지를 못하기 때문에 위장에도 탈이 생긴 것이다.

하루 종일 좌판에 앉아 있다 다리가 저려도 의자에 앉은 채로 다리를 터는 게 고작이었다. 운동이라고는 꿈도 못 꾸는 생활이 밤이면 더욱 심한 통증을 불렀다.

맨살이 안 보일 만큼 파스로 다리를 도배하다시피 하는 게 어머니의 유일한 치료법이었다. 잠자리에 들 때만이라도 똑바로 눕고 싶지만 그마저도 쉽지가 않았다. 새우처럼 웅크리고 자다가도 온몸에 몰아치는 통증 때문에 생으로 날밤을 새는 경우가 다반사였다.

그럴 때마다 3년 전에 세상 떠난 남편 생각이 절실하다고 한다.

"아프면 자식도 필요 없고 영감이 최고지. 보고 싶어 자꾸 꿈에 나타나. 그래도 물질하던 때가 제일 좋았어. 물에 들어가 있으면 신랑이 마중 나오고, 고생했다고 집에 가서 밥도 차려주고 그랬지. 내가 아플 땐 혼자 장사를 나가고 난 집에서 꼼짝도 못 하게 했어."

가장 행복했던 인생의 한때를 떠올리는 얼굴에 잔잔한 미소가 피어올랐다.

추억만으로 이겨낼 수 있는 통증이라면 얼마나 좋을까.

폭풍 같은 밤을 보낸 어머니에게 아침은 또 다른 고통의 시작을 의미했다. 아픈 다리를 끌고 가기엔 방에서 주방까지도 천 리 길이라 지팡이를 짚지 않으면 안 되었다. 밥상은 아예 차릴 엄두도 못 내고 싱크대 앞에 의자를 놓고 앉아 물에 밥 말아 몇 술 뜨고 마는 게 어머니의 아침 식사였다.

"빨리 죽어야 되는데…."

부엌을 나서다 울컥 설움이 복받쳐 서글픈 탄식을 토해내지만 그것도 잠시뿐이었다. 어머니는 지팡이 대신 의자를 짚고 분주하게 마당을 돌아다녔다. 어젯밤 아들이 씻어놓은 그릇이며 잡다한 도구들을 챙기려는 것이다.

"아이고, 노인네! 내가 알아서 할 거고만 왜 또 기운을 빼고 그래요?"

잠결에 황급히 뛰쳐나온 아들이 버럭 소리를 질렀다. 늦게까지 일하고 곤히 자는 아들 깨우기가 미안해서 조용조용 한다고 했지만 의자 소리까지 숨기진 못했다.

두 번의 고비 끝에 찾아온 엄마의 봄날

어머니는 아들이 밀어주는 휠체어를 타고 진료실에 들어왔다. 나는 우선 몇 가지 검사를 통해 허리와 양쪽 무릎 상태를 중점적으로 점검해보았다. 안타깝게도 어머니는 검사를 진행하기에도 쉽지 않은 상태였다. 검사를 진행하면서도 앉아 있기도 서 있기도 힘들다고 여러 차례 고통을 호소했다.

어떻게 이렇게 오래 참았는지 놀라울 정도로 양쪽 무릎이 다 망가져 있었다. 무릎뼈와 뼈가 다 붙어서 관절이 굳어버린 것이었다. 무릎을 만졌더니 뼈걱거리는 느낌이 들었다. 구부러지거나 펴지지도 않았다. 무릎에 물까지 차 있고 이미 관절염이 상당히 진행된 상태였다.

허리에도 약간의 협착 증세가 나타났으나 무릎 치료가 더 시급했다. 협진회의 자리에서도 대부분 나와 같은 의견이었다. 그나마 다행인 건 너무 늦지 않았다는 점이었다.

우리는 어머니 연세를 감안하여 허리는 신경성형술로, 무릎은 인공관절치환술로 치료하기로 뜻을 모았다. 근육과 신경을 같이 풀어줌으로써 통증을 완화시키는 최적의 치료법이다.

두 번째 문제가 생긴 건 수술 당일이었다. 병원을 다시 찾은 어머니는 양말을 스스로 신지 못할 만큼 무릎 상태가 더 악화되어 있었다. 기존의 퇴행성관절염에 세균성관절염이 겹치면서 관절이 심하게 닳아 없어진 것이었다. 예전에 연골주사를 수십 차례 맞은 부위에 인대 조직이 눌어붙어 있는 상태였다.

수술하기 전에 눌어붙은 신경 조직을 풀어줘야 하기 때문에 시간이 많이 지체되었다. 어렵고 큰 수술이었으나 동료들이 애쓴 덕분에 첫 번째 무릎 인공관절치환술은 무사히 끝났다.

"문어는 다 팔았나?"

마취에서 깨어난 어머니가 아들에게 제일 먼저 꺼낸 말이었다. 상호 씨는 차마 대꾸를 하지 못한 채 고개만 끄덕일 뿐이었다. 병상에 누운 노모의 볼에 두 줄기 눈물이 소리 없이 흘러내렸다.

성공적인 첫 수술의 결과를 확인하고 보름 후 이어진 두 번째 수술 역시 무리 없이 진행되었다. 이번에도 예후가 좋은 편이었다. 다만 어머니의 무릎 상태가 워낙 심각했기 때문에 회복하는 데는 비교적 긴 시간이 필요했다.

세 번째 허리성형술은 20일 후에 실시되었다. 무려 두 번의 무릎 수술과 허리 시술까지 잘 견뎌낸 어머니는 규칙적인 식사와 물리치료로 빠르게 건강을 회복해 나갔다.

한 달 후, 나는 어머니의 퇴원을 앞두고 의료진과 함께 병실을 찾았다. 보조기구 없이 걸어보라는 말에 선뜻 침대에서 내려오기를 주저하던 어머니가 조심스럽게 발을 내딛더니 혼자 힘으로 몸을 일으켰다. 그러고는 한 번도 걸음을 멈추지 않고 병실에서 복도까지 꼿꼿하게 걸어 나갔다.

"나 죽기 전에 옛날처럼 걸어보는 게 소원이었어. 아이고, 이젠 소원 풀었네! 시집올 때보다 더 기분이 좋아!"

여섯 달 만에 처음 걸어보는 걸음이라고 했다. 어머니 자신도 믿기지 않는지 거울에 비친 모습을 이리저리 살펴보며 연거푸 환호성을 질렀다.

"올 땐 아들이 안고 차에 탔는데 갈 땐 내 발로 걸어갈 수 있으니 하늘을 날아갈 것만 같아."

"엄마가 화장실 안 가려고 물도 안 먹는 게 제일 마음이 아팠는데…. 혼자 밥 챙겨 드시고 화장실만 마음대로 갈 수 있어도 기적이라고 생각했어요. 정말이지 제 속이 다 후련합니다."

모자가 기뻐하는 모습이 의료진을 뭉클하게 만들었다. 나로선 지난 며칠간의 긴박했던 순간들이 주마등처럼 스쳐갔다. 노년에 두 번의 기적은 거의 불가능하다. 이제부턴 모든 게 환자 본인에게 달려 있었다.

"어머니, 앞으론 절대 힘든 일 하면 안 돼요."

나는 노파심에 잔소리를 하지 않을 수가 없었다. 어머니가 어렵게 되찾은 봄날을 허망하게 놓쳐버리지 않게 하기 위해서라도 휴식은 절대적으로 필요했다. 다른 한편으론 상호 씨의 인생 2막이 계획대로 펼쳐지기를 진심으로 빌어주었다. 아들의 성공적인 재기야말로 어머니가 무리하지 않고 건강을 지킬 수 있는 지름길일 터였다.

허리 통증에 효과적인
찜질 이용법(온찜질)

1. 통증이 있는 부위에 열을 가하는 온찜질의 주요 목적은 긴장된 근육을 풀어주고 혈액순환을 원활히 하는 데 있다.
2. 허리 통증이 3~4일 동안 사라지지 않고 지속될 경우 온찜질을 시행한다. 신체 조직의 온도가 상승하면 손상된 부위의 혈관이 확장되므로 혈액순환이 원활해진다. 더불어서 손상된 조직에 영양 공급이 늘어나기 때문에 회복 속도가 빨라진다.
3. 온찜질을 하면 근육의 긴장도 풀리고 신경이 안정되면서 오래 지속되던 통증을 완화시키는 효과를 볼 수 있다.
4. 온찜질은 약 20~30분 정도가 적당하다.
5. 화상을 입을 수도 있으므로 뜨거운 물에 담근 수건에 여러 겹의 젖은 수건을 덧대어 찜질하는 것이 좋다.
6. 단 요통 초기의 온찜질은 부기와 염증이 더 심해질 수 있으므로 주의해야 한다.

엄마의 사랑엔
유통기한이 없다

고생을 벗 삼아 살아온 엄마의 해맑은 미소

김을희(77세) 어머니의 겨울은 50년 전이나 지금이나 크게 달라진 게 없다. 옛날엔 초가집 부엌에 쌓아두던 연탄을 지금은 벽돌집으로 변한 베란다에 차곡차곡 쌓아두고 추위에 대비하는 것만 달라졌을 뿐이다.

해마다 겨울이 다가오면 어머니는 월동 준비 걱정으로 하얗게 밤을 지새우곤 했다. 가난한 살림에 연탄 한 장이 아쉬웠던 시절이었다. 어린 자식들 호강은 못 시켜줄망정 차디찬 냉방에서 재울 수가 없어 밤마다 애를 태운 것이다.

부엌에 연탄이 들어오는 날은 몸보다 마음이 먼저 훈훈해졌다.

보릿고개 넘어갈 때까지 식구들 먹을 김장까지 마치면 세상 부러울 게 없었다. 오로지 먹고사는 문제를 해결하느라 하루도 빠짐없이 논일 밭일을 다녔지만 엄마니까 당연히 그래야 한다고 생각했다.

육 남매를 키우며 반백 년 넘게 살아온 집은 형편 닿을 때마다 조금씩 고쳐 겨우 초가집은 면했건만 아직도 연탄불을 때고 김장 걱정에 잠 못 이루는 건 여전하다. 달라진 게 있다면 가족의 빈자리뿐이다.

평생 알코올중독에 빠져 살았던 남편은 23년 전에 홀연 저세상 사람이 되었다. 자식들도 결혼해서 떠나고 매운 연기 속처럼 암담한 세월을 살아낸 집에 병든 노모 혼자 남았다.

육 남매 중 셋은 전 부인이 낳은 자식들이었다. 스물두 살 신부에겐 결혼과 동시에 세 아이의 엄마라는 현실이 기다리고 있었다.

남편은 17년 연상이었다. 남들처럼 평범한 신혼 생활을 보내진 못했어도 아이 셋을 더 낳고 열심히 가정을 꾸려갔다. 전처 자식 내 자식 차별하지 않으려고 엄마로서 두 배 세 배 마음을 졸여야 했기에 남한테 말 못할 설움도 많고 한도 많았다.

가난보다 견디기 힘든 건 남편의 학대였다. 처음 얼마간은 술 때문이라고 여겼다. 하지만 날이 갈수록 더해지는 폭력은 어머니의 몸과 마음을 바닥으로 끌어 내렸다. 보다 못한 막내딸이 보따리를 싸주었다.

"우린 그냥 두고 도망쳐, 엄마!"

딸의 애원에 잠깐 독한 마음을 먹어보기도 했던 어머니는 차마 자식들이 눈에 밟혀 집을 떠날 수가 없었다고 한다.

그 후로는 언제부터 다리가 아팠는지 기억조차 가물가물하다. 몸을 지탱해줄 무언가가 없으면 걸을 수가 없어 끌차를 밀고 다닌 지는 10년도 넘는다. 몇 개 되지도 않는 집 앞 계단을 오를 땐 네발로 기다시피 하는 게 일상이 된 지도 오래였다.

어머니는 이제 몸이 아파 다른 농사는 다 접었지만 채소 농사만큼은 포기할 수 없다고 한다. 김장이라도 직접 담가 자식들 나눠주려는 것이다.

"배추 한 포기를 내가 키우면 500원, 밖에서 사다 먹으려면 2,500원이야. 그럼 돈이 얼만데 이걸 사 먹으라고 해. 더 추워지기 전에 뽑아야지 안 그러면 다 얼어서 못 쓰게 돼."

막내따님의 제보를 받고 촬영한 영상에는 백발이 성성한 노모가 땅바닥에 철퍼덕 주저앉아 배추를 수확하는 장면이 담겨 있었다.

"다리는 힘들어도 팔은 쓸 수가 있잖아."

흙투성이가 된 몸으로 배추를 한 포기 두 포기 거둬들이며 환하게 웃는 모습이 퍽 인상적이었다. 이는 인생의 모진 굴곡을 긍정의 힘으로 헤쳐 나온 사람에게서나 자연스럽게 우러나올 법한 기운이었다.

끝도 한계도 없는 부모의 내리사랑

우리가 찾아간 곳은 고즈넉한 산자락에 위치한 외딴집이었다. 마당에 나와 있던 어머니가 반갑게 우릴 맞아주었다.

"웬 배추가 이렇게 많아요, 어머니?"

정수 누님이 마당 가득 쌓인 배추를 걱정스럽게 쳐다보았다. 어머니는 양손으로 무릎을 짚은 채 밝게 웃었다.

"난 만날 이러고 다녀서 괜찮아."

"어머니 힘들어 보여 안 되겠어요. 거기 앉아서 좀 쉬시고 박사님은 이리 오세요. 무 이거 갈면 되는 거죠?"

대충 상황 파악이 된 누님이 고무장갑을 챙기고는 커다란 고무통 앞에 자리를 잡고 앉았다. 김장 보조는 처음이지만 무 채썰기는 나도 할 줄 알았다. 그런데 배추가 무려 천 포기나 된다는 말에 누님도 입이 떡 벌어졌다.

"우린 원래 김장을 이만큼씩 해. 막내딸과 아들이 오기로 했어. 그 전에 조금이라도 일거리를 줄여놓으려고."

"어머니 연세도 많으신데 자식들 김장은 언제까지 해주려고요?"

"나 죽을 때까진 해줘야지."

"하긴 자식은 부모가 눈 감을 때까지 자식이죠. 안 그래요, 어머니?"

"그럼. 백 살을 먹어도 자식은 자식이지."

내리사랑엔 유통기한도 없다. 두 분이 주거니 받거니 하는 이야기 속에 대한민국 엄마의 마음이 녹아들어 있었다.

한참을 쪼그려 앉아 일했더니 종아리에 쥐가 나려고 했다. 다음은 양념을 버무릴 차례였다. 어머니는 우리만 일을 시키기 미안했던지 고무 통이든 의자든 손에 짚이는 대로 짚고 힘겹게 마당을 오갔다. 정수 누님이 그런 어머니를 억지로 의자에 앉히고 말을 시켰다.

"일은 우리가 할 테니까 어머니 옛날이야기나 해줘요. 웃는 모습이 예뻐서 영감님 사랑도 많이 받고 사셨을 것 같은데?"

"영감이 속만 안 썩이면 걱정이 없었지."

"영감님이 어떻게 속을 썩여요?"

"술만 먹으면 죽은 큰마누라 그립다고 밤새 휘파람 불고 노래 부르고, 그러다 수틀리면 날 두들겨 패는 거야. 그럴 때 내가 내 가슴을 수백 번도 넘게 쳤어. 그렇지만 자식들 거지새끼 안 만들려고 뒷동산에 올라가 밤새 울다 내려오곤 했지. 남들은 몰라. 내가 그러고 산 거…."

험난했던 결혼 생활을 회상하며 눈물을 내비치던 어머니는 곧 인생을 달관한 듯 담담하게 말을 이었다.

"그래도 혼자 아파서 누워 있을 땐 영감 생각이 나. 꿈에도 나타나고. 하루는 내가 영감, 나 아파 죽을 거 같은데 데려갈 거냐고 물었지. 그랬더니 아직은 더 살아야 된다네. 하긴 내가 저놈 장가보내기 전엔 죽을 수도 없어."

마침 막내아들(김영기, 51세)이 집으로 들어서고 있었다.

엄마가 눈물을 흘릴 때

호남형에 듬직한 인상의 영기 씨는 올겨울부터 강화도로 내려와 어머니와 함께 지내며 작은 식당을 준비 중이라고 한다. 50이 넘어도 막내는 막내였다. 아들을 바라보는 어머니의 눈빛부터가 애잔하기 그지없었다.

"울 아들 말수가 없어서 그렇지 어릴 때부터 마음 쓰는 게 착했어. 속도 깊고. 이거 봐, 나 미끄러운 데 돌아다니다 넘어지지 말라고 여기 쇠못도 박아줬어."

어머니가 옆에 놓인 지팡이 끄트머리를 가리키자 영기 씨는 쑥스러운 듯 웃기만 했다. 김장이 얼추 끝나가고 있었다. 우리는 잠시 휴식을 취하기로 했다.

"내가 다리만 안 아프면 심부름이라도 해줄 텐데, 가게 차린다고 혼자 일하는 거 보면 마음이 아파. 이럴 때 챙겨주는 마누라라도 있으면 얼마나 좋아."

쉬는 동안에도 아들 걱정을 한가득 늘어놓는 어머니와 영기 씨를 번갈아보다 정수 누님이 짓궂은 물음을 던졌다.

"그런데 왜 아직 결혼을 안 하신 거예요?"

"하기 싫대. 아가씨도 많이 따랐는데."

어머니가 영기 씨 대신 대꾸를 해주었다. 결혼을 안 한 건 아들이 못나서가 아니라고 말해주고 싶었던 것이다.

"그니까 왜 결혼을 안 하냐고요? 키도 훤칠하고 이렇게 잘생기신 분이."

누님의 집요한 질문에 영기 씨가 어렵게 입을 열었다.

"결혼을 해도 사업을 성공시킨 후에나 생각해보려고 했는데, 그게 잘 안 되네요."

"처음부터 다 갖춰놓고 사는 사람이 어디 있어요? 결혼해서 안정적으로 살다 보면 사업도 잘되고 그러는 거지."

"아버지가 엄마 고생시키는 걸 보고 자라면서 난 절대 그러지 않기로 맹세했거든요."

요는 가난한 현실에 사랑하는 여자를 끌어들이기 싫다는 말이었다. 정수 누님이 전에 무슨 사업을 했는지 묻자 그는 다소 머뭇거리는 기색을 나타냈다.

"별별 거 다 했는데 다 망했어."

어머니가 농담인 듯 진담인 듯 재치 있게 질문을 받아넘겼다. 그

말이 우리 모두를 웃게 만들었다. 아픈 이야기를 가벼운 웃음으로 반전시키는 낙천적인 감수성이야말로 고된 인생의 굽이굽이를 건너온 사람만이 발휘할 수 있는 훌륭한 재능이 아닐까 싶었다.

잠시 후 우리는 김장김치에 수육을 곁들인 점심 식사를 준비했다. 나와 영기 씨는 장작불에 수육을 삶고 정수 누님은 어머니와 못다 한 이야기를 나누면서 상차림을 도왔다.

"나는 딸만 둘을 길렀는데 어머니는 자식이 육 남매라 더 힘드셨을 것 같아요. 남의 자식 키우기도 쉽지 않았을 텐데…"

"아니, 난 그런 생각 안 해봤어. 곱게 자라준 것만도 감사하지."

"그래도 애들은 자라면서 다 속을 썩이잖아요."

"화가 나면 안 되지, 원망 안 해야지, 그런 생각만 했어. 자식들 두고 원망하면 절대 못 길러, 남의 자식은."

"어머닌 자식들한테 어떤 엄마였어요?"

정수 누님의 조심스러운 질문에 어머니는 조금도 망설이지 않고 대꾸했다.

"나쁜 엄마."

"왜 그렇게 생각하세요?"

"숙제 안 한다고 잔소리하고 한 대 때린 게 한이 돼. 불쌍한 걸 왜 때렸나, 말로 할걸, 그러면서 내가 가슴을 쳐. 제대로 못 해줬으니까 나쁜 엄마지."

자식들 앞에선 한없이 작아질 수밖에 없는 모정이 어머니를 끝내 눈물짓게 만들고 있었다. 불현듯 나는 내 어머니를 떠올렸다. 어째서 우리 어머니들은 모두가 한결같을까. 그저 자식들한테 못 해준 것만 애달파서 몸 편히 늙지도 못하는 게 우리 어머니들이다.

이윽고 초진이 실시되었다. 방 안에서도 어머니는 두 다리를 앞으로 뻗치고 앉았다. 무릎이 구부러지지 않아 양반다리를 하지 못하는 거였다. 심하게 부어 비정상적으로 굵어진 무릎을 굽힐 때마다 뼈가 사각사각 부딪치는 소리가 났다.

"무릎에서 뭐가 돌아다니면서 아프게 하는 것 같아. 만져지는 것도 같고."

어머니는 아픈 부위를 살짝 만지기만 해도 비명을 삼켰다. 왼쪽 종아리도 새 다리처럼 얇고 심하게 휘어져 있었다. 심각한 관절염 말기 증세였다.

무엇보다도 놀라운 건 어머니의 태도였다. 상태가 이 정도라면 통증이 한계치를 넘어 표가 나기 마련인데 인상 한 번 쓰지 않고 밝게 웃기만 하던 모습이 나를 더욱 당혹스럽게 했다.

정수 누님이 어머니의 심중을 헤아린 듯 안쓰럽게 말을 꺼냈다.

"자식들 걱정할까 봐 항상 웃고 힘든 내색 안 하신 거네. 말을 안 해서 그렇지 사실은 혼자 많이 아프셨던 거죠?"

"엄마가 못사니까 자식들도 못사는 거 같아서 마음이 아파. 내

수중에 단돈 백만 원이라도 있으면 애들한테 고쳐달라고 할 텐데 농사짓고 근근이 살다 보니 그게 어디 쉬운가. 많이 아프면 병원 가서 주사 맞고 한 며칠 견디고 그랬지."

나는 자식들 생각에 모진 고통을 참고 견뎌온 어머니에게 어쩌면 치료가 어려울지도 모른다는 말을 차마 할 수가 없었다.

자식들을 울리고 웃긴 엄마의 몰래카메라

어머니는 당뇨에 고지혈증, 고혈압까지 있는 데다 고령이라 적합한 치료 방법을 찾기가 어려웠다. 정밀검사 결과 뼈와 뼈가 다 붙어버린 상태였고 3~4센티 정도 되는 이물질이 관절 안에 돌아다니는 게 확인되었다. 어머니가 무릎에 뭐가 만져지는 것 같다고 했던 이물질의 정체가 바로 이것이었다. 관절이 닳아서 뼛조각이 무릎 위로 올라간 것이었다.

검사 결과를 확인한 동료들도 난감해하는 모습을 보였다. 우선 뼈 이식을 얼마나 해야 할지가 관건이었다. 만일 뼈 이식만으로 치료가 불가능하다면 금속으로 충전시키는 수술이 불가피하지만 그건 수술실에서 결정할 문제였다. 근육이 너무 많이 손상되어 재활에도 상당한 어려움이 예측되었다.

우리는 그때그때 상태를 보고 적합한 수술을 진행하기로 하고 오른쪽 무릎에 인공관절치환술을 시행했다. 닳아 없어진 무릎 연골 대신 새로운 인공관절을 삽입하여 운동 기능을 회복하고 통증을 제거하는 수술이다.

우려와 긴장 속에서 수술이 진행되었다. 우선 무릎 위쪽에 있던 이물질을 빼내고 자라난 뼈들을 모두 제거한 뒤 예쁘게 다듬어야 했다. 네 시간이 넘게 걸리는 수술은 무사히 끝났지만 돌발 상황이 생겼다.

수술이 끝나고도 어머니는 한참 동안 마취에서 깨어나지 못했다. 고령에 지병까지 있는 상황에서 힘든 수술을 마친 의료진에게 비상이 걸렸다. 자칫 위험해질 수도 있는 긴박한 사태였다. 억지로라도 어머니를 깨워야 했다.

나는 평소 어머니의 건강한 삶의 의지에 마지막 희망을 걸었다. 천만다행으로 어머니는 의식을 되찾고 서서히 회복세를 보였다.

그로부터 열흘 후, 막내따님과 영기 씨가 어머니를 보러 왔다.

"원장님. 우리 엄마 수술하면 덜 아플 줄 알았는데 더 아프다고만 하세요."

따님이 울상을 짓고 있었다. 사실 이것은 어머니의 제안으로 의료진이 공모한 몰래카메라였다. 나는 짐짓 모르는 체하고 어머니에게 한번 걸어보시라고 했다.

"못 걸어요. 아픈데 어떻게 걸어요."

여전히 꿈쩍도 않는 어머니를 바라보며 영기 씨가 어쩔 줄을 몰랐다. 따님의 부축을 받고 마지못해 침대를 벗어난 어머니는 두 다리로 사뿐하게 바닥에 내려서며 아들을 툭 쳤다.

"우리 아들 그렇게 걱정돼? 그럼 장가나 좀 가든가."

남매는 어머니가 갑자기 야야야 함성을 외치며 어깨춤을 추는 모습을 보고 비로소 안도의 웃음을 터뜨렸다. 아들딸과 함께 어렵게 찾은 봄날의 기쁨을 만끽하는 어머니의 웃음소리가 병원 식구들에게도 한동안 유쾌한 추억을 선사했다.

"엄마가 이렇게까지 아플 줄은 몰랐어요. 진작 신경을 써드리지 못한 게 죄송스럽고…."

막내따님이 어려웠던 수술 과정을 전해 듣고 눈물을 흘렸다. 자식들은 대부분 부모가 얼마나 아픈지 모른다. 본인이 여간해선 말을 하려고 하지 않기 때문이다. 고령자의 건강관리에 가족들이 보다 세심히 마음을 기울여야 하는 이유다.

나에게는 이번 경험이 수술에 늦은 나이란 없다는 진리를 다시 한 번 확인하는 계기가 되었다. 수술의 가능 여부는 나이를 기준으로 하는 게 아니다. 몸이 수술을 받아들일 수 있는 상태라면 나이가 많고 적고는 문제가 되지 않는다. 나이가 많을수록 더 늦기 전에 병원을 찾는 게 하루라도 더 건강한 삶을 누릴 수 있는 비결이다. 그럼에도 고령자의 허리 수술에 대해 일단 불신부터 드러내는 가족들을 보면 안타까운 마음이 들곤 한다.

이것이 내가 〈엄마의 봄날〉 프로그램에 재능 기부를 결심하게 된 이유 중 하나이기도 하다. 적어도 의료 상식의 무지로 인해 어르신들의 치료를 포기하는 일은 없어야 한다. 환자에게 위험한 수술은 의사가 먼저 기피하게 되어 있다.

나는 이 프로그램을 통해 막연한 선입견 때문에 부모님의 고통을 지켜보며 가슴 아파할 가족들에게 희망을 주고 싶었다.

김을희 어머니는 고령에 여러 가지 지병까지 겹쳐 가족들도 치료를 포기했지만 막내따님이 용기를 내준 덕분에 수술이 가능했다.

활짝 펴진 허리로 병원을 나서는 어머니 모습을 보고 누군가 통증으로 고생하는 자신의 부모님을 떠올릴 수 있다면 의사로서 그보다 큰 보람은 없을 것이다.

Tip

관절염을 예방하는
운동과 주의할 점

1. 초기 관절염은 관절에 체중이 많이 가해지지 않는 운동이 도움이 된다. 가령 유산소 운동 중에서도 물속 걷기, 수영, 실내 자전거 타기, 서서 타는 자전거 등이 이에 해당된다.

2. 근육 운동은 작은 모래주머니나 베개 등을 이용하여 뼈를 직접 잡고 있는 내부 근육부터 강화한 뒤 차차 운동량을 늘려가는 것이 좋다.

3. 스트레칭은 관절 주변을 감싸고 있는 굳어진 인대와 근육을 풀어주고 관절의 움직이는 범위를 늘려 혈액순환을 도우므로 하루 1~2회 실시하는 것이 좋다.

4. 관절염 환자는 조깅, 등산, 계단 오르내리기, 줄넘기 등 무리한 운동은 삼가도록 한다.

5. 일상생활에서 손빨래나 물걸레질을 하면서 쪼그리고 앉는 것, 오랫동안 서 있는 것, 양반다리로 앉는 자세 등은 피하는 게 좋다. 가령 쪼그리고 앉을 경우 서 있을 때보다 3~8배의 체중이 무릎에 쏠리고, 체중이 5킬로그램 늘면 걸을 때 무릎에 가해지는 부담이 20킬로그램, 계단을 오를 때는 35킬로그램으로 4~7배가 증가하게 되므로 관절에 치명적인 부담이 따른다.

세월에 구부러진
엄마의 무릎

홀아비 아들과 손주 셋, 증손자까지 돌봐야 하는 엄마

은명 씨는 스물한 살에 미혼모가 되어 집으로 돌아왔다. 아버지와 두 남동생이 할머니와 함께 사는 컨테이너 박스가 그녀의 집이다. 할머니에겐 이제 손녀딸 말고도 거둬야 할 식구가 하나 더 늘었다.

엄마는 은명 씨가 여섯 살 때 집을 나갔다. 바로 밑에 동생은 다섯 살, 막내는 세 살 때였다. 오 남매의 엄마이기도 했던 할머니가 어쩔 수 없이 어린 손주 셋을 떠안게 되었다. 자식이 너무 이른 나이에 부모가 되는 바람에 마흔 살에 할머니 소릴 듣게 된 것이었다.

할머니는 매일 산에 올라 나물을 뜯고 약초를 캐다 팔았다. 자식의 자식들까지 먹여 살리기 위해 눈에 불을 켜고 살았다. 그렇게 20년이 지나는 동안 젊은 할머니는 진짜 할머니처럼 늙어버렸다.

가진 거라곤 몸뚱이 하나뿐인 사람들에게 가난은 무섭고도 서러운 멍에였다. 할머니는 대를 이어 줄줄이 딸린 식구들을 보살피느라 뼈가 삭는지 살이 녹는지 돌아볼 겨를도 없었다. 그러다 5년 전부터 진통제 없이는 걸을 수도 없게 되었다.

결국 문고리라도 잡지 않으면 앉았다 일어나지도 못할 만큼 무릎이 상했다. 나중엔 엄지발가락까지 통증이 내려와 제대로 발을 딛고 서 있지도 못할 지경이 되었다.

병원에선 무릎 연골이 닳아버려 수술을 해야 된다고 했다. 하지만 형편이 어려워 수술은 엄두를 내지 못했다. 무릎에 물이 차서 두 차례 빼낸 게 전부였다.

할머니는 그러고도 여전히 약초꾼으로 가족의 생계를 꾸려가고 있다. 아픈 몸을 쉴 여유조차 없는 가난은 병을 점점 더 악화시켰다. 하지만 아직은 돌봐야 될 자식들이 있기에 비가 오나 눈이 오나 악착같이 산에 올랐다.

손녀딸은 자신에게 닥친 현실을 받아들이기만도 벅찬 처지였다. 할머니는 어린 나이에 미혼모가 된 손녀딸의 엄마 노릇에 증손자의 엄마 노릇까지 해야 했다. 지적장애 2급에 간질을 앓고 있는 스물한 살의 막내 손자에게도, 홀아비로 늙어가는 큰아들에게도 엄마의 손길이 필요했다.

아파도 힘들어도 평생 가족을 위해 너른 품을 비워놓아야 하는 엄마라는 자리.

녹록지 않은 삶의 무게에 짓눌려 매일매일 무너지듯 살아가는 할머니를 위해 손녀딸이 방송국에 도움을 청했다.

엄마가 약초꾼이 된 사연

정운선(63세) 어머니는 강원도 평창군 대화면의 오지마을에 살고 있다. 산 좋고 공기 좋기로 유명한 이곳은 약초꾼들의 단골 산행지로 알려져 있기도 하다.

미끄럽고 험한 겨울 산은 웬만한 체력으로는 도전하기 어렵다. 여성들은 산에 오르는 것 자체가 힘든 일일 수밖에 없다. 그렇지만 산을 생업으로 삼은 이들에겐 산에 오르는 계절이 따로 있을 수 없다. 한겨울에도 화살나무, 삽주뿌리, 하수오 등 돈이 될 만한 약초가 지천에 널려 있기 때문이다.

약초꾼 경력 40여 년의 어머니는 다리도 성치 않은 몸으로 위험천만한 겨울 산을 오르는 게 일상이 되었다. 깊은 산속으로 들어가야만 캘 수 있는 산더덕은 비교적 고가의 약초에 속한다. 지팡이에 의지하여 엎어지고 넘어지기를 수차례 반복하다 목적지에 닿으면 온몸이 땀투성이가 되지만 굵은 산더덕 한 뿌리라도 찾아내면 만 가지 시름이 날아가는 이유다.

어머니는 그렇게 일하고도 옷 한 벌을 사 입어보지 못했다고 한다. 옷이 떨어지면 동생들과 친구들이 입던 걸 얻어 입었다. 내 입에 들어갈 것, 내 몸에 걸칠 걸 아껴서라도 자식들 먹이고 입혀야 할 만큼 팍팍한 형편 때문이다.

우리가 찾아갔을 땐 산에서 내려와 집 근처 텃밭에서 엄나무 가지를 톱으로 자르고 있었다. 약 대신 끓여 마시려는 것이다. 가시가 많은 엄나무는 조심스럽게 다뤄야 한다.

어머니는 내가 나무를 자르는 동안 지팡이를 짚고 불안정한 자세로 서 있었다. 다 자른 나무를 집으로 운반하면서 뒤돌아보니 걸음걸이도 몹시 느리고 심하게 어정거렸다. 양쪽 무릎이 많이 안 좋아 보이는데 특히 왼쪽 다리가 더 불편해 보였다.

마당 한쪽에는 겨우살이, 오가피, 개똥나무, 마가목, 벌나무 등 관절에 좋다는 온갖 약초들이 널려 있었다. 건설 현장 일용직으로 일하는 장남이 아픈 어머니를 위해 쉬는 날마다 캐다 말려놓은 것들이라고 한다.

우리는 가마솥에 약초물이 끓는 동안 잠시 마당에 앉아 이야기를 나누었다. 정수 누님이 왠지 미심쩍은 눈길로 어머니를 살펴보았다.

"어머니 혹시 나이가, 어떻게 되세요?"

"예순셋이에요."

"아니 그럼 저보다 동생인데? 어쩐지 젊어 보인다 했어요. 자세히 보니까 더 젊어. 그런데 왜 그렇게 몸이 안 좋아진 거예요?"

"젊을 때 산을 너무 많이 타가지고 다리가 망가졌어요."

정수 누님의 물음에 어머니는 자신이 약초꾼으로 살게 된 내력을 들려주었다. 강원도 정선의 지지리도 가난한 집에서 태어난 어머니는 어린 시절부터 돈벌이에 나서느라 초등학교도 다니지 못했다. 열일곱에 스물두 살의 남편을 만나 평창으로 시집올 때까지 고생도 참 많이 했다.

결혼은 또 다른 시련의 시작이었다. 남편은 도통 일할 생각을 안 하고 아침부터 밤까지 술에 절어 살았다. 결혼하면 배는 안 굶을 줄 알았더니 시부모님 모시고 당장 살아갈 길이 막막했다. 농사지을 땅도 없었다.

하는 수 없이 첫아이 낳고 바로 산에 오르기 시작했다. 산나물과 약초를 팔아 번 돈으로 시부모님과 남편 저녁밥을 차려주고 이튿날 새벽이면 다시 산에 올랐다. 말 그대로 하루 벌어 하루 먹고사는 인생이었다. 야속한 남편은 결국 8년 전에 간경화로 세상을 떠났다.

"아직 젊으신데 왜 이리 무릎이 안 좋은가 했더니 다 이유가 있었네. 그런데 왜 그렇게 무거운 짐을 지고 사셨어요. 혹시 남편분이 잘생기셨어요?"

정수 누님이 안쓰러운 마음에 웃자고 건넨 농담이었다.

"글쎄, 잘생겼었나?"

싱거운 웃음을 머금고 어머니가 말을 이었다.

"애들이 다섯인데 먹여 살려야 하잖아요."

"농사일을 해도 되는데 왜 구태여 산에 갔어요?"

"농사일은 몰라서 못했어요. 여긴 배추나 감자 같은 거 키우는 집도 많은데, 우리 집은 시골이라도 하도 없이 살아서 어떤 게 풀인지 곡식인지도 몰랐어요."

친정 역시 논이나 밭을 가지고 있지 않았기 때문에 농사를 배울 기회가 없었다는 설명이다. 농사짓는 법과 약초 캐는 법을 알게 된 건 시집온 뒤였다. 어머니에겐 그중 쉬운 게 약초 캐는 일이었다고 한다.

열여덟 살 때부터 동네 약초꾼들을 따라다니며 하나하나 일을 배운 덕에 약초 박사 소리까지 듣게 되었지만 50대에 이미 무릎이 다 닳아버렸다. 그래도 일을 쉴 수가 없어 조심조심 산에 오르는 틈틈이 밭농사를 시작했다.

"돈 주고 밭을 빌렸어요. 곡식을 모르니까 저 사람이 가르쳐주면 저거 하고 이 사람이 가르쳐주면 이거 하고…. 그렇게 배워서 고추도 좀 따고 감자도 심을 줄은 아는데 콩 농사는 망쳐버렸어요."

아직은 초보 농사꾼에 불과한 어머니는 추수 때가 지난 콩밭을 바라보며 깊은 탄식을 내뱉었다. 가뭄 때문에 콩은 안 열리고 쭉정이만 남은 밭은 황량하기 짝이 없었다.

4대가 함께 사는 집

집안에선 장남 영식(47세) 씨와 큰손녀 은명(24세) 씨가 우릴 맞아주었다. 지은 지 30년이 넘는다는 컨테이너 주택에 장남과 큰손녀, 막내 손자, 네 살 먹은 증손자까지 4대가 모여 살고 있었다. 둘째 손자는 얼마 전에 제대하여 스키장 식당에서 먹고 자고 일한다고 한다.

"여기 들어간 약초는 큰아드님이 캐온 거라면서요? 효자시네."

따뜻한 약춧물을 한 모금 마시고 정수 누님이 영식 씨를 돌아보았다.

"어머니가 저희들 때문에 아프신데 뭐 해드릴 게 있어야죠."

영식 씨가 곤혹스러운 표정을 지었다. 이야기는 자연스럽게 어머니가 손자 셋을 키운 사연으로 이어졌다.

"그러고 보니 어머님이 고생을 많이 하셨겠네요. 그런데 제가 들기론 여기 손녀분이 사연 신청을 하셨는데, 증손자도 있다고 하지 않았나요?"

"어린이집 갔어요."

손녀딸을 애처롭게 바라보는 어머니 얼굴에 시름이 실렸다. 성치도 않은 몸으로 어려운 살림을 이끌어가는 것보다 어머니를 힘들게 하는 건 아빠 없이 살아가야 될 증손자였다.

"내가 힘닿는 데까진 키워주고 싶은데 몸이 이러니 잘해주지도 못해요."

"동생들이랑 할머니 수술비 마련하려고 했는데 그게 잘 안 됐어요."

손녀딸은 또 손녀딸대로 죄송스러워 고개를 들지 못했다. 각자 가슴 아픈 사연을 간직하고 있지만 서로를 아껴주고 위해주는 가족의 모습이 애틋하게 다가왔다.

나는 우선 어머니의 몸 상태를 살펴보기로 했다. 어머니는 집안에 들어와서 더 힘든 모습을 보였다. 무릎을 굽히질 못해 바닥에 앉기가 고통스러운 것이다.

"이러다 엉치뼈 나가요."

억지로 무릎을 굽히려다 쪼그려 앉지를 못하고 순간적으로 미끄러져 내리는 어머니를 보고 정수 누님이 기함을 했다. 누웠다 일어나는 것도 쉽지가 않았다. 옆으로 뒹굴어 간신히 몸을 일으킨 어머니는 똑바로 서 있지를 못하고 벽에 몸을 기댔다.

"평소엔 어떻게 일어나셨어요?"

"잡을 게 없으면 못 일어나셔요."

은명 씨는 문고리 있는 데까지 다리를 끌고 가서야 그것을 붙잡고 일어난다고 대답해주었다. 앞으로 구부러진 무릎엔 이미 물이 차 있는 상태였다. 볼록하게 튀어나온 부분을 살짝 만지기만 해도 신음소리가 흘러나왔다.

무릎이 안 좋으면 허리까지 문제가 생겼을 수 있다. 어머니는 아직 허리는 괜찮은 것 같다고 했지만 그건 검사를 해봐야 알 수 있었다.

무릎에 물이 차면 관절을 싸고 있는 활액막이 커지면서 관절막이 두꺼워진다. 육안으로는 비교적 상태가 나쁘지 않은 듯해도 관절염 초기 증세가 의심되는 상황이었다.

걱정 말아요, 엄마

정밀검사 결과 내 예상이 틀리지 않았다. 어머니의 양쪽 무릎에 관절염이 진행되고 있는 것으로 나타났다.

우리는 어머니의 연령과 연골 상태를 고려한 치료법을 찾아내기 위해 협진회의를 열었으나 좀처럼 결론을 내리지 못했다.

연골이 완전히 다 닳아 없어진 건 아니고 일부 남아 있는 상태라 무릎 인공관절수술은 적합한 치료법이 아니었다. 연골판이 한쪽으로 밀리거나 들리면 통증이 심하게 나타나지만 그렇다고 해서 연골을 다 제거해버리면 추후에 관절염이 빠르게 진행될 위험이 있었다.

무엇보다도 관절 안쪽에 성한 부분이 별로 없다는 게 문제였다. 연골판이 많이 찢어져 있고 염증도 심한 상태였다.

주치의는 반월상 연골 내측의 반월사면골 부위가 파열돼서 찢어진 부분을 봉합하는 수술은 남아 있는 연골판의 질을 감안할 때 바람직하지 않다는 견해를 피력했다. 일단 찢어진 부분을 깔끔하게 정리하는 정도의 치료를 먼저 시도해봐야 할 것 같다는 의견이었다.

최종적으로 결정된 치료 방법은 관절 내시경수술이었다. 초소형 초정밀 카메라가 달린 내시경을 환부로 삽입하여 관절의 손상 부위를 정확히 진단하고 치료하는 수술이다.

관절 내시경수술은 모니터를 통해 관절 내부를 확대해볼 수 있기 때문에 CT나 MRI 같은 특수 촬영으로도 파악하지 못한 질환 상태까지 정확히 진단하고 수술할 수 있는 장점이 있다. 절개 부위가 작다 보니 감염 등의 수술 후유증이나 수술 후의 통증이 적으며 흉터가 거의 남지 않고 수술 시간도 1시간 내외로 짧은 편이다.

어머니는 장남 영식 씨와 둘째 손자의 격려 속에 수술실로 향했다. 이럴 땐 자식들이 제일 든든한 우군이었다. 침대가 수술실 입구로 들어갈 때까지 아들과 손자의 손을 꼭 잡은 얼굴에 살짝 눈물이 내비쳤다.

무릎 치료는 성공적으로 끝났다. 며칠 안정을 취한 후에는 허리의 신경성형술을 실시했다. 꼬리뼈 부위의 신경 통로를 따라 가느다란 특수관을 병소 부위까지 밀어 넣어 약을 주입하는 시술법이다.

어머니는 자식 3대를 보살펴온 여장부답게 이 모든 과정을 힘든 내색 없이 잘 버텨냈다. 재활 치료까지 모두 마친 날은 나와 주치의가 어머니를 모시고 병실로 갔다. 자녀들은 휠체어를 타고 등장한 어머니 모습에 일순 표정이 굳어졌다. 어머니는 천천히 몸을 일으켰다.

"얘들아, 나 좀 봐!"

초조하게 병실을 지키고 있던 아들과 손주들 앞에서 어머니가 갑자기 엉덩이춤을 추기 시작했다. 그제야 화들짝 놀란 웃음과 탄성이 터져 나왔다.

"아직은 너무 무리하시면 안 됩니다."

어머니는 주치의의 만류에도 폴짝폴짝 제자리 뛰기로 기쁨을 표현했다. 제 나이를 되찾은 무릎의 진가가 확인되는 순간이었다. 가족들이 서로 얼싸안고 기뻐하는 광경에 코끝이 찡했다.

"이제 밥을 굶어도 살 것 같아요."

어머니는 해맑은 미소로 의료진에게 고마움을 표했다. 무엇보다 나를 뿌듯하게 만든 건 치료 전까지만 해도 나이보다 훨씬 늙어 보였던 얼굴에 생기가 도는 모습이었다. 진작 봄날을 찾아드리지 못한 게 아쉬울 정도로 환한 얼굴이었다.

무릎이 닳고 닳아 구부러지지도 않을 때까지 힘들게 살아온 삶에 비하면 통증 치료는 아주 작은 보상에 불과하겠지만 가족의 근심을 덜어주었다는 것만으로 나에게도 크나큰 위안이 되는 순간이었다.

무릎 퇴행성관절염을
예방하기 위한 운동

1. 무릎을 최대한 펴는 자세를 취한다. 무릎 뒤에 얇은 베개 혹은 수건을 받치고 허벅지와 무릎에 힘을 준 상태에서 최대한 다리를 펴고 6초 정도 지속 후 10초 이상 휴식을 취한다. 한 번에 2~3번씩, 시간 날 때마다 틈틈이 하면 좋다.

2. 벽에 대고 다리를 밀어 올린다. 의자에 앉은 채로 벽에 발바닥을 대고 힘껏 밀어주면 자연스럽게 무릎을 펴는 운동도 되고, 종아리 근육까지 강화시킬 수 있다. 6초 정도 자세를 유지하다가 10초 정도 쉬도록 한다.

3. 무릎을 펴는 운동으로 근육을 자극했으면 제자리 걷기 운동을 하는 것이 좋다. 평소에 많이 걷는다고 해도 무릎 퇴행성관절염 운동을 하는 것과는 다르다. 제자리걸음은 무릎에 최대한 안정적인 자극을 주는 방법으로 해야 한다. 가장 효과적인 방법은 자신이 무릎 퇴행성관절염 운동을 하고 있다는 사실을 충분히 인식하고 제자리 걷기를 하는 것이다.

4. 평소 무릎을 사용하기 전에 위에 소개한 운동을 통해 무릎 관절부를 풀어주면 퇴화 예방에 효과적이다. 하루 2~3분만 투자해도 효과는 확실하다.

산골 노부부의
잠 못 드는 밤

아픈 건 잘못이 아닙니다

"이렇게 살아서 뭐하나…. 창피해."

옆으로 몸을 굴려가며 가까스로 무릎을 짚고 일어선 엄마가 서글픈 탄식을 토해냈다. 앉았다 일어나기만 했을 뿐인데 주름진 이마에 땀방울이 맺혔다.

죽을힘을 다해 일어났건만 누군가 부축해주지 않으면 잘 걷지도 못한다. 혼자서는 문지방 하나 넘기가 어려워 수도 없이 엉덩방아를 찧어야 했다.

엄마의 무릎 통증이 시작된 건 10년도 넘었다. 읍내 병원에 갔더니 당장 수술을 해야 된다고 했다. 하지만 그러기엔 형편이 너무 좋지 않았다.

증세가 악화되어 다시 의사를 찾았을 땐 서울 큰 병원에 가야만 고칠 수 있다는 말을 들었다.

이래저래 돈이 원수였다.

"새끼들은 무슨 죄야. 하루하루 벌어먹고 살기도 힘든 형편에 말 해봐야 속만 상하지."

자식들이 걱정할까 봐 아파도 아프다는 내색을 하지 않았다. 그 렇게 오랜 세월 견디는 동안 엄마의 무릎은 굽은 채로 굳어버렸다.

대한민국에서 엄마라는 존재는 희생과 헌신의 다른 이름이다. 가족을 위해 몸이 부서지도록 일하면서도 자신을 위해서는 천 원짜 리 한 장도 아깝다고 벌벌 떠는 게 엄마의 마음이다. 그러고도 자식 앞에서는 늘 떳떳지가 못하다. 해주고 싶은 것보다 해준 게 모자라 다고 느끼기 때문이다.

이번에 우리가 만난 최한식(77세) 어머니도 그런 분이었다. 자식 들에게 부담을 주지 않으려 병을 숨기고 사는 동안 몸이 망가질 대 로 망가졌고 이제는 아픈 것마저 부끄러워 '창피하다'는 말을 입에 달고 살아온 지도 꽤 여러 해가 지났다.

"아픈 건 잘못이 아니에요. 어머니."

나는 한때 누군가의 사랑받는 딸이었고 한 집안의 귀한 자식으 로 대접받고 살았을 어머니를 만나면 이 말을 꼭 해드리고 싶었다.

소가 된 노부부

강원도 인제군 산골 마을에 찾아갔을 땐 산과 들이 파릇파릇한 초여름이었다.

"쌤, 저기 저분이 최한식 엄마 같은데요?"

현준 씨가 옥수수밭을 가리켰다. 노부부가 밭일을 하고 있었다. 허리를 잔뜩 구부린 할머니 모습이 사진 속 얼굴과 닮았다.

"우리 엄마 맞아요, 쌤!"

붙임성 좋은 현준 씨는 어느새 옥수수밭으로 달려가더니 빨리 오라는 손짓을 했다. 가까이 가서 보니 오래된 사진에서나 구경할 수 있는 인걸기(사람이 끄는 쟁기)로 부부가 함께 밭을 갈던 중이었다.

"아버지 어깨에 그 끈은 뭐예요?"

"쟁기가 무거우니까 이렇게 매달고 끌어야 돼요. 사람이 소가 되는 거지."

전우영(85세) 아버지가 사람 좋은 웃음을 지어 보였다. 쟁기를 끌어야 할 소가 없어 둘이서 짬짬이 밭을 간다는 설명이다. 아버지가 쟁기를 매단 끈을 어깨에 매달고 앞에서 끌면 어머니가 뒤에서 밀어주는 식이다.

현준 씨가 아버지와 이야기를 나누는 동안 나는 어머니의 행동을 눈여겨보았다. 어머니는 우리와 인사를 나누고 난 뒤에도 손으로는 여전히 쟁기를 짚고 있었다.

쟁기에서 몸을 떼고 한 번 걸어보시라고 했다.

"어이쿠!"

아나나 다를까, 그 자리에서 한 걸음을 못 걷고 몸이 휘청거렸다. 다리가 힘을 쓰지 못할 만큼 관절이 약해졌다는 증거였다.

"이 몸으로 어떻게 밭일을 하셨어요?"

"늘상 하는 일인데, 뭐."

워낙 대수롭지 않게 말해서 그 정도는 쉬운 일인 줄 알았다. 우리는 번갈아가며 쟁기를 밀고 끌어보았다. 웬만한 체력으로는 감당하기 쉽지 않은 노동이었다.

"이렇게 힘든 일은 처음이에요."

나보다 젊은 현준 씨도 몇 발자국 못 가 숨을 헉헉대며 혀를 내둘렀다. 맨땅을 갈아엎으려면 앞에서 쟁기를 끌어주는 사람이나 뒤에서 밀어주는 사람이나 똑같이 기운을 써야만 한다. 더군다나 거친 산비탈의 옥수수밭을 일구는 일이었다. 둘 중 누구 하나라도 힘을 아끼면 상대편이 고스란히 그 노동의 무게를 떠안아야 한다.

"나라도 거들지 않으면 저 양반 혼자 힘들어서 안 돼."

나무그늘 아래서 잠시 쉬고 있던 어머니는 아버지 걱정을 하면서 연신 자신의 다리를 주무르고 있었다. 새벽부터 날이 어두워질 때까지 하루 열 시간은 족히 밭에서 지낸다고 한다.

"난 아무렇지도 않은데 이 사람이 자꾸 넘어져서 걱정이지."

팔순이 훌쩍 넘은 아버지가 어머니를 일으켜 세우려 손을 내밀었다. 두 분이 맞잡은 손마디에 고된 세월의 문신 같은 옹이가 박혀 있었다.

기어서 밭일을 하는 엄마

"왜 우리 어머니들은 무릎이 안 좋은 분들이 많을까요?"

현준 씨가 곤혹스러운 질문을 던졌다. 지금까지 만나본 어머니들의 공통적인 증세가 바로 관절염이었다.

흔히 집에서 살림만 하는 어머니들도 우리가 생각하는 것보다 훨씬 강도 높은 노동을 한다고 보면 된다. 아무리 해도 티가 안 나는 게 집안일이기 때문에 가족들은 물론이고 본인조차 의식을 못하는 것뿐이다.

특히 농어촌에 사는 어머니들은 매일 반복되는 노동이 일상화되어 있다. 노동의 종류도 쪼그려 앉거나 허리를 굽힌 채 하는 일들이 대부분이다.

출퇴근 시간이 따로 있는 것도 아니다. 일어나면 출근, 잠들면 퇴근이다. 일은 많이 하지만 그것으로 운동의 효과를 기대할 순 없다. 같은 동작만 지속적으로 반복한 결과 오히려 부작용이 따른다.

앉아서만 생활하는 시간이 길어지면 체형에 변화가 생긴다. 관절염 환자들의 특징 중 하나가 상체는 무겁고 하체는 가늘다는 점이다. 당연히 무릎에 무리가 갈 수밖에 없다.

무릎 통증을 방치하면 걷기가 힘든 건 둘째 치고 제대로 몸을 일으킬 수도 없다. 나중엔 허리와 어깨까지 문제가 생긴다.

어머니는 특히 왼쪽 발에 심각한 문제가 있어 보였다. 걸을 땐 왼쪽 발을 땅에 딛지도 못하고 질질 끌고 다녔다. 암으로 치면 말기에 해당될 만큼 위중한 상태.

아픈 왼쪽 대신 오른쪽 발에 힘을 주고 걷다 보니 그마저 탈이 나서 절뚝거리며 걷는 것도 뜻대로 되지 않는다고 한다. 어느 순간 자신도 모르게 털썩털썩 주저앉는다는 것.

밭에 일하러 나가다 다리에 힘이 풀려 넘어지는 건 예사고 쪼그려 앉는 것도 고통스러워 아예 퍼질러 앉은 채로 호미질을 한다. 그나마 이건 양반 자세였다.

다리를 오래 펴고 있기가 힘들다며 어머니는 두 팔로 기어 다니면서 잡초를 뽑았다. 그렇게 꾸역꾸역 땅만 보고 일하는 게 차라리 편하다는 것이다.

부질없는 질문인지 알면서 일 끝나고 제일 힘든 게 무엇인지 물어보았다.

"다리가 너무 저린 데다 허리고 어디고 다 아파서 잠을 못 자."

온몸에서 풍기는 파스 냄새가 어머니의 고통스러웠던 밤을 말해주고 있었다.

아픈 엄마를 더 아프게 하는 집

지은 지 백 년쯤 되었다는 노부부의 집 마당에 화사한 봄꽃이 가득하다. 어머니가 열일곱에 시집와 지금껏 살아온 집이다.

우리 엄마들도 예전엔 꿈 많은 소녀였다.

예쁘게 가꿔놓은 꽃밭을 지나치면서 문득 이런 생각이 들었다. 집 안으로 들어서면서부터 어머니의 수난이 시작되었다. 절뚝거리며 걷기도 힘든 발로 올라서기엔 문턱이 너무 높았다.

어머니는 익숙한 몸짓으로 엉덩이를 문턱에 걸치고 앉은자리에서 먼저 한 발을 방 쪽으로 들이밀고는 나머지 한 발을 천천히 안으로 들였다. 하지만 다리만 안으로 들여놓는다고 끝이 아니었다.

무릎이 불편한 어머니에겐 집 안 곳곳이 장애물이었다. 안방에서 건넌방 사이, 부엌에도 높은 문턱이 가로놓여 있었다. 관절 건강에는 치명적인 집 구조였다.

안 그래도 문지방을 넘나들다 곤두박질친 적이 한두 번이 아니라고 한다. 자칫하면 다리도 부러지고 허리도 부러지고 어깨도 다치고, 결국 몸이 다 망가질 수밖에 없는 환경이다.

우선 어머니의 상태를 살펴보아야 했다. 무릎을 펴서 바닥에 닿지 않으면 관절염을 의심해볼 수 있다.

딱딱하게 굳은 무릎은 종아리를 일부러 세운 것처럼 들려진 상태에서 더는 펴지지가 않았다. 굽히려고 했을 땐 절로 비명이 터져나오면서 몸이 뒤로 넘어갔다. 무릎 사이에 무언가 끼어 있을 때 이런 증세가 나타난다. 관절염 때문에 떨어진 뼛조각이 끼었을 수도 있다. 이 경우 무릎이 잘 안 굽혀지고 펴지지도 않는다.

걸을 때마다 장애물에 걸려 엉덩방아를 찧고 미끄러지는 일이 반복되면 허리 골절이나 엉치뼈가 부서지는 불상사는 다반사로 일어날 수 있다.

"어깨는 안 아프세요?"

어깨를 만졌더니 자동으로 '아이고' 소리가 나왔다. 항상 바닥을 짚고 일어나 버릇해서 어깨 근육에도 문제가 생긴 것이다. 멀쩡한 곳이 한군데도 없는 몸으로 어떻게 그 아픔을 참고 살았는지 말문이 막힐 지경이었다.

"멀리서 손님이 왔는데 차라도 대접해야지."

어머니는 극구 사양해도 불구하고 부엌에 내려가다 기어코 엉덩방아를 찧고 말았다. 집 안에서 특히 지대가 낮은 부엌은 어머니 무릎 상태로 거의 절벽을 오르내리는 수준이라 넘어지면 타격이 클 수밖에 없다. 황망해서 어쩔 줄 모르는 우리를 위로하며 어머니가 하던 말이 지금도 귀에 선하다.

"괜찮아. 늘상 있는 일인데, 뭘."

대를 이은 손녀딸의 효심

방송국에 도움을 요청한 건 두 분의 손녀딸이었다. 작년부터 부쩍 증세가 심해진 할머니를 병원에 모셔 가려 했으나 한사코 마다하시는 할머니가 부디 치료를 받을 수 있도록 설득해달라는 내용이었다.

"엄마. 이렇게 아프신데 왜 수술은 안 하려고 했어요?"

현준 씨가 안타까운 듯 물음을 던졌다. 그는 볼수록 정이 많고 세심한 구석이 있었다. 집안 환경이 어머니를 불편하게 만든다는 사실을 알아차리고는 나무판자로 직접 계단을 만들어주기도 했다.

"우리가 자식 넷이 있었는데, 큰아들이 먼저 갔어…"

한참을 침묵하던 어머니가 힘들게 입을 열었다.

너무 착하고 순해 빠진 아들이었다. 효자도 그런 효자가 없었다. 그런 아들이 사업이 잘 안 돼서 마음고생을 심하게 하더니 갑자기 병이 들어 생목숨이 끊어졌다고 한다. 그 착한 아들이 남기고 간 손녀딸이 돌아가신 아빠 대신 프로그램에 사연을 보내온 것이었다.

"그럼 손녀딸 마음을 생각해서라도 빨리 수술받으셔야죠."

현준 씨 말에 어머니는 쓸쓸히 고개를 저었다.

"새끼를 잃은 어미가 살아 뭐하나 싶어 술 두 병을 들고 산에 올라갔어. 하도 애통해서 따라가려고. 속이라도 좀 썩였으면 가슴이 덜 아팠을까…. 깨어나 보니 별이 시퍼렇게 뜬 밤중이더라고. 사람 목숨이 억지로 죽어지지도 않고…."

산에서 밤새 울다 내려온 어머니는 뼈가 부스러지는 줄도 모르고 오로지 일에만 매달렸다. 농사일이 한가할 땐 약초를 캐서 장에 내다 팔았다. 저녁이면 다리가 탱탱 부어오르고 허리가 끊어질 듯 아파도 자식을 앞세운 어미의 숙명이려니 하고 살았다.

"엄마. 그건 절대로 아들이 바라는 게 아닐 거예요."

현준 씨가 어머니를 끌어안고 펑펑 울기 시작하자 소처럼 순한 눈망울을 가진 아버지가 피 같은 탄식을 토해냈다.

"차라리 내가 아픈 게 낫지. 어떻게 해줄 수도 없고…."

밤마다 통증에 시달리느라 잠 한숨 못 자는 아내를 위해 해줄 수 있는 일이라곤 파스를 붙여주는 것뿐이라며 아버지는 끝내 눈물을 흘렸다.

"아드님이 하늘에서 지켜보고 있을 겁니다. 엄마가 건강하게 사는 모습을 보여주셔야 아드님도 편안하게…."

나는 차마 다음 말을 할 수가 없었지만 다행히도 어머니는 결국 마음을 움직였다.

부부가 나란히 수술을 받다

검사 결과 예상했던 것보다 훨씬 다각적인 이상 증세가 발견되었다. 엑스레이 판독 결과 어머니의 양쪽 무릎이 똑같이 안 좋은 상태였다. 맞닿은 무릎뼈가 통증의 원인으로 나타났다.

정형외과에선 퇴행성관절염 진단을 내렸다. 우선 어머니가 통증을 호소하는 왼쪽 무릎부터 수술하고 추후 경과를 보아 오른쪽 무릎도 수술하기로 했다.

신경외과 측에선 허리 치료도 시급하다는 소견을 보내왔다. 이미 척추관협착증이 진행되고 있었던 것이다.

이쯤 되면 어깨라고 성할 리가 없었다. 무릎과 허리가 망가지면서 생긴 영향으로 어깨 힘줄이 많이 붓고 해진 상태였다.

수술은 3단계로 진행되었다.

무릎 인공관절수술에 이어 손상된 힘줄의 재생을 돕는 어깨 시술이 시행되었다. 마지막으로 척추관협착증 치료를 위한 신경성형술에 들어갔다.

아버지는 어머니가 마지막 시술까지 꿋꿋이 버텨내는 동안 초조하게 병원 복도를 서성거렸다. 그런데 걸음걸이가 좀 이상했다. 바닥에 쪼그려 앉아보시라고 했더니 힘들어하는 모습이 역력하다. 아버지의 무릎에도 이상 신호가 나타난 거였다. 검사를 해본 결과 오른쪽 무릎에 반월상 연골 파열이라는 진단이 나왔다.

"작년에 애들이 수술시키자고 했을 때 내가 반대했어요. 입원하면 직장 다니는 자식들이 번갈아 드나들면서 대소변도 받아내야 하는데 어떻게 할 거냐고 마누라를 다그치고…."

아버지는 자식들 부담주지 않을 생각에 아내를 고생시킨 게 너무 미안해서 자신은 아프다는 내색도 하지 못한 거였다. 다행히 이렇게라도 병을 발견한 덕분에 두 분을 함께 치료할 수가 있게 되었다.

부부가 한 병실에 입원했다가 건강한 모습으로 퇴원하는 모습이 오누이처럼 다정해 보였다. 나는 어느 때보다 의사로서 큰 보람을 느꼈다.

평생 소처럼 일만 하고 살아온 두 분이 밤잠 설치지 않고 편히 잠들 수 있을 걸 생각하면 더 이상 바랄 게 없었다.

Tip

다리나 허리가 아플 때
유의할 점

1. 평소엔 괜찮다가 갑자기 통증이 시작되면 이틀 정도 몸을 편안히 하고 안정을 취한다.
2. 3~4일 정도 통증이 심하면 약물을 복용한다.
3. 가정용 물리치료 기기에 지나치게 의존하면 병을 키울 수 있다.
4. 물리치료를 3주 이상 계속하는 것은 큰 효과를 기대하기 어렵다.
5. 통증이 심한 경우 국소마취제를 이용한 주사 치료가 효과적이나 2~3회 이상은 효과가 없다.
6. 통증이 3~4주 이상 지속되면 반드시 정밀검사를 받아야 한다.

척추관협착증
예방 요령

1. 장시간 몸을 구부리고 작업을 해야 할 경우 한 시간마다 일어서서 허리를 펴준다.
2. 허리를 오른쪽, 왼쪽으로 돌리는 스트레칭으로 틈틈이 근육 운동을 해준다.
3. 척추 신경 구멍을 넓혀주는 자전거 타기(실내 자전거 포함)는 척추관협착증 예방에 효과적이다.

이젠 허리 펴고
활짝 웃어요

특별한 제보

전라남도 곡성군 오산면, 효녀 심청의 고향이며 우리나라의 대표적인 장수촌으로도 유명한 이곳에 일명 '효도 택시'가 다닌다.

버스가 다니지 않는 오지 마을 노약자와 장애인을 비롯한 교통 취약 계층을 위해 곡성군에서 운영하는 효도 택시는 면 소재지까지 단돈 백 원으로 이용할 수 있다.

그 효도 택시 기사 중 한 분이 허복자(71세) 어머니에 관한 제보 전화를 해왔다.

"어르신 볼 때마다 우리 어머니 생각도 나고 걱정을 많이 했지만 뭘 어떻게 도와드릴 방법은 없고, 우연히 방송을 보고 연락한 겁니다."

사나흘에 한 번씩 효도 택시를 이용하는 허복자 어머니를 태우고 다니면서 그를 가장 안타깝게 만든 건 절반으로 접힌 것처럼 바짝 굽은 허리였다. 택시에 오르고 내릴 때 부축이 필요할 정도로 무릎도 성치 않아 보이는 어머니가 그에겐 남의 어머니 같지가 않았다고 한다.

더구나 그 몸을 이끌고 매번 택시를 타고 가는 곳이 요양 병원이었다. 몇 차례 오며가며 이야기를 나누다 시어머니(101세)와 남편(81세)이 한 병원에 있어 병 수발을 도맡아 한다는 사실을 알고는 더욱 마음이 아팠다.

피 한 방울 안 섞인 이웃의 제보였으나 그만큼 절박함이 느껴졌다. 곧 제작진이 사전 취재를 위해 곡성에 내려가 가족들을 만나고 왔다. 허복자 어머니의 봄날을 찾아주기 위한 여정은 이렇게 시작되었다.

엄마의 홀로 아리랑

고향에서 유일한 꼬부랑 할머니로 불리는 엄마는 칠순이 넘었어도 며느리로 살고 있다. 고부가 한집에 살아온 세월만 반백 년이 넘는다.

시어머니는 성미가 불꽃 같았다. 농사로 먹고사는 집 마당에 먼지 한 톨도 용납하지 않을 만큼 남들 몇 배는 부지런을 떨었다. 그로인해 엄마의 시집살이는 하루하루가 혹독한 가시밭길이었다.

어릴 적 자식들은 밥 먹을 때 말고는 엄마 얼굴을 본 기억이 거의 없다. 다른 아이들은 엄마가 도시락 싸 들고 오는 운동회 날도 할머니가 학교에 왔다. 그 시간에 엄마는 땡볕에 등짝이 타들어가도록 농사일을 했다. 동트면 들에 나가고 해 지면 집에 돌아와 땀 한 방울 식힐 여유도 없이 온 집안을 쓸고 닦고 식구들 뒤치다꺼리하는 게 엄마의 하루 일과였다.

엄마는 시동생 시누이까지 합쳐서 열한 명의 대식구를 먹이고 입히는 단 한 명의 일꾼이었다. 밥도 식구들과 한 방에서 먹지 못했다.

어린 사 남매는 재래식 부엌에 쪼그려 앉아 반찬도 없이 대충 혼자 끼니를 때우는 엄마가 가여워 호랑이 할머니 눈치만 살폈다.

세월은 유독 엄마한테만 모질게 굴었다. 환갑이 지나도 칠순이 지나도 엄마는 여전히 등골 빠지게 일에만 파묻혀 살았다. 그 세월이 팔순 넘은 노인도 꼿꼿하게 걸어 다니는 마을에서 엄마를 유일한 꼬부랑 할머니로 만들었다.

아프거나 성하거나 엄마는 한시도 일에서 벗어나지 못했다. 남들은 땅 부자라고 부러워하는 논밭이 엄마를 세월보다 빨리 늙게 만들었다. 하지만 엄마는 흔한 신세 한탄 한마디 입 밖으로 흘리지 않았다.

호랑이 할머니는 작년에 노환으로 요양 병원에 입원했다. 하반신을 못 움직이는 시어머니를 농사일 때문에 돌볼 여력이 없는 게 죄스러워 엄마는 무던히도 속을 끓였다.

설상가상으로 몇 달 후엔 아버지까지 위암 판정을 받고 할머니와 같은 병원 신세를 지게 되었다. 자식들은 그때 처음으로 엄마의 눈물을 보았다.

"행여 아들 먼저 보내면 그 맴이 얼매나 쓰릴까나…."

그 와중에도 시어머니 아픈 속내부터 헤아린 엄마는 천지가 무너지는 것만 같다고 했다. 그러곤 호미처럼 굽은 허리로 몸에 좋다는 음식을 만들어 사나흘이 멀다 하고 병원을 드나들었다. 노모와 남편이 하루라도 더 오래 살게 만드는 게 며느리로서 아내로서의 마지막 소임이기라도 한 것처럼.

살아온 모습이 다르면 뒷모습도 다르다고 했다.

언제나 새벽이면 장독대에 정화수를 떠놓고 가족을 위해 기도하는 엄마의 뒷모습이 자식들의 가슴을 뭉클하게 만들곤 했다.

그 기도에 당신 몫이 있기는 한 걸까.

운곡리 억척 어멈 복자 씨

현준 씨와 내가 어머니를 만나기 위해 찾아간 곳은 골 깊은 산자락에 자리 잡은 고추밭이었다. 봄날지기 홍일점 게스트로 참여한 가수 벤이 먼저 와서 기다리고 있다가 우릴 향해 손을 흔들었다.

아이돌 스타답지 않게 몸뻬바지 차림으로 고추밭 한가운데 어머니와 나란히 서 있는 벤을 나도 현준 씨도 처음엔 몰라볼 뻔했다.

어머니의 첫인상은 얼핏 보기에 영락없는 시골 아낙이었다. 가까이 갔을 땐 챙 넓은 작업모에 가려진 주름투성이 얼굴과 유난히 까만 피부가 굴곡진 세월을 말해주는 듯했다.

어머니는 손으로 무릎을 짚고 서서 인사를 나누는 짧은 시간에도 힘겨운 기색이 역력했다. 나는 눈앞의 광경에 숨이 턱 막혀왔다. 그 작고 연약한 몸으로 감당하기엔 가혹하리만큼 넓은 밭이 펼쳐져 있었다.

"익지도 않은 고추는 따서 뭐에 쓰시게요?"

"열무김치 담그려고."

"이건 우리가 할 테니까 어머니는 좀 쉬세요."

현준 씨가 어머니를 그늘에 앉히는 걸 보고 나는 거의 자동적으로 옷소매를 걷었다. 우리가 따야 할 고추는 별로 많지도 않았다.

이윽고 마을로 돌아가는 길, 나는 현준 씨와 벤을 뒤로한 채 어머니를 부축할 겸 손을 잡고 걸었다. 굳은살이 마디마디 박인 어머니의 다른 손에는 지팡이가 들려 있었다.

보조를 맞추기 위해 최대한 천천히 걸어도 어머니는 걸음이 무척 느렸다. 특히 오른쪽 다리에만 힘이 실리는 걸음걸이가 예사롭지 않았다.

"무릎이 불편하세요?"

"그러네요."

"언제부터요?"

"매양 아프더니 지난달부턴 더한 것도 같고."

"어떻게 아픈데요?"

"그냥 찌릿찌릿해요. 쇳덩이를 매단 것처럼 오그려도 아프고 일어나도 아프고."

"허리는 언제부터 아프셨어요?"

"못 돼도 수십 년은 될랑가…."

지금부터라도 일을 그만해야 된다는 말이 목구멍까지 올라왔으나 나는 잠자코 듣기만 했다. 섣부른 간섭은 공연히 마음만 다치게 할 뿐이었다.

오는 길에 어머니 이웃 친구분들과 마주쳤다. 두 분은 같은 연배, 한 분은 어머니보다 열한 살이나 많다고 하는데 세 분 다 허리가 말짱했다.

"우린 쉬엄쉬엄 일했고 저 양반은 너무 일을 많이 해서 그래."

"일도 어지간히 해야지."

"하루에 허리가 한 뼘은 구부러졌을 것이여."

우리가 놀라는 걸 보고 세 분이 한마디씩 했다.

"사람이 못나서 그런 걸 어째…."

친구분들 걱정보다 어머니의 자책 아닌 자책이 더 가슴 아프게
들렸다.

시어머니는 101세, 며느리는 71세

대식구가 모여 살았던 가정답게 지은 지 80년쯤 되었다는 집은 꽤
규모가 커 보였다. 이 넓은 집에 지금은 어머니 혼자 지내고 있었다.

우편함에 매직으로 써 놓은 어머니 이름 석 자가 왠지 공허하게
와닿는 건 나뿐일까.

대문을 들어서자 일자형으로 길게 놓인 마루와 계단이 제일 먼
저 눈에 들어왔다. 현재 어머니 몸 상태로는 지나치게 높은 계단.

아니나 다를까, 마루까지 가는 길이 천 리 길이다. 굼뜬 동작으
로 계단을 디디는 어머니를 현준 씨와 벤이 양옆에서 부축했다.

"어머니. 한번 앉아보세요."

방에 들어오자마자 급한 마음에 초진부터 해보았다. 어머니는 간신히 바닥에 앉았으나 무릎이 저절로 세워졌다.

"이젠 누워보세요."

역시나 무릎이 땅에 닿지 않는다. 억지로 다리를 펴주면 상체가 따라 올라왔다. 한쪽 다리를 눌렀더니 다른 쪽 다리가 들렸다. 근육이 다 짧아져서 생긴 증상이었다.

허리 상태를 확인했더니 등뼈 마디마디가 튀어나왔다. 나는 내심 당황하지 않을 수 없었다.

이제껏 만나본 어머니들 가운데 상태가 제일 안 좋은 케이스. 어쩌면 치료가 쉽지 않을 수도 있었다. 통증이 몹시 심했을 텐데 어떻게 견뎠는지 의문이 들 정도로 상태가 심각했다.

하지만 당장이라도 만사 제쳐두고 쉬어야 할 판에 어머니는 온통 생각이 딴 데 가 있었다.

"놀면 더 허리가 찌릿찌릿하고 속도 안 편해. 할 일이 태산이구만. 열무김치도 담가야지, 병원에 추어탕도 만들어 가야지…."

말끝에 한숨이 실렸다.

"우리 시어머닌 참말로 부지런하신 양반이라 늘상 치마에서 휘파람 소리가 났어. 그러니 나도 죽어라 일만 했지. 젊을 땐 가끔 그렇게 사는 게 서럽기도 하더니 이젠 몸뚱이 아픈 게 더 서러워. 자식들 맘 고생시킬까 겁나고."

두서없는 이야기 속에 복잡한 심사가 고스란히 묻어났다. 다행히 병원 치료를 거부하는 건 아니었다. 어머니는 자신이 돌봐야 될 가족들 때문에라도 하루빨리 치료를 받고 싶어 하는 눈치였다. 마침 그때 두 따님이 집으로 들어왔다.

"제발 좀 쉬라니까 뭔 일거리가 저리 많아?"

"엄마. 소도 그렇게 일 안 해요."

딸들은 오자마자 부엌부터 들여다보고 속이 상했던지 볼멘소릴 늘어놓았다. 시어머니와 남편이 좋아하는 식재료가 잔뜩 널려 있는 부엌 앞마당에는 미꾸라지가 바글바글한 항아리까지 놓여 있었다.

"하여튼 그렇게 시집살이하고도 엄만 할머니가 밉지도 않은가 봐."

딸들이 화난 이유는 병원에 가져갈 음식을 만들 때마다 양념을 그때그때 밭에서 가져다 쓰느라 고생을 배로 하는 어머니의 고집 때문이었다. 알고 보니 좀 전에 고추를 조금만 따라고 했던 이유도 싱싱한 양념을 쓰려는 것이었다.

"아서라. 그런 시어머니 만났으니 내가 사람이 됐지. 안 그러면 사람도 안 됐다."

어머니는 딸들의 성화에도 불구하고 추어탕만은 손수 끓여야 한다고 팔을 걷어붙였다. 시어머니가 며느리 손맛을 귀신같이 알아본다는 것이었다.

자식들 앞에선 칠순 노모였지만 평생 며느리라는 이름으로 살아온 어머니의 시계는 아직도 그 자리에 멈춰 있었다.

엄마의 달라진 뒷모습

"어머니, 병원에 오시기 전에 식사 잘 챙겨 드시고 힘을 키워갖고 오셔야 돼요."

나는 어머니에게 신신당부하고 병원으로 돌아왔다. 어려운 수술을 이겨내기 위해선 무엇보다도 환자의 몸 상태가 그것을 감당할 수 있어야 한다.

약속된 일정에 맞춰 큰따님이 어머니를 모셔왔다.

"수술받으면 이 허리도 나을 수 있을랑가?"

"꼭 나으셔야죠. 그게 저희가 할 일이에요."

나는 다소 불안해하는 어머니를 정밀검사실로 안내하고 검사 결과를 기다렸다. 하지만 예상했던 것 이상으로 검사 결과가 좋지 않았다.

우선 척추관이 눌려 있어 수술이 쉽지만은 않은 상황이었다. 무릎 안의 물렁뼈도 안팎으로 많이 찢어져 있었다. 물렁뼈 손상은 무릎을 구부리거나 펼 때 통증이 심했던 원인이었다.

곧 긴급회의를 소집했다. 장시간의 토론 끝에 우선 무릎 관절 내 시경수술부터 진행하기로 했다.

걱정을 많이 했으나 수술은 비교적 수월하게 끝났다. 이튿날은 허리 신경성형술에 들어갔다.

어머니는 전체적으로 근육 양이 부족한 데다 워낙 허리가 앞으로 숙여져 있었다. 게다가 허리뼈 제일 아랫마디 인대가 비대해지면서 신경 쪽으로 협착이 동반된 상태라 노련한 의료진도 진땀을 빼야 했다.

수십 년을 혹처럼 달고 살아온 허리와 무릎의 통증으로부터 어머니를 해방시켜드리기 위해 의료진 모두가 최선을 다했다. 어머니 또한 강한 의지력으로 힘든 시간을 이겨냈다. 치료는 모두들 만족할 만큼 성공적이었다.

며칠 후, 어머니는 무릎과 허리를 곧게 세운 모습으로 침대를 내려왔다. 마침 퇴원을 축하하기 위해 찾아온 현준 씨와 벤이 물개박수를 보냈다.

"우리 어머니 키가 이렇게 크셨구나!"

현준 씨 넉살에 어머니 얼굴에도 비로소 웃는 주름이 되살아났다. 내친김에 그는 지금의 감정을 몸으로 표현해달라고 어머니를 졸랐다. 잠시 머뭇거리던 어머니가 지팡이를 한쪽으로 치웠다.

곧이어 놀라운 광경이 펼쳐졌다. 그렇게 수더분한 분이 '좋아요!'를 외치며 개다리춤 비슷한 동작을 선보인 것이다. 순식간에 병실은 웃음바다가 되었다. 무엇보다도 어머니의 달라진 뒷모습이 내 마음을 뿌듯하게 했다. 허리를 곧게 펴고 어깨를 들썩이는 모습이 수술 전과 후의 차이를 극명하게 보여주고 있었다.

모두들 어머니가 퇴원하면 가장 하고 싶은 일이 어떤 건지 궁금해했다.

"동네방네 나 허리 펴졌다고 자랑하고 다녀야지."

"그러세요. 대신 절대 무리하지 마시고 건강관리 잘하셔야 돼요."

"그래야지!"

"꼭 그러셔야 돼요?"

"아이고, 알았어. 알았다고."

봄날 어머니들이 퇴원할 때마다 입버릇처럼 하게 되는 잔소리지만 이번엔 의식적으로 목소리에 힘이 들어갔다. 어머니는 의사가 자꾸 같은 말을 되풀이하는 이유를 아는지 모르는지 발걸음도 가볍게 세상 밖으로 걸어 나갔다.

저녁 회진에 앞서 병동에 배식 차가 들어가는 광경을 보고 나도 모르게 또 혼잣말이 새나왔다.

절대 무리하면 안 돼요, 어머니.

아마 곡성의 요양 병원 앞에 어머니가 당도했을 시간이었다.

Tip

만성 요통 치료에
효과적인 운동 방법

빨리 오래 걷기

허리의 움직임을 유연하게 하고 허리 근육을 호전시키는 가장 효과적인 허리 운동법이다. 하루 최소 30분 이상, 일주일에 4회 이상 실시하도록 한다. 걸을 때는 팔을 앞뒤로 크게 흔들어 골반과 허리를 돌리면서 걷는 게 좋다. 달리기와 달리 빨리 오래 걷기는 척추 관절이나 무릎, 디스크, 물렁뼈에 전혀 충격이 가해지지 않는다.

가볍게 산에 오르기

일주일에 3회 정도 맨몸으로 가볍게 산에 오르는 것도 허리 근육 강화에 효과적이다. 등산은 몸의 무게와 중력이 척추에 영향을 미쳐 척추뼈의 밀도를 증가시킬 뿐만 아니라 허리 근육과 허벅지 근육을 강화시킨다.

호숫가 외딴집 엄마의
반백 년 흙발 인생

앞만 보고 달려온 엄마의 삶

젊은 날의 엄마는 항상 발이 흙투성이였다. 신발이 없어서도 아니고 어쩔 수 없이 몸에 익은 까마득한 습관 때문이다.

시작은 열일곱 새색시 때부터였다. 엄마는 결혼 이듬해 군에 입대한 아버지를 대신하여 시부모 모시고 살림을 꾸려갔다. 엄마의 뱃속엔 이미 칠 남매의 맏이가 자라고 있었다.

자고 나면 늘 먹을 게 부족했던 시절이었다. 엄마는 돈이 되는 약초를 찾아 산에 올랐다.

초보 약초꾼에게 산은 쉽게 길을 열어주지 않았다. 다급한 마음에 정신없이 뛰다 보면 신발이 벗겨지기 일쑤였다. 그래도 앞만 보고 달려갔다.

체면보다 자존심보다 더 무서운 게 가난이었다. 아버지가 제대하고 자식들이 하나둘 늘어났다. 고기잡이하는 아버지를 도울 때도 엄마는 거의 맨발이었다.

어린 칠 남매는 이상한 생각이 들었다.

어째서 우리 엄마는 신발을 신지 않는 걸까.

비가 오면 땅이 미끄러워서, 더우면 발에 땀이 차서 거추장스럽다며 엄마는 차라리 맨발이 편하다고 했다.

엄마가 그렇다고 하니 그런 줄만 알았다.

벗겨진 신발도 고쳐 신을 수 없을 만큼 절박한 현실이 엄마를 뒤돌아보지 못하게 만들었다는 걸 알기엔 다들 너무 어렸다.

그로부터 오랜 세월이 흘렀다.

급히 밭에 나가다 넘어져 허리를 다친 엄마는 큰 수술을 받았다. 그런데 수술을 하고 나서 언제부턴가 허리에 복대를 차기 시작했다. 그때도 엄마가 괜찮다고 하니 자식들은 그저 별일 아닐 거라 여겼다.

하늘이 무너진 건 참다 참다 고통을 호소하는 엄마를 병원에 데려갔을 때였다. 의사는 이미 늦었다고 했다. 결국 아무것도 하지 못한 채 돌아서고 말았다.

평생 자신의 삶이라고는 살아보지 못한 엄마였다. 언제나 가족이 먼저, 자식들이 먼저였던 엄마의 돌봄 목록에 자신의 이름 석 자는 애초부터 끼어들 여지가 없었다.

주는 만큼 받는 게 사랑이라지만 엄마는 오로지 사랑을 주기 위해서만 세상에 온 존재였다. 그 사랑으로 가족을 지켜내며 세월이 약이려니 하고 악으로 깡으로 버텨왔으나 세월은 결코 약이 되지 않았다.

엄마는 오늘 밤 또 얼마나 지독한 통증과 사투를 벌여야 할까.

나라도 좀 더 신경을 썼더라면. 막내딸은 아픈 엄마를 생각할 때마다 견딜 수 없도록 심정이 쓰리고 아팠다. 늦게 태어난 만큼 건강하게 오래 곁에 있어주기를 간절히 바라온 엄마였다.

통증으로 스러져가는 엄마를 위해 도움을 요청한 딸의 안타까운 사연이 제작진을 울렸다.

일개미 아내와 근육질 남편의 비밀

전라북도 임실군 운암면 마암리.

수몰로 대부분의 주민들이 마을을 떠난 옥정호에 가을이 깊었다. 우리는 흐드러진 코스모스 길에 온통 마음을 빼앗겨 힘든 줄도 모르고 깊은 산중으로 들어갔다.

한참을 걷다 보니 웬 낡은 고무신 한 켤레가 눈에 띄었다.

'요즘도 저런 신발이 있었나?'

70~80년대 영화에나 나올 법한 검정 고무신이 아무렇게나 굴러다니고 있었다. 처음엔 아마 꽤 오래전에 살았던 누군가가 버리고 간 물건일 거라 짐작했다. 그런데 그게 아니었다.

신발이 떨어져 있는 장소로부터 그리 멀지 않은 곳에 가을걷이가 한창인 고구마밭이 나타났다. 고무신의 주인공 정외순(71) 어머니와 김영춘(75세) 아버지가 농사짓는 곳이다.

이번엔 아예 작업복 차림을 갖추고 나온 벤이 싹싹하게 인사를 건네며 앞으로 달려가더니 너무나 자연스럽게 고구마를 캐기 시작했다. 덩달아서 현준 씨와 나도 일을 거들었다.

"아버님은 몸매가 완전 근육질에 천하장사 스타일인데 일은 엄마가 다하시네요?"

현준 씨가 다소 의외라는 얼굴로 두 분을 번갈아보았다. 허리가 바짝 굽은 몸으로 지팡이까지 짚고 힘들게 일손을 놀리는 어머니와 달리 구릿빛 피부에 다부진 체격의 아버지는 지나치게 동작이 굼뜬 편이었다.

"저 양반 겉만 멀쩡하지 몸이 영 안 좋아."

어머니 이야기를 듣고 나서야 아버지가 환자라는 사실을 알았다.

"15년 전에 뇌졸중으로 두 번이나 쓰러졌어. 병원에서도 나을 가망이 없다고 하고. 그때 영감이 말까지 잃었는데 나만 보면 자꾸 입을 손에 갖다 대는 거라. 꼭 살려달라고 애원하는 것처럼…. 그날로 다 버리고 이리로 돌아왔지."

그때부터 매일같이 산에 올라 직접 캐낸 약초를 달여 먹이고 꾸준히 운동을 시켜 결국 남편을 걷게 만들었다고 한다.

아버지가 그런 아내를 향해 고마움을 표시하듯 고개를 끄덕여 보였다. 일상생활엔 그럭저럭 지장이 없어도 당뇨까지 겹친 남편을 위해 약초꾼으로 나선 사연을 들려주며 어머니가 자랑스럽게 덧붙였다.

"이래 봬도 산에선 내가 박사여. 반백 년을 이러고 다녔으니 약초고 산나물이고 모르는 게 없당게!"

상처투성이 손과 거친 맨발이 지난한 인고의 세월을 보여주고 있었다. 허리를 쭉 펴보시라고 했다. 지팡이를 짚어도 몸을 똑바로 세우지를 못한다. 현준 씨와 벤이 고구마를 캐다 말고 안타까운 눈길을 보냈다.

"애들은 제발 일 좀 하지 말라고 난리여. 그것들 오기 전에 영감이랑 둘이 다 해치우려고."

두 분 다 성치 않은 몸이지만 자식들 부담주지 않으려고 몇날 며칠 일을 나눠서 한다는 설명이다. 그 상황에서 벤이 갑자기 생뚱맞은 소릴 했다.

"어머니, 좀 쉬셔야 돼요. 우리 춤출까요?"

"아이고, 몸뚱이는 병신 되야 갖고 무슨 춤이여."

"그럼 제가 할게요!"

어머니를 위로할 욕심에 얼떨결에 말을 내뱉고 보니 본의 아니게 무리수를 둔 거였다. 민망해진 벤이 간드러지게 몸을 흔들어가며 트로트 곡을 뽑았다. 그러자 손녀딸 같은 벤의 애교에 마음이 녹아내린 어머니가 지팡이를 땅에 두드리며 어깨춤을 추기 시작했다.

저물어가는 들판에 한바탕 신명 나는 춤판이 벌어졌다. 어머니는 요즘 유행하는 말대로 '흥부자'였다. 덕분에 모두들 박장대소하며 잠시나마 유쾌한 시간을 보냈다.

나는 문득 아무리 고달픈 현실도 웃음과 해학으로 풀어낸 선조들의 지혜를 떠올렸다. 어머니의 낙천적인 성격이야말로 그 모든 역경을 극복할 수 있게 만든 삶의 원동력이 아닐까.

복대 하나로 버틴 엄마의 오랜 고통

어머니와 아버지가 단둘이 사는 집은 한적한 호숫가에 자리 잡고 있었다. 옥정호가 한눈에 들어오는 집 앞 정자가 가을의 정취를 더해주었다. 한때는 사람들이 북적대던 마을에 유일하게 남은 민가라는 점이 두 분의 절박한 현실을 말해주는 듯했다.

어머니는 정자에서 우릴 잠깐 쉬게 하고 안에서 음료수를 내왔다.

"심부름은 저한테 시키세요, 어머니."

벤이 화들짝 놀라 마당으로 내려갔다. 어머니는 지팡이가 없으면 가벼운 거동조차 힘들어 보였다. 무릎이 굽혀지지 않아 낮은 평상에도 오르지 못하고 걸터앉은 어머니를 현준 씨와 벤이 부축해서 바닥에 앉혀드렸다.

앉은 자세도 불안하긴 마찬가지였다. 어머니는 거의 기다시피 몸을 움직여 벽에 등을 기대고 앉아서야 허리가 편하다고 했다.

허리에는 20센티가 넘는 수술 자국이 선명하게 드러났다. 이런 경우 수술 부위 위쪽으로 문제가 생기기 쉽다. 세 차례의 수술 흔적으로 미루어 짐작컨대 아마도 척추유압술 후 다시 척추관협착증이 발병한 듯했다.

이 상황에서 내 눈길을 끈 건 허리를 꽁꽁 싸맨 두터운 복대였다. 허리 아플 때 복대는 일시적인 효과를 얻을 수 있어도 장기간 착용하면 오히려 건강을 해칠 수 있다.

계속 차고 있으면 허리 근육이 약해지고 풀면 통증이 더 심해져 끊질 못하는 악순환이 되풀이되면서 상태가 점점 나빠지는 것이다.

"어머니. 복대는 일주일 이상 착용하면 안 돼요."

주의사항을 일러주자 어머니는 복대가 없으면 산에 올라갈 수가 없다고 난감한 표정을 지었다.

"그 몸으로 등산을 하신다고요?"

"가끔 멧돼지가 튀어나오면 성가셔서 그렇지, 지팡이 짚고 살살 댕기면 꼬부랑꼬부랑 심심치가 않아."

"멧돼지요?"

벤이 기겁을 했다. 어머니는 노랫가락 읊조리듯 당신의 지난날을 풀어놓았다.

시집오면 당연히 행복하게 살 줄 알았던 새댁은 남편 대신 가장 노릇을 하면서 일찌감치 그 환상을 버렸다. 그러고 나니 무서울 게 없었다. 약초를 많이 캐면 밀가루를 사고 조금 캐면 옥수수를 사다 식구들을 먹였다. 어쩌다 운수가 좋아 보리쌀이라도 한 됫박 사면 몸이 천근만근이라도 날아갈 것 같았다.

앞이 안 보이는 세월, 아프면 아픈가 보다 하고 하루하루 넘기면서 자식들 커가는 기쁨에 이를 악물었다. 그렇게 산 하나를 넘었다 싶으면 더 큰 산이 앞을 가로막고 나섰다.

늘그막에 호강은 못 시켜줄망정 병든 남편이 원망스러워 자식들 모르게 울기도 많이 울었다.

"그 눈물이 다 어디서 쏟아졌을까…."

이 또한 인생이려니, 미운 정을 걷어낸 자리에 고운 정만 남았다. 어머니는 이제 매사가 감사하고 행복하다고 말한다.

"산에만 가면 영감하고 나 먹을 게 천지라 얼마나 고마운지 몰라. 내 힘으로 이렇게 사는 것도 자랑스럽고."

어머니의 보물창고에는 온갖 약초와 산나물이 가득했다. 하나같이 혈액순환과 당뇨에 좋다는 것들이었다. 몇 줌 안 되는 도토리는 그날 아침 주워왔다고 했다.

"저 양반 치아가 부실해서 씹지를 못해도 도토리묵은 해주기만 하면 한 그릇 뚝딱 잘 자셔. 뜨끈뜨끈하게 묵 쒀서 영감 먹이는 재미로 자꾸 나가게 돼."

도토리가 남아 있을 때까진 아버지 좋아하는 묵을 매일 밥상에 올리려고 눈 뜨면 산에부터 다녀오는 게 어머니의 주된 일과였다. 이래저래 하루 종일 복대를 떼놓을 새가 없는 것이다.

밤에는 복대를 푼 허리에 파스를 붙이는데 이불을 두 겹으로 깔아야 겨우 허리를 바닥에 댈 수 있다고 한다. 여기에 무릎 통증까지 더해져 베개를 두 무릎 사이에 끼고도 잠을 못 이루는 동안 아버지는 새벽잠을 설쳐가며 군불을 때지만 그런다고 나을 병이 아니었다.

찬란한 봄날을 향해

며칠 후, 어머니의 건강 상태를 알아보기 위한 정밀검사가 실시되었다. 어느 정도 예상은 하고 있었으나 적당한 치료법을 찾기가 쉽지 않았다.

제일 큰 고민은 이미 다른 병원에서 수술이 어렵다는 판정을 받은 허리였다. 검사 결과 척추관협착증이 심각한 데다 허리 근육도 너무 약해진 상태였다.

신경외과 쪽에서는 신경성형술 혹은 근육을 탄탄하게 만드는 주사치료법을 두고 의견이 분분했다.

양쪽 연골이 닳아 뼈와 뼈가 붙어버린 무릎도 상태가 심각하긴 마찬가지였다. 정형외과 전문의들은 관절 내시경은 추후 다시 손대야 할 가능성이 있으므로 인공관절수술을 최적의 치료법으로 제시했다.

장시간의 논의 끝에 허리는 신경성형술을 실시하고 무릎은 인공관절수술로 치료하기로 결정했다.

고령에 늦은 치료 시기를 감안하면 여러모로 부담 가는 수술이 아닐 수 없었다. 나는 모든 스케줄을 뒤로 미루고 전체 치료 과정을 체크하였다.

어머니는 일주일이 넘게 걸리는 험난한 치료 과정을 꿋꿋하게 이겨냈다. 재활 치료를 마친 날 경과를 보기 위해 치료실에 들렀더니 어머니는 거울 앞을 떠날 줄 몰랐다.

"원장님, 내가 이렇게 걷는 게 꿈은 아니지요? 몸이 왜 이리 가볍대?"

"어머니, 우리 깜짝쇼 한번 할까요?"

마침 현준 씨가 문병을 오기로 돼 있었다. 나는 어머니를 휠체어에 태우고 그가 기다리는 병실 문을 열었다.

"치료 다 끝난 줄 알았는데…."

당황한 현준 씨가 말을 잇지 못했다. 그때 어머니가 휠체어에서 벌떡 몸을 일으켰다. 아들처럼 노심초사했을 그를 위한 깜짝 선물이었다.

"우리 어머니 더 예뻐지셨어!"

현준 씨가 비로소 너털웃음을 터뜨렸다.

지팡이를 짚고 집을 나섰던 어머니는 두 발로 걸어서 집으로 돌아갔다. 마을 입구에선 일찌감치 아버지가 마중 나와 있었다.

어머니가 차에서 내리자 아버지는 손수 마련한 선물을 발아래 놓아주었다. 예쁜 꽃술이 달린 구두였다. 평생 맨발로 살아온 아내의 거친 발에 꼭 한 번 신겨주고 싶었던 남편의 마음이 담긴 구두 한 켤레가 꽃보다 아름다웠다.

나는 인생에 봄날이 따로 있다고 생각지 않는다. 건강하게 웃고

살면 매일매일이 봄날인 것을. 어머니의 찬란한 봄날은 이제부터가
시작이었다.

Tip

허리에 무리가 가지 않는
올바른 취침법

1. 위를 보고 반듯하게 누운 자세로 무릎 밑에 베개를 한두 개 놓는다. 엉덩이 근육을 이완시켜주는 역할을 한다.

2. 허리 곡선을 자연스럽게 유지하기 위해 동그랗게 만 수건을 허리 밑에 댄다.

3. 옆으로 자는 습관이 있는 경우는 베개를 베고 누운 상태에서 무릎을 조금 구부리거나 양 무릎 사이에 베개를 끼우도록 한다. 몸을 고정시키고 척추가 비틀어지는 것을 막아준다.

4. 엎드려 자는 습관은 척추를 긴장시키므로 좋지 않다. 엎드린 자세로 책을 보거나 텔레비전을 보는 것도 마찬가지로 좋지 않다. 꼭 엎드려 자야 한다면 허리에 무리가 가지 않도록 배 밑에 베개를 놓는다.

5. 어떤 자세로 자더라도 베개는 목이 편안하고 경추의 C자형 커브를 유지할 수 있어야 한다. 반듯하게 누워 잘 때 베개 높이는 6~8센티미터가 적당하고, 옆으로 잘 경우는 어깨 높이를 감안하여 2센티미터쯤 높이는 것이 좋다. 8센티미터 이상 높은 베개는 등과 어깨 근육을 압박하여 혈액순환을 방해한다. 또한 지나치게 딱딱한 베개는 목 근육과 골격에 무리를 주기 때문에 주의해야 한다.

갯마을 여장부 엄마의
어느 멋진 날

숨겨지지 않는 비밀

엄마는 출퇴근 시간이 따로 없는 갯벌을 직장 삼아 50년 넘게 뻘배를 몰았다. 한밤중에 물이 빠져나간 뒤 갯벌이 속살을 드러내면 엄마의 하루가 시작된다.

작업장을 향해 가는 것부터가 엄마에겐 중노동의 시작일 수밖에 없다. 밭고랑 사이사이, 갯벌 옆 신작로 뒤편 수풀 사이, 곳곳에 숨겨놓은 작대기가 엄마의 자존심을 지켜줄 유일한 비밀 병기 노릇을 한다.

남들 앞에선 절뚝거리는 모습을 보이지 않으려 죽을힘을 다해 꼿꼿한 자세를 유지하는 엄마가 작대기를 손에 든 건 마을을 한참 벗어난 뒤였다. 그러다 인기척이라도 나면 냅다 던져버리고 태연하게 걸음을 옮긴다.

하지만 엄마가 모르는 게 있다.

마을사람들에게 그 작대기는 공공연한 비밀이 된 지 오래였다. 단지 사람들이 지팡이 짚고 다니는 걸 알까 봐 노심초사하는 걸 알기에 서로 모르는 체해주는 것뿐이었다.

엄마에게 바다는 삼 형제를 키운 젖줄이고 마르지 않는 금고였다.

쇳덩이를 매단 듯 무거운 다리로 온종일 갯벌을 헤매다 보면 무릎 시리고 허리 아픈 건 그저 흔한 일상이 되었지만 자식들 공부시키는 재미에 뼈마디가 휘는 줄도 몰랐다. 그 덕에 갯벌 고수가 되었지만 이젠 욕심만큼 몸이 따라주질 않는다.

물이 들어올 시간이 되어서야 작고 딱딱한 뻘배를 내려온 엄마의 고무 통엔 낙지 몇 마리, 꼬막 한 보따리가 전부다.

자식들은 제발 일 좀 그만하라고 올 때마다 성화를 부렸다. 하지만 엄마는 몸뚱이라도 바삐 움직이지 않으면 허전함에 숨이 막혀 견딜 수가 없다고 한다.

스무 살 여수 처녀가 순천 총각과 결혼해 53년을 하루같이 살아온 갯벌이다. 암 투병으로 고생하던 아버지가 작년에 세상을 떠나고 엄마 혼자 남은 이곳엔 무수한 봄날의 추억들이 묻혀 있다.

엄마는 차마 그 기억들마저 차가운 물살에 씻겨 사라질세라 날만 밝으면 집을 나서는 것이다. 이제 바다는 엄마의 그리움이고 설움이고 애틋한 추억의 유적지였다.

갯벌은 자식들 부끄럽지 않게 하려고 한쪽 다리가 성치 못한 것도 숨긴 엄마의 비밀 한 자락도 마저 품어주었으나 시시각각 더해지는 고통까지 없애주진 못했다.

엄마는 오늘도 누가 볼까 조심스러운 몸짓으로 바다에 나간다. 야트막한 비탈길조차 오르기 힘에 겨워 신음소리가 절로 나와도 작대기를 짚었다 버리기를 수없이 반복하며.

비밀 아닌 비밀을 홀로 안고 가는 엄마의 고행 길은 그래서 더욱더 애달프다.

엄마를 병들게 한 갯벌의 일상

큰며느리 제보를 받고 찾아간 갯벌에서 만난 엄춘자(73세) 어머니는 미소가 참 푸근한 분이었다. 진흙투성이 얼굴로 뻘배를 몰고 갯벌을 누비는 몸짓만 보면 어디가 불편한지 분간이 안 되었다.

현준 씨와 나는 난생처음 타보는 뻘배에 몸을 싣고 어머니가 일하는 작업장까지 갔다. 온몸에 진흙범벅이 되어 엎어지고 넘어지고

용을 쓰다시피 해서 겨우 작업장까지 가는 데만도 30분은 족히 걸렸다.

갯벌로 나간 지 몇 분도 안 돼서 무릎이 저려오기 시작했다. 작업 자체가 보통 강도 높은 게 아니지만 배에서 굴러떨어지지만 않으면 손맛이 꽤 짭짤했다. 나처럼 갯일은 생전 처음이라는 현준 씨도 진흙 속에 숨은 조개를 손에 넣곤 입이 귀에 걸렸다.

"엄마는 이 재미로 뻘배를 타나 봐요."

"그 재미도 없으면 어떻게 살아."

낙지 잡는 법을 알려주며 시커먼 갯벌을 돌아보는 어머니 얼굴엔 만감이 서렸다. 맑은 날 궂은 날 가리지 않고 무려 53년을 갯벌의 생명력에 기대어 살아온 사람만이 지을 법한 표정이었다.

미끄러운 뻘배에 올라타서 몸의 균형을 잃지 않으려 안간힘을 쓰다 보니 나는 무릎과 허리가 떨어져 나가는 것 같다. 조금 있으니까 속이 메스꺼워지기 시작하면서 숨이 턱턱 막히고 진땀이 흘렀다.

"이러다 괜히 남의 집 귀한 아들들 몸 버리겠어."

안 되겠다 싶었던지 어머니가 일을 접었다. 불과 한 시간 만에 멀쩡한 사람 녹초로 만드는 일을 칠순을 훌쩍 넘긴 나이에도 하루 6시간 이상 매일 해왔다는 말에는 탄식이 절로 나왔다.

"그런데 어머니 모습이 아까와는 많이 다른데요?"

양쪽에서 어머니 손을 잡고 갯벌을 나오면서 현준 씨가 말했다.

내 느낌에도 그랬다. 왠지 억지로 허리를 펴고 걷는 느낌이랄까.

"어머니. 한번 걸어보세요."

잡았던 손을 놓고 혼자 앞으로 가보시라고 했다. 갯벌에 있을 때와 다르게 힘든 모습이 역력했다. 거의 발을 질질 끌고 걷는 걸음걸이, 한 발 내딛기도 버거워 보였다.

우리는 어머니를 부축해서 집으로 돌아왔다. 보호대를 착용한 무릎이 많이 부어 있었다. 무릎을 살짝 구부리기만 해도 고통스러워하는 표정으로 보아 퇴행성관절염이 상당히 진행된 듯했다.

"무릎에 자꾸 물이 차. 빼내면 좀 괜찮은 것 같다가 또 물이 차고 그래."

현재도 무릎에 물이 찬 상태였다. 무릎 관절을 싸고 있는 막이 계속 자극을 받으면 무릎에 물이 차게 된다. 순전히 일을 많이 해서 생긴 관절염이다.

제일 큰 원인은 갯벌에서 일하는 자세 때문이었다. 틈틈이 어머니가 일하는 모습을 관찰한 결과 동작의 특이점을 발견했다. 뻘배를 탈 때 항상 하는 왼쪽 무릎을 꿇고 오른쪽 다리로 밀고 나가는 동작이 허리와 무릎에 치명적인 영향을 준 결과였다.

쪼그려 앉아 일하는 자세가 왼쪽 무릎의 관절염을 초래하고 허리에도 문제를 일으킨 것이다. 그런데도 어머니는 어디가 아프고 불편하다는 말은 꺼내지 않았다. 의사인 내 앞에서조차 약한 모습을 보이지 않으려는 마음이 느껴져 조심스럽게 물음을 던졌다.

"많이 불편하셨을 텐데 치료는 왜 안 받으셨어요?"

"자식들이 수술받자고 해도 일이 많아서 그럴 수가 있어야지. 하도 성화를 해서 소는 얼마 전에 팔았어. 고추밭도 내놓고."

"그럼 이제 저희랑 서울 가서 수술받으셔도 되겠네요."

"괜찮은데…."

내친 김에 본론을 꺼냈으나 어머니는 흔쾌히 대답을 내놓지 않았다.

무엇이 어머니의 결심을 가로막고 있는 것일까.

끝나지 않은 엄마의 사부곡

지난해 5월 말에 갑자기 세상을 떠난 아버지가 미리 넘겨 놓은 달력은 6월을 가리키고 있었다. 아버지가 없는 집에서 어머니의 시간도 그대로 멈춰버린 듯했다.

고인이 평소 즐겨 입었던 파란색 와이셔츠를 곱게 다림질해 걸어둔 벽 한쪽에서 영정 사진 속 아버지가 점잖은 미소를 띠고 있었다.

메모도 없이 붉은 동그라미로 표시한 날짜가 유독 눈길을 잡아

끌었다.

"이날 무슨 중요한 일이라도 있었는가. 그렇게 갈 줄은 몰랐던 게지…."

의미를 알 수 없는 동그라미가 마음에 밟혀 차마 달력을 넘기지 못했다며 말끝을 흐리는 눈가에 맑은 이슬이 맺혔다.

갯벌에서 수확한 낙지와 꼬막 등으로 푸짐하게 차린 밥상에는 한창 제철을 맞은 전어구이가 특히 우리의 입맛을 사로잡았다. 그런데 어머니는 전어를 나와 현준 씨 앞으로 밀어주기만 하고 한 점도 입에 넣질 않았다.

"그 양반이 전어를 무척 좋아하셨는데. 살아서 이걸 잡순다면 얼마나 좋을까."

추억이 많은 음식이라 이젠 전어를 먹을 수가 없게 되었다는 대목에선 현준 씨도 목소리가 젖어들었다.

"아버지 많이 보고 싶으시겠어요."

"고장 난 다리 때문에 반년이 지나도록 산소엘 가보질 못했어."

어머니는 무거운 한숨으로 쓰린 속을 풀어냈다. 걸어서 10분이면 닿을 수 있는 산소까지 가는 길이 천 리 길이라 마음만 굴뚝같을 뿐 엄두를 못 낸다는 말에 우리가 함께 나서기로 했다.

"옛날엔 뜀박질 선수였는데 내 몸이 어쩌다 이리 됐는지…."

양옆에서 부축을 하는데도 대문을 나선 지 얼마 안 돼서 다리 통증을 못 이겨 주저앉고 만 어머니는 '창피하다'는 말만 자꾸 되뇌었다. 그렇게 기를 쓰고 올라간 산소 앞에서 결국 무너져 내린 설움이 통곡으로 터져 나왔다.

"미안해, 여보! 이렇게 가까이 있는데 나는 오는 데 반년이 걸렸어."

하염없이 무덤 풀을 어루만지며 소리 내 우는 어머니를 애처롭게 바라보던 현준 씨가 다독이듯 말을 건넸다.

"아버지가 엄마한테 참 잘하셨나 보다. 제일 고마운 건 뭐였어요?"

"커피 타준 거."

아버지가 돌아가시기 전까지 매일 아침 타준 믹스 커피 이야기를 꺼내면서 어머니는 다시금 눈시울을 붉혔다. 살아 있음에 누릴 수 있었던 소소한 행복이 불쑥불쑥 되살아나 그 빈자리를 더욱 크게 만든 까닭이리라.

"엄마도 아버지 많이 사랑하셨네. 그런데 뭐가 그렇게 미안해요."

"장에 가서 맛난 거 사 먹자고 했는데 일이 바쁘다고 그거 하날 못 들어줬어…."

애써 담담한 척하던 현준 씨가 돌아서서 닭똥 같은 눈물을 펑펑 흘렸다. 재작년에 아버지를 여읜 그에게도, 5년 전 어머니를 하늘나

라로 보내드려야 했던 나에게도 그 슬픔이 그대로 전이되었다.

한동안 먹먹한 시간이 흘렀다. 현준 씨가 먼저 복받치는 감정을 수습하고 어머니를 설득했다.

"수술받으면 아버지 산소에 매일 올 수 있어요. 어머니, 서울 가실 거죠?"

"… 수술받을게."

어머니는 어렵사리 말문을 열었다. 낫고 싶은 마음보다 수술에 대한 두려움이 커서 쉽게 결정을 못 내렸다는 고백이다.

"그런데 어떻게 마음을 바꾸신 거예요?"

"다리 안 아프면 매일 여기 올 수 있잖아. 갯벌까지 찾아와준 게 고마워서라도 서울 가야지."

"잘 생각하셨어요, 어머니. 제가 잘 고쳐드릴게요."

나로서도 고맙다는 말이 절로 나왔다. 어머니가 가뿐하게 산에 오르는 장면을 떠올리기만 해도 가슴이 뿌듯해왔다.

엄마의 자유로운 외출을 위하여

며칠 후, 어머니의 일상생활 모습을 담아온 영상 자료와 정밀검사 결과를 토대로 협진이 실시되었다. 육안으로 보아도 왼쪽 무릎이 ㄴ자로 구부러진 게 확연하게 드러났다. 예상했던 대로 퇴행성 관절염이 심각하다는 증거였다.

검사 결과 무릎 안에 있는 연골과 반월상 연골판이 다 닳아서 해진 상태로 나타났다. 이쯤 되면 통증이 여간 심하지 않았을 터였다. 고통을 1~10으로 하면 9~10에 해당된다는 게 정형외과의 소견이었다.

ㄱ자로 굽은 허리는 척추전방위증과 척추관협착증이 동시에 진행되고 있었다. 무릎과 허리 어느 쪽부터 치료하는 게 좋을지 협의한 결과 무릎 먼저 치료하는 게 합리적이라는 중론이었다.

"너무 늦지나 않았을지 몰라."

무조건 걷는 게 소원이라던 어머니는 병원을 찾을 때 씩씩하던 모습과는 달리 다소 약한 모습을 보였다. 수술실 문으로 들어간 뒤로 다시는 돌아오지 못할 길로 가버린 아버지를 떠올리며 살짝 눈물을 내비치기도 했다.

"어머닌 강한 분이니까 잘 이겨낼 수 있을 겁니다."

나는 어머니를 응원하는 뜻에서 손을 꼭 잡아드렸다.

수술은 무릎 인공관절수술부터 실시하기로 했다. 닳아 없어진 무릎 관절을 제거하고 인공관절을 삽입하여 통증을 줄이고 관절의 활동 범위를 넓혀주는 수술이다.

허리 통증을 치료하기 위해서는 신경성형술이 결정되었다. 꼬리뼈의 신경 통로를 따라 약을 주입하여 통증을 덜어주는 치료법이다.

어머니는 두 차례의 힘든 치료를 무사히 마치고 2주 후 반듯한 자세로 재활 치료실을 걸어 나왔다.

"발이 땅에 닿는 게 믿어지지가 않아."

수술 전에 눈물까지 보이며 불안해하던 어머니는 신기하다는 말을 몇 번이고 되풀이했다.

"엄마. 지금은 정말 괜찮은 거죠?"

현준 씨는 행여 어머니 성격에 말로만 안 아프다고 하는 건 아닌지 확인하려고 연거푸 같은 말을 묻고 또 물었다.

"진짜로 괜찮아. 봐봐, 아들. 나 잘 걷잖아! 이젠 영감 산소도 매일 갈 수 있어. 고마워!"

어머니는 콧노래를 흥얼거리며 병실을 가볍게 걸어 보였다. 그제야 현준 씨 얼굴에도 아들 미소가 살아났다. 나는 마치 큰일을 해낸 것처럼 어깨가 으쓱해지기까지 했다.

"어머니 이젠 일 많이 하시면 안 되는 거 알죠? 갯벌일은 특히 조심하셔야 돼요."

들뜬 얼굴로 퇴원을 준비하는 어머니에게 단단히 약속을 받았다. 그간 여러 어머니를 치료하면서 가장 안타까운 점이 수술만 끝나면 아팠던 것도 잊고 일 욕심을 부린다는 사실이었다. 몸이 가벼워졌다고 고령에 무리하게 일을 하면 애써 수술한 보람도 없이 병이 재발할 위험이 따르기 마련이다.

"다신 일 안 해. 이젠 나 하고 싶은 대로 하고 자유롭게 살아야지!"

"그러세요. 이젠 아버지 산소도 마음대로 가시고 가고 싶은 곳, 하고 싶은 거 다 하고 사셔도 돼요."

"아들이 사준 이쁜 옷 입고 영감 산소부터 가야지."

어머니는 현준 씨가 선물한 꽃무늬 블라우스만큼이나 화사한 미소를 지어 보였다. 마을 곳곳에 숨겨둔 작대기는 자식들 오면 고기 굽는 장작으로나 쓸 거라며 활짝 웃던 모습이 지금도 눈에 선하다.

허리를 망가뜨리는
생활 속 나쁜 자세

아무리 튼튼한 배도 물건을 과도하게 실으면 결국 침몰하듯이 일상생활에서 무의식적으로 취하는 나쁜 자세가 허리를 망가뜨리는 치명적 요인이 된다.

허리 건강을 위한 올바른 자세란 정면에서 보았을 때 머리의 중심이 몸통과 골반의 중심에 놓여 있는 자세를 말한다. 반대로 허리에 악영향을 주는 자세는 이러한 상태를 벗어난 자세를 말한다.

1. 서 있을 때 머리를 앞으로 내밀고 어깨가 앞으로 굽어지게 하거나 배를 내밀고 있는 자세는 허리에 무리를 준다. 또, 장시간 서 있으면 허리를 바로 세운 형태를 유지하느라 척추와 다리 근육에도 이상이 생긴다.
2. 아기는 업는 것보다 안는 것이 허리에 훨씬 좋지 않다.
3. 등받이가 없는 의자에 오래 앉아 있지 않도록 한다. 의자에 비스듬히 기대어 앉거나 등받이와 허리 간격을 크게 띄어서 눕다시피 앉아 있는 자세, 쪼그려 앉는 자세 등을 장시간 유지하면 척추측만증과 근육통, 척추관협착증과 같은 질환을 얻게 된다.

4. 의자는 신장에 맞게 사용해야 한다. 의자가 지나치게 높아 발이 땅에 닿지 않으면 척추에 무리가 따른다.
5. 무릎을 굽히지 않은 상태에서 갑자기 무거운 물건을 들면 디스크에 무리한 압력이 가해진다. 물건의 하중이 허리에만 쏠리기 때문이다. 마찬가지로 가벼운 물건을 자주 들어 올리는 자세도 허리에 무리를 준다.
6. 다리 힘을 이용하지 않고 허리 힘만으로 물건을 들어 올리거나 한 손과 어깨를 이용하여 물건을 들어 올리는 자세는 신체 균형을 무너뜨려 허리 건강을 악화시킨다.

굳세어라
순자 씨

전설의 양미리 여왕 순자 씨의 하루

겨울이 제일 먼저 찾아온다는 강원도 고성은 양미리 주산지로도 유명한 고장이다. 12월이면 온 동네 아낙들이 새벽부터 추위도 잊은 채 바닷바람을 맞아가며 그물에 걸린 양미리를 떼느라 분주하다.

바닷가에선 추워야 돈을 번다. 생선 만지는 일이 하루 벌어 하루 먹고사는 일이라 얼어붙은 손발을 녹일 새도 없이 부지런히 몸을 놀려야만 한다.

어판장 경력만 30년이 넘는 김순자(61세) 어머니는 아야진항 어판장에서 양미리 따기 선수로 명성이 자자할 만큼 일에는 이골이

난 베테랑이었다.

하지만 이젠 그것도 까마득한 옛날 일이 되고 말았다. 양미리 떼기는 앉아서 하는 작업이다. 손놀림이 빠른 건 예나 지금이나 마찬가지건만 문제는 오래 앉아 있지를 못한다는 점이었다. 언제 시작됐는지도 모르게 찾아온 무릎과 허리 통증 때문이다.

그물에서 떼어낸 양미리를 양동이 가득 채우면 5,000원짜리 딱지 한 장을 품삯으로 받는다. 어머니는 조금만 앉아 있으면 무릎이 저리고 아파 아예 선 채로 허리를 구부리고 일한다. 그런다고 일이 수월한 건 아니다. 이번엔 허리 통증으로 금세 지치고 만다. 그렇게 앉았다 섰다 온종일 일해서 양동이 일곱 개를 겨우 채웠다.

마을에선 딱지가 돈이다. 구멍가게에 딱지만 가져다주면 뭐든지 살 수가 있다. 그 딱지 받는 재미에 아파도 진통제를 한 움큼씩 집어 먹고 달려 나오곤 했던 게 병을 더 키웠다. 진통제와 약물 부작용을 심하게 앓은 뒤론 약도 주사도 끊었지만 어판장에서 하루의 시작과 끝을 함께하는 생활만은 끊을 수가 없었다.

수십 명이 하루 종일 입에서 쓴내가 나도록 일하는 작업장에선 잔심부름도 돈이 된다. 이가 없으면 잇몸으로 산다고 했다. 앉아서 오래 일을 못 하는 대신 서서 할 수 있는 일거리를 선택했다.

양동이 하나라도 더 채우려고 눈에 불을 켜고 일하는 작업장에서 사탕은 없어선 안 될 간식거리다. 피로에 지친 동료들에게 사탕을 하나씩 입에 물려주고 커피나 물, 소주, 맥주 따위를 배달하고 매일 점심과 저녁 수십 명분의 밥상을 차린다. 그나마 다른 일에 비하면 일당이 짭짤한 편이라 음식을 하다 말고 싱크대에 엎드려 통증을 참아낼망정 얼굴 한 번 찡그려본 적이 없다.

밥하고 간식 챙기는 일 말고도 자투리 시간을 이용한 자질구레한 부업이 열 가지도 넘는다. 사람들은 그런 그녀를 여장부라 부른다.

하지만 하루 종일 온갖 잔심부름에 어판장 청소까지 끝내고 집으로 돌아오면 여장부는 간데없고 그저 눈물만 나온다. 오자마자 죽은 듯이 쓰러져 자고 싶지만 집에서도 할 일이 태산이다. 개인적으로 주문을 받아서 택배로 파는 도루묵이랑 명태식해도 만들어야 하고 아침에 널어놓고 나간 생선도 거둬들여야 한다.

늦어도 밥은 꼭 집에 와서 먹는 남편 저녁까지 차려주고 나면 손가락 하나 까딱할 힘이 없지만 통증 때문에 누워 있는 것도 마음대로 안 된다.

무릎과 허리에 찜질팩을 대보기도 하고 복대로 꽁꽁 싸매보기도 하지만 밤이 깊을수록 점점 더 심해지는 통증을 어찌해볼 도리가 없다.

언제 망가졌는지도 모르게 망가진 몸뚱이가 원망스러울 뿐이다. 하루 벌어 하루 먹고사는 인생은 결혼 전이나 후나 달라진 게 없었다. 동생들 뒷바라지에 청춘을 바치고 서른둘에 가난한 어촌으로 시집와 시동생 셋을 보살피며 궂은일 마른일 가리지 않고 살다 보니 병든 몸뚱어리만 남았다.

아무리 아파도 일을 안 하면 먹고살 수가 없으니 고된 노동은 병도 되고 약도 된다. 생선 택배 주문이 들어오자 없던 기운이 살아나 이튿날 날이 밝기도 전에 경매장으로 향한다.

요즘 금값이 된 도치를 낙찰받은 것까지는 행운이었다. 하지만 경매장을 나서는 순간 기쁨은 고통으로 변한다. 예전 같으면 거뜬히 해냈을 일이 부쩍 힘에 부쳐 궤짝 하나 끌고 집에 오는데 온몸이 부서질 것만 같다.

그리고 다리 한 번 주무를 틈도 없이 다시 어판장으로 향한다.

외롭고 고단한 또 하루가 그렇게 시작되었다.

나이보다 늙어버린 엄마의 몸

김순자 어머니는 〈엄마의 봄날〉 최연소 출연자였다.

70대 이상의 고령자 위주로 치료 서비스를 제공하는 프로그램에서 61세는 한창나이에 속한다. 그럼에도 불구하고 수백 명의 신청자들 가운데 어머니를 우선순위에 놓은 것은 그만큼 상황이 절박했기 때문이다.

현준 씨와 내가 아야진항으로 찾아갔을 땐 칼바람이 부는 한겨울이었다. 어머니는 어판장 한 귀퉁이에 작업용 의자를 내놓고 앉아 양미리를 엮고 있었다.

처음엔 예상외로 젊은 외모에 말투가 워낙 화통해서 우리가 찾는 어머니가 아닌 줄 알았다. 작업용 의자에 엉덩이를 걸친 채 두 다리를 옆으로 뻗치고 앉아 활달하게 인사를 건네는 모습이 말 그대로 여장부 스타일이었다.

"이게 잔일이라도 보기보단 꽤 까다로운데 잘할 수 있으려나?"

우리가 일을 거들겠다고 했더니 어머니는 다소 미덥지가 않은 듯 쉬 자리를 내주려고 하지 않았다. 까다로워 봤자 어른 손가락만 한 생선 스무 마리를 줄로 묶어 한 두릅으로 엮는 일이었다. 어머니 스스로도 '잔일'이라고 하지 않았던가.

하지만 막상 해보니 만만한 작업이 아니었다. 생선 모양이 흐트러지지 않도록 적절한 힘으로 조여서 엮는 것부터가 고도의 집중력과 요령을 필요로 했다. 우리는 한 두릅은커녕 흉내만 내다 포기하고 말았다. 불과 20분 남짓 쪼그리고 앉았을 뿐인데 다리가 저려오고 허리가 뻐근했다.

양미리 한 두릅 엮어서 받는 품삯이 350원이라고 한다. 노동의 대가가 적기 때문에 잔일이지 일이 쉽다는 뜻이 아니었다. 어머니는 일을 많이 하면 이것도 돈이 된다고 고난도의 기술을 펼쳐 보였다. 그릇에는 우리가 도착하기 전에 작업해둔 양미리가 수북이 쌓여 있었다.

"이걸 가지고 가서 덕장에 널어야 돼."

어머니는 앉은 채로 주섬주섬 양미리를 챙기곤 몸을 일으키려 안간힘을 썼다. 비틀거리며 일어나는 데만도 한참이 걸렸다. 나는 비로소 문제가 심각하다는 사실을 알게 되었다. 나이로 치면 내 누님뻘인데 걸음걸이가 심하게 절뚝거렸다.

덕장은 부둣가 바로 옆에 있었다. 어머니가 계단을 하나씩 올라갈 때마다 살얼음판을 딛듯 위태로워 보였다. 절뚝거리며 매일 이 계단을 오른다면 증세가 악화될 건 불을 보듯 뻔했다.

양미리 엮기는 주로 허리와 다리에 부담을 주는 데 비해 팔과 목 근육까지 써야 되는 널기는 곱절은 힘든 작업이었다. 그래서 어촌에 사는 어머니들은 통증을 느끼는 범위가 머리부터 발끝까지 다양할 수밖에 없다.

어머니의 집으로 가는 길은 가깝고도 험했다. 언덕 너머 꼭대기 집이 우리의 최종 목적지였다. 몇 걸음 걷다 담벼락에 기대 무릎을 두드리는 어머니를 돌아보며 현준 씨가 중요한 사실을 지적했다.

"우리 어머니들은 다리도 아프고 허리도 아픈데 하나같이 집은 높은 곳에 있네요."

지금까지 만나본 어머니들 대부분 비슷한 생활환경에 살고 있다는 공통점이 있다. 지대가 높거나 문턱이 높거나. 특히 김순옥 어머니의 집은 무릎이 약한 환자에겐 고행 길이나 마찬가지였다.

"내 소원이 매일 일 끝나면 편하게 집에 들어가서 한숨 푹 자는 건데 가는 길이 이 모양이니 다 틀려버렸어."

말끝에 절망감이 배어 있었다. 어머니는 병원에 대한 부정적인 생각을 가지고 있었다. 약물 부작용에 시달린 끝에 나타난 일종의 트라우마 같은 것이었다.

"어느 순간 몸이 이렇게 망가지니 고칠 수 있을까 걱정도 되고, 혹시 검사받으면 다른 병이 또 나올까 봐 무섭기도 하고⋯."

나로선 아직 초진도 안 해본 상태에서 딱히 위로할 말이 없었다.

언덕을 다 올라갔을 때 대문 앞에서 기다리고 있던 아버지(최문수, 64세)가 우리를 맞아주었다. 수더분한 외모에 말수가 거의 없어 어머니와는 느낌이 많이 달랐으나 부부가 묘하게 잘 어울렸다.

방에 들어가서도 어머니는 바닥에 바로 앉지 못하고 의자부터 찾았다.

"스트레칭을 하면 몸이 좀 편한 것 같아서."

의자를 이용한 운동은 평소 내가 관절염 환자들에게도 적극 권하는 방법이다. 그런데 어머니는 잘못된 방법으로 운동을 하고 있었다. 복대를 허벅지에 감고 의자에 앉아 몸을 흔드는 게 다였다.

이왕 복대를 이용하려면 발목에 의자와 같이 묶어야 한다. 양쪽 다리를 복대와 의자 사이에 넣고 발목을 위로 뻗쳤다 내리는 게 올바른 방법이다. 그래야만 무릎에 힘이 생기고 닳아진 근육을 붙게 만들어 관절염 치료 효과를 얻을 수 있다.

나는 어머니의 양쪽 무릎 상태를 살폈다. 오른쪽 무릎에도 보호대를 차고 있었다. 왼쪽보다 많이 붓고 다리가 휘어진 모양이 두드러지게 나타냈다. 무릎이 잘 굽혀지지도 않았다.

무릎을 살짝만 구부려도 억 소리가 나왔다. 엉치와 다리까지 저리다고 했다. 전형적인 퇴행성관절염에 척추관협착증이 동반된 증세였다. 70대 이상의 심한 관절염 환자들한테나 볼 수 있는 증상이 벌써부터 나타난 것이다.

"어머니 연세에 비해 몸이 너무 많이 상하셨어요."

안타까움에 흘러나온 말이었다. 남들 앞에선 약한 모습을 보이지 않으려 씩씩한 척하고 속으론 골병드는 줄도 모르는 게 우리나라 억척 엄마들의 한결같은 모습이었다.

자존심 하나로 버텨야만 하는 현실의 무게가 우리 어머니들을 점점 더 억척스럽게 몰아가는 것 같아 심정이 무거울 수밖에 없었다.

엄마를 위한 봄날의 약속

어머니의 초진이 끝나도록 아버지는 한마디도 말이 없었다. 멀찍이 떨어져 앉아 조용히 귀 기울이는 모습에서 아내를 걱정하는 초조한 마음이 느껴졌다.

현준 씨도 나와 같은 걸 느꼈던 모양이다. 그는 어머니를 향해 짓궂은 질문을 던졌다.

"아버지가 평소 표현을 잘하는 편이에요?"

"무슨 표현?"

"애정 표현 같은 거요."

멍하니 그를 쳐다보던 어머니가 손사래를 쳐가며 고개를 절레절레 흔들었다.

"우린 대화 자체가 아예 없어. 내가 속 터져 죽는다니까?"

어머니가 대놓고 불만을 토로했다. 아버지는 뭐라 변명도 안 하고 묵묵히 고개를 숙였다. 얼굴엔 말할 수 없이 곤혹스러운 기색이 내비쳤다.

"남자들이 무뚝뚝하면 그럴 수 있잖아요. 난 아버지 성격 이해할 것 같은데."

나라도 편을 들어주고 싶었다. 그때 처음으로 아버지가 입을 열었다.

"집사람이 언젠가 그랬어요. 텔레비전에서 할머니들 고쳐주는 거 보고…. 자기가 프로그램은 못 나가도 저 박사님한테 치료는 꼭 한번 받아보고 싶다고."

아버지는 막상 말을 꺼내놓고 감정이 복받치는 듯 눈물을 뚝뚝 흘렸다.

"얼마나 아프면 저런 소릴 할까. 돈이 있으면 데리고 가서 고쳐줄 텐데 그러질 못하니까 서럽고…."

어머니도 이 대목에서 눈시울을 붉혔다. 무심한 줄로만 알았던 남편의 진심이 통하는 순간이었다.

"엄마, 이제 원장님도 만났고 아버지도 저렇게 원하시잖아요. 서울 가서 치료받을 거죠?"

절묘한 타이밍에 설득 담당 현준 씨가 본론을 꺼냈다. 병원을 불신하는 어머니가 어떤 대답을 할지 나로서도 긴장되지 않을 수 없었다.

"그럼 원장님이 나 좀 고쳐줄래요?"

다행히 어머니가 마음을 활짝 열었다. 우리는 가벼운 기분을 안고 고성을 떠났다. 그러고 보니 설날이 가까워오고 있었다.

강한 척하던 엄마에서 진짜 강한 엄마로

어머니의 치료를 위한 검사 결과 뜻밖의 변수가 생겼다. 나이 때문에 무릎 통증에 적합한 치료법을 찾기가 쉽지 않은 것이었다.

인공관절수술은 60대 이전의 연령대 환자에겐 권하지 않는 수술이다. 나중에 재수술을 크게 해야 될 확률이 높기 때문이다.

어머니의 봄날을 찾아주겠다는 약속을 지키기 위해 병원 의료진이 총출동하여 머리를 맞댔다. 현재 통증이 제일 심한 때라 그대로 방치하면 치료가 불가능할 수도 있었다.

장시간의 논의 끝에 무릎 관절이 심하게 닳은 부분만 인공관절 부분치환술로 치료하기로 의견을 모았다. 정상적인 관절은 최대한 보존하고 손상된 관절만 인공관절로 교체하는 방법이다. 허리는 신경성형술이 가장 적합한 치료법으로 결정되었다.

수술은 2단계로 진행되었다.

먼저 무릎 인공관절 부분 치환술부터 실시하고 며칠 후 허리 통증을 잡기 위한 신경성형술에 들어갔다.

어머니는 시원시원한 성격답게 험난한 치료 과정을 잘 이겨냈다. 회복도 빨랐다. 재활 치료에 어찌나 열성적인지 남들 걸을 때 날아다닌다고 할 정도로 하루가 다르게 몸놀림이 가벼워졌다.

병원에선 어머니를 모르는 사람이 없었다. 환자복 입고 운동 삼아 여기저기 안 가는 데가 없기 때문이다. 처음 보는 환자들하고도 금세 친해졌다. 가는 곳마다 친구가 한 명씩 늘어 별명이 병원 반장이었다.

어머니가 퇴원하던 날은 환자들이 병원 복도까지 나와서 작별 인사를 건넸다.

"강한 척하던 엄마가 진짜 강한 엄마가 됐네!"

현준 씨는 당당하게 허리 펴고 집으로 돌아가는 어머니에게 최고의 찬사를 보냈다. 인생의 오랜 겨울 속에 살아온 어머니에게 새해는 매일 봄날이기를 빌어주었다. 아울러 이 땅의 모든 억척 엄마들에게 통증 없이 편안한 봄날을 찾아주는 그날까지 이 행복한 여정이 계속되기를 마음으로 기도했다.

허리 통증을 예방하는
잠자기 전 스트레칭 순서

1. 반듯이 누운 자세로 한쪽 다리를 구부린 채 발밑에 수건 또는 밴드를 걸어 양손으로 잡는다.
2. 천천히 다리를 곧게 뻗으며 수건을 몸 쪽으로 잡아당긴다. 이 자세가 힘들 경우엔 반대편 다리를 구부려 실행한다. 10초씩 유지하며 각 3회씩 반복한다.
3. 평평한 자리에 앉아 한쪽 다리는 양반다리로 접고, 스트레칭하고자 하는 다리는 곧게 편다.
4. 발목을 몸 쪽으로 천천히 당겨준다. 이때 무엇보다 무릎이 구부려지지 않는 것이 중요하다. 30초씩 유지하며 각 2회씩 반복한다.
5. 네발로 기듯이 손과 무릎을 땅에 짚은 뒤 한쪽 다리를 앞으로 펴서 손 옆에 위치시킨다. 다리 무릎을 바닥 쪽으로 내리듯 천천히 펴준다. 양쪽 다리를 번갈아 각 10회씩 반복한다.

칠순의 순정녀,
엄마의 끝없는 사랑

엄마는 남편바라기

"한동네 사는 부부 다섯 쌍이 밭일하면서 품팔이로 먹고살았어.
신랑이 나보다 아홉 살 많았는데 그렇게 날 예뻐했어. 잘 챙기고. 내
가 농사는 처음이라 남들 절반도 못하니까 신랑이 나 대신 일을 많
이 했지. 가난해도 그땐 참 재미나게 살았어. 소처럼 일하고 소처럼
먹고….."

장옥자(70세) 어머니와 이흥식(79세) 아버지의 신혼 시절 이야
기다.

어머니는 중증 치매 환자인 남편을 보살피다 온몸이 망가지다
시피 했다. 그런데도 지난 일을 떠올릴 때만큼은 얼굴에 생기가 돌

왔다.

거동이 불가능한 치매 환자를 돌보는 일은 보통의 체력과 의지로 할 수 있는 게 아니다. 젊은 사람들도 못 버티는 일을 7년째 도맡아 해온 어머니에게 신혼 시절의 행복한 추억은 아련한 그리움 이상의 의미를 지닌 듯했다.

제작진이 사전 인터뷰를 위해 강원도 양양의 재래식 가옥으로 찾아갔을 땐 막바지 추위가 기승을 부리는 2월의 어느 날이었다. 지은 지 50년 되었다는 집은 안팎으로 유독 높은 문턱이 가로놓였다. 노인들이 생활하기엔 불편할 수밖에 없는 구조다.

어머니는 일으켜주지 않으면 앉지도 못하는 환자를 먹이고 입히고 씻기느라 하루에도 수십 번씩 이 방 저 방 높은 문턱을 넘나들어야 한다. 그럴 때마다 자동으로 '아이고' 소리가 흘러나왔다.

자신이 원하는 걸 정확하게 말로 표현할 능력이 부족한 치매 환자는 사소한 일에도 쉽게 상처받고 난폭한 행동을 하기도 한다. 같은 간병이라도 치매 환자를 보살피는 게 더 고달픈 이유는 몸과 마음을 함께 살펴줘야 하기 때문이다.

어머니는 누워 있는 남편을 힘들게 일으켜 품에 안고 아기처럼 밥을 먹였다. 밥알을 흘리면 닦아주고 다른 반찬을 찾으면 냉장고로 달려가고 거실에서 주방까지 다람쥐 쳇바퀴 돌 듯하며 심부름하느라 정작 당신은 밥 먹을 새도 없었다.

그러면서도 싫은 내색 한 번 안 했다. 무릎 통증으로 앉았다 일어나는 것조차 힘들어 다리를 질질 끌고 다녀도 남편을 대할 땐 방긋방긋 웃음을 지어 보였다.

때때로 입 맞추고 어루만지고 안아주고 주물러주고 손 붙잡고 노래하고….

먹이고 씻기고 입히고 하나에서 열까지 일일이 돕지 않으면 안 되는 남편의 병든 몸과 마음을 보살피기 위해 어머니는 그야말로 혼신의 힘을 다 쏟아붓고 있었다.

대체로 무표정한 얼굴의 남편도 '어이구, 이뻐라!' '여보, 사랑해!'를 연발하는 아내의 끊임없는 애정 공세에 아주 가끔 희미한 미소를 떠올렸다.

어머니는 당장 입원 치료를 해야 될 만큼 무릎과 허리 통증이 심각한 상태였으나 선뜻 마음의 결정을 내리지 못하고 있었다.

"아는 거라곤 먹는 거랑 마누라 얼굴밖에 없는데, 나 없으면 누가 먹을 거라도 제대로 챙겨줄지…."

치료를 받는 동안 남편을 돌봐줄 사람이 마땅치 않다며 남편을 쓰다듬는 애잔한 몸짓엔 가족으로서의 의무감을 넘어선 지극한 그 무엇이 깃들어 있었다.

혼자 힘으로는 감당하기 어려운 모진 현실 속에서도 추억을 먹고사는 칠순의 어머니에게 사랑은 언제나 현재진행형이다.

이러지도 저러지도 못하는 엄마의 아픔

어머니의 일상생활은 모든 게 남편을 중심으로 돌아갔다. 밀린 집안일이 산더미라도 남편 시중부터 드는 게 먼저였다. 잠시라도 신경을 안 쓰면 무슨 일이 벌어질지 조마조마하기 때문이다.

어느 날 갑자기 천지 분간을 못 하는 아기가 되어버린 남편은 치매가 온 뒤로 부쩍 식탐이 늘었다. 잠깐이라도 볼일을 보려면 먹을 걸 손에 쥐어야 그만큼 시간을 벌 수 있다. 어머니는 과일 접시를 앞에 놓아주고 세탁실 문턱을 힘겹게 내려갔다.

대소변을 못 가리는 아버지는 하루에도 몇 번씩 옷을 갈아입는다고 한다. 그러느라 겨울철인데도 매일 빨래가 넘친다.

무릎과 허리가 아픈 어머니에겐 집안이 온통 지뢰밭이다. 문턱 하나를 넘을 때마다 큰 산을 넘는 것처럼 가쁜 숨을 몰아쉬는 얼굴엔 진땀이 흘렀다.

세탁실 문턱을 올라와 건조대가 있는 방으로 들어가려면 또다시 높은 문턱을 넘어가야 한다. 빨래를 건조대에 너는 데만도 시간이 꽤 걸렸다. 서 있기도 힘든 몸으로 널어도 널어도 끝이 없고 빨래를 너는 사이, 과일 접시를 다 비운 아버지는 상에 놓인 배를 집어 들었다. 어머니가 깜빡하고 치우지 않은 과도가 옆에 놓여 있었다.

습관적으로 거실을 돌아보다 과도를 입에 대려는 남편을 발견하고 어머니는 혼비백산하여 문턱을 넘어갔다. 급박한 상황에선 통증보다 몸이 더 빠르게 움직였다.

"여보? 칼은 만지는 거 아냐. 내 말 들어야지?"

어머니는 남편을 아이 달래듯 하며 미리 깎아둔 과일과 칼을 물물교환하는 것으로 위험천만한 상황을 간단히 수습했지만 몹시 지쳐 보였다. 이런 일이 한두 번이 아니라고 한다.

"어머니 많이 놀라셨겠어요."

"나도 속상하면 할아버지 궁둥이도 찰싹찰싹 때리고 그래. 그럼 또 때린다고 욕하고 생난리가 나지. 한바탕 싸우고 나면 측은한 생각이 들어. 내가 그러면 안 되지 싶어 후회스럽고. 한번은 복지원에서 사람이 왔기에 그 얘길 했더니 할머닌 그래도 된대. 할아버지가 또 속 썩이면 궁둥이 막 때려주래…."

제작진이 위로의 말을 건네자 어머니는 잠시 쓸쓸한 미소를 지어 보였다. 그러고는 언제 그랬냐는 듯 금세 표정을 밝게 하고 남편 앞으로 다가앉아 다정하게 속삭이듯 말했다.

"여보, 내가 자장가 불러줄게?"

시간은 어느덧 한밤중이었다. 어머니는 남편의 양손을 부여잡고 흘러간 노래를 부르기 시작했다. 신기하게도 아버지는 어머니가 노래를 몇 곡 부르는 사이 앉은 채로 스르르 잠이 들었다. 어머니는 앉은 자리에서 팔을 옆으로 돌려 남편을 편안하게 눕히고는 가까스로 몸을 일으켜 싱크대로 향했다. 아침부터 밀린 설거지가 개수통에 한가득 담겨 있었다.

어머니는 팔꿈치를 싱크대에 기대고 설거지를 했다. 밤이면 가뜩이나 성치 않은 무릎과 허리 통증이 더 심해져 그렇게라도 하지 않으면 도저히 몸을 가눌 수가 없기 때문이다.

자신이 아니면 아무도 남편을 책임질 수 없다는 생각이 아픈 어머니를 환자 옆에 꽁꽁 묶어두고 있었다.

유통기한이 없는 엄마의 사랑

제작진의 간곡한 설득으로 어머니가 서울로 올라온 것은 설 연휴를 며칠 앞둔 날이었다. 여전히 마음의 결정을 내리지 못한 채로 병원을 찾은 어머니는 얼굴에 수심이 가득했다.

나는 진료실로 걸어 들어오는 것조차 힘에 부쳐 하는 어머니에게 일단 검사부터 해보도록 권했다.

검사 결과는 허리 어깨 무릎이 다 안 좋은 상태로 나타났다. 특히 무릎 관절염이 상당히 진행된 것을 알 수 있었다. 오른쪽 무릎 안쪽은 뼈와 뼈가 붙어 있고 일부는 움푹 파였으며 바깥쪽은 떠 있는 상태였다. 게다가 왼쪽 무릎도 안쪽 뼈가 약간 깨져서 움푹 파인 상태였다.

이 정도면 관절염 중에서도 통증이 최고치에 해당된다.

어머니는 무릎이 칼로 콕콕 쑤시는 것처럼 아프고 허리가 끊어질 듯 아파서 잠을 거의 못 잔다고 했다. 치료는 받아본 적이 있는지 여쭤보았다.

"작년에 읍내 병원에서 하루살이 주사 맞고 며칠 괜찮다가 김장하고 더 아파서 겨우내 앓았어요."

어머니가 말하는 '하루살이 주사'란 진통제를 뜻했다. 맞으면 그날 하루만 좋아진다고 해서 하루살이 주사였다.

"많이 힘드셨을 텐데 어떻게 참으셨어요."

"할아버지가 아파서…."

남편 이야기를 꺼내기 무섭게 눈물을 흘리는 어머니에게 부득이 진단 결과를 말씀드리지 않을 수 없었다. 하지만 수술을 할 경우 적어도 한 달은 병원에 입원해야 된다는 말에 어머니는 대번 안색이 굳어졌다.

"먼저 어머니 건강을 되찾아야 아버지도 보살펴드릴 수 있어요. 되도록 빨리 치료하지 않으면 상태가 더 악화돼서 통증도 심하고 거동하기가 불편해지실 거예요."

한동안 착잡한 얼굴로 한숨만 내쉬던 어머니가 어렵사리 입을 열었다.

"아들 둘이 울산에서 직장을 다니는데 설에 명절 쇠러 오면 말을
해보고…."

어쩐지 몸보다 마음이 더 무거워 보이는 모습으로 진료실을 나
간 어머니는 설 연휴가 끝난 다음 날 수술을 받겠다고 연락을 해왔
다. 자식들과 의논하여 수술하고 재활 기간이 끝날 때까지만 아버
지를 집 근처 요양원에 모시기로 했다는 소식이다.

막상 독한 결심을 하고도 차마 남편을 그냥 보내기 힘들었던 어
머니는 직접 요양 병원까지 가서 시설을 눈으로 확인하고 환자들
이야기를 들어보고 난 뒤에 마음의 결정을 내렸다고 한다.

"나 살자고 아픈 할아버지 내버리고 왔으니 수술 잘 받고 빨리
가야지. 낯선 데 가서 화내지 말고 점잖게 있어야 할 텐데…."

부부가 50년을 살면서 떨어져 지내기는 이번이 처음이라며 눈
물짓는 얼굴엔 벌써부터 남편을 향한 절절한 그리움이 배어나고 있
었다.

짧지 않은 이별 그리고 영원한 사랑

의료진 협진회의 결과 어머니 연세를 감안하여 무릎 인공관절
치환술이 치료에 적합한 것으로 의견이 모아졌다. 뼈의 임플란트라

불리는 무릎 인공관절치환술은 닳아진 무릎 관절을 금속 재질의 인공관절로 바꿔주는 수술이다.

어머니의 경우 현재는 양쪽 무릎이 다 닳은 상태에서 관절부종이 심하고 통증이 심한 상태지만 무릎 인공관절치환술 후 한두 달 정도 지나면 자유로운 보행이 가능하고 생활하는 데 무리가 없게 된다.

양쪽 무릎을 두 번에 걸쳐 수술하고 재활 치료까지 마치려면 거의 한 달 동안은 입원해야 한다.

우선 통증이 심한 왼쪽부터 수술에 들어갔다. 어머니는 한시라도 빨리 남편에게 가야 한다는 강한 의지로 무사히 첫 수술을 마쳤다. 그리고 마취에서 깨어나자마자 요양 병원에 전화를 걸었다.

"여보, 잘 있지? 나 금방 갈게, 응? 미안해, 금방 갈게. 내 목소리 들려?"

눈물범벅이 되어 간절하게 남편의 목소리를 기다리는 어머니에게 요양 병원 직원이 할아버지가 눈만 껌벅거린다는 말을 전해주었다. 한참을 서럽게 울던 어머니는 다시 오른쪽 무릎을 마저 수술하기 위해 꿋꿋하게 2주를 버텼다.

두 번의 수술이 끝나고 어머니는 의료진도 깜짝 놀랄 만큼 빠른 속도로 건강을 회복했다. 어려운 재활 치료도 열심히 받고 통증을 참아가며 꾸준히 운동한 결과 3주도 안 돼서 다리가 펴지고 무릎을 굽히는 데 무리가 없게 되었다. 수술 후 2개월 이상 지난 환자보다 더 경과가 좋은 편이었다.

"할아버지가 날 못 알아보면 어쩌지?"

한 달 만에 퇴원하는 어머니는 화장까지 곱게 하고 들뜬 모습이었다. 보조기구 없이 걷긴 해도 아직은 한 걸음 한 걸음 신경을 써야 되는 상황이라 며칠 더 입원을 권유하고 싶었지만 어머니 마음은 이미 남편을 향해 있었다.

그로부터 보름 정도 지났을 때 나는 어머니가 퇴원 후 재활에 잘 적응하고 있는지 염려되어 집으로 찾아갔다. 무릎 인공관절치환술은 장기적으로 안정된 건강 상태를 유지할 수 있는 이점이 있는 반면 수술 직후 통증이 심하기 때문에 초기 관리를 잘해야 된다.

다행히 어머니는 무릎이 반듯해지고 다리도 일자형으로 자리를 잡아 한결 마음이 놓였다. 집에 와서도 운동을 열심히 한 티가 났다. 퇴원하는 길로 요양 병원으로 달려가 남편을 만나고 왔다는 이야기를 하면서 어머니가 다시 눈물을 보였다.

"내가 빨리 나아서 할아버지 집으로 데려와야지."

"네, 어머니. 지금처럼만 하면 아버지 곧 모셔올 수 있을 거예요."

나는 두 분이 함께할 날이 가까워지길 진심으로 빌어주었다. 다시 간병을 시작한다면 힘든 일이 많겠지만 어머니는 그 강한 사랑으로 모든 걸 이겨낼 것이다.

무릎 인공관절치환술이 필요한 경우

1. 가만히 있을 때도 지속적인 통증이 있는 경우
2. 통증으로 인해 밤잠을 설치는 경우
3. 통증의 정도가 심하여 제대로 걷거나 무릎을 구부리거나 계단을 오르내리기 힘들어진 경우
4. 다리뼈의 변형이 심한 경우

다리가 아플 때 꼭 알아두어야 할 상식

1. 갑작스러운 통증이 있을 때는 이틀 정도 무리한 운동을 삼가고 안정을 취해본다.
2. 약물 복용은 3~4일 정도 심한 통증이 지속될 경우에 한다.
3. 가정용 물리치료 기기를 맹신하는 것은 금물. 병원 물리치료의 경우도 3주 이상 지속하는 것은 별다른 효과가 없다.
4. 통증이 심할 때는 국소마취제를 이용한 주사 치료(신경차단술)가 효과적이나 2~3회 이상 하는 것은 좋지 않다.
5. 통증이 3~4주 이상 지속될 경우 반드시 정밀검사를 받도록 한다.

엄마의 봄날

TV조선 〈엄마의 봄날〉 팀과 신규철 박사가
함께 만들어낸 기적의 순간들!

초판 1쇄 인쇄 2017년 11월 6일
초판 5쇄 발행 2020년 3월 11일
지은이 신규철
발행 (주)조선뉴스프레스
발행인 이동한
판매 박미선, 조성환, 박경민
디자인 박진범, 이유진

구입 문의 724-6797
등록 제301-2001-037호
등록일자 2001년 1월 9일
주소 서울특별시 마포구 상암산로 34 DMC 디지털큐브 빌딩 13층
값 14,000원
ISBN 979-11-5578-462-4 03810

이 도서의 국립중앙도서관 출판예정도서목록(CIP)은 서지정보유통지원시스템
홈페이지(http://seoji.nl.go.kr)와 국가자료공동목록시스템(http://www.nl.go.
kr/kolisnet)에서 이용하실 수 있습니다.(CIP제어번호: CIP2017024744)